U0797892

海伯爵
东印度风暴

张恩东 著

La Condesa del Mar

北京日报出版社

图书在版编目（CIP）数据

海伯爵：东印度风暴/张恩东著. —北京：北京日报出版社，2018. 11

ISBN 978-7-5477-3205-2

Ⅰ.①海… Ⅱ.①张… Ⅲ.①长篇小说－中国－当代 Ⅳ.①I247.5

中国版本图书馆CIP数据核字（2018）第213740号

海伯爵：东印度风暴

出版发行：北京日报出版社
地　　址：北京市东城区东单三条8-16号　东方广场东配楼四层
邮　　编：100005
电　　话：发行部：（010）65255876
　　　　　总编室：（010）65252135
印　　刷：北京宝昌彩色印刷有限公司
经　　销：各地新华书店
版　　次：2018年11月第1版
　　　　　2018年11月第1次印刷
开　　本：880毫米×1230毫米　1/32
印　　张：10
字　　数：220千字
定　　价：35.00元

版权所有，侵权必究，未经许可，不得转载

谨以此书献给为祖国和理想奋战过的勇士们！

本书讲述了风帆时代西班牙皇家海军女军官贝格尼娅·德·雷佐传奇的经历。

贝格尼娅·德·雷佐是18世纪上半叶西班牙海军名将布拉斯·德·雷佐的孙女，体内流淌着优秀的海员之血。在她8岁的时候，父母被海盗杀害，这使她立志冲破重重阻碍加入海军并决心毕生与海盗和海盗的幕后指使者——英国皇家海军战斗。

CONTENTS

目录

【一】

谜　团

凌厉的大风猛烈晃动着窗户上嘎吱作响的遮阳板，对于开普敦来说，6 月正是这座地处南半球最南部的港口风势最强的时节。恍惚中，贝格尼娅的耳边响起了一个令自己感到陌生甚至有些毛骨悚然的低沉声音：

“贝格尼娅·德·雷佐，哼……你这天真的黄毛丫头，难道真以为自己能赢得了我吗？”

“你是……乔治·莱顿？”

女上校喃喃自语地回过头去，只见一位身材高大、面目狰狞、留着黑色胡须的中年男子手持利剑站在自己的身后。

“没错，贝格尼娅·德·雷佐，我就是夺去你叔父冈萨雷斯·德·雷佐性命的男人。今天你也把小命乖乖地交给我吧！”

莱顿的话音刚落，那柄利剑已经不偏不倚插进了贝格尼娅那纤细的喉管，刹那间，鲜血如泉水般涌出。贝格尼娅张大了嘴，以无比惊讶的神色望着眼前的敌人，无力地倒了下去……

脸上沁满豆大汗珠的西班牙姑娘尖叫着坐起身来，然而很快她便发现身旁的闺蜜仍在熟睡中。原来，这不过是场噩梦罢了。

定了定神，贝格尼娅随手将放在床头柜的怀表摸来，借着透过遮阳板缝隙的月光仔细看了看——现在不过是凌晨4时而已。就在女上校准备缩回温暖的被窝准备继续睡觉时，窗外传来另一个声音。

“咕咕咕……”

那是鸽子的叫声。在开普敦，鸽子遍地可见，听见鸽子叫并非是一件新奇的事情，然而在这深更半夜鸽子为何会出来活动呢？心中存疑的贝格尼娅忙披上衣服起身走到窗边，犹豫数秒后轻轻打开遮阳板。就在开窗的刹那间，一只鸽子从她眼前振翅而过……

目光敏锐、反应迅速的贝格尼娅立刻注意到鸽子的腿部似乎绑着什么东西。经验告诉女上校这是一只信鸽，然而谁会在这时候传送信件呢？贝格尼娅露出头向窗外张望，希望能发现些什么。由于一楼并无客房，因此从飞行轨迹可以大致猜测到信鸽是从二楼西面的四间房间中的某个窗口放出的，而住在那里的人分别为弗洛伦西奥、格拉迪诺、丹妮莉丝与卡洛琳娜。左思右想后，放心不下的贝格尼娅决定在天亮后找这四人单独聊天以探究竟。不过当女上校回到床上时，却怎么也睡不着了。

数小时之后——

为了不打扰同伴们难得的悠闲自得的懒觉时间，贝格尼娅耐心等至上午9时左右才来到二楼最西面弗洛伦西奥的房门前轻轻叩了叩，但屋内许久都没有动静。好奇的女上校小心翼翼地推门走进去，却发现屋内空无一人——年轻船长似乎早已外出了。面露尴尬之色的贝格尼娅忙退出房间，正在这时，前面的房门开了，丹妮莉丝露出头来：

“早安，雷佐小姐，您怎么会在这里？”

“早安，哈梅斯小姐……正巧，如果方便的话我能问你几个问题吗？”望着丹妮莉丝，贝格尼娅有些忸怩地说道。

“当然可以！”

殖民地姑娘毫不犹豫地答应下来，于是将女上校请至自己的屋内。进屋后的贝格尼娅仔细观察卧室中的每个角落，试图发现点什么，不过她的目光所到之处皆是散乱的衣裙鞋袜和个人物品。也许是注意到女上校有些厌恶的神色，丹妮莉丝慌忙边收拾边替自己解释起来：

“抱歉！我刚刚起床，还没来得及……”

“没关系。我想问的问题是：大约在凌晨4时，你有没有听到窗外有奇怪的声响？”贝格尼娅微笑着摇摇手，开始提问。

“凌晨4时？天哪！我想……那个时候我一定是在呼呼大睡，什么都没有听到呀！”丹妮莉丝立即露出惊讶的神色。

“真的什么都没有听到吗？你的窗户并没有关上……”贝格尼

娅瞟了眼卧室打开的窗户，不紧不慢地又问了一遍。

“雷佐小姐，丹妮莉丝·哈梅斯在您面前向天主发誓：绝没有听到任何异响，请您一定要相信我！”

为了证明自己的清白，殖民地姑娘竟抓起贝格尼娅的手按在自己的心口，并泪汪汪地发誓。见此情形，贝格尼娅只能作罢。

“当然……也许是我多虑了。抱歉问了莫名其妙的问题……”

在这一刻，也不知怎地，贝格尼娅竟完全消除了对丹妮莉丝的疑虑，转身快步离开了这里。很快，在确定了格拉迪诺与卡洛琳娜也不在屋中后，贝格尼娅只得悻悻地回到了自己的卧室，这时，伊莎贝拉已经穿戴整齐并在梳妆台前打扮自己了，见贝格尼娅一副闷闷不乐的样子，她不免担心起来。

“姐姐，别放在心上啦，也许你是多虑了呢……”伊莎贝拉起身走到闺蜜的身后，轻轻搂住她的腰问道。

“多虑？不。我已经在海军服役了14年，难道连这种事情都看不出来吗？当然……我也不能说一定是他们四人中的某一个所为，但……”

“姐姐，如果一定有的话，我认为这奸细非卡洛琳娜莫属！”

“萨拉，你为何这么说？”伊莎贝拉突如其来的话语令贝格尼娅不禁大吃一惊，急忙追问原委。

“姐姐，那个卡洛琳娜在加入我方之前屡次将你置于死地，并且你还杀死了她的男友。这仇，换做姐姐你，难道会忘记？”伊莎贝拉带着神秘的笑容，点了点女上校的鼻尖。

“话虽如此，但我手中并无证据能够证明卡洛琳娜就是放出信鸽的那个奸细呀……”贝格尼娅有些为难地摇了摇头。

“嘿嘿……姐姐，这个任务就交给萨拉我去完成吧，保证完成任务哦！”

伊莎贝拉信心十足地冲贝格尼娅眨眼一笑，并顺手做了个行军礼的姿势。望着站在眼前已颇具军人风范的伊莎贝拉，贝格尼娅不得不感慨最近一年来闺蜜所取得的进步已经远超自己的想象：她聪明、伶俐、勇敢、坚强，甚至不输于当年的自己。对于伊莎贝拉的个人能力和魅力，贝格尼娅自然深信不疑。然而，最令她担心的则是伊莎贝拉那重伤初愈的身体。

“萨拉，我当然相信你能够办到。可是你的伤刚好……”贝格尼娅到底还是没忍住，用手轻抚了下闺蜜背后的伤处。

“姐姐，你也说了‘我的伤刚好’，伤好了那就是好了。放心吧，我会照顾好自己的。”

伊莎贝拉的话语无疑是在告知闺蜜：自己一定要去。犹豫片刻后，贝格尼娅也只能答应闺蜜的请求。兴奋的伊莎贝拉立即以最快的速度整理好自己的仪容，带着佩剑离开了卧室。望着闺蜜远去的身影，女上校反而有些不知所措了。

尼扬加的街市人群熙攘。安斯瓦尔多独自走在街上，心情颇有些惆怅，不知不觉中来到了那个熟悉的胡同口。猛然间，年轻少校想起自己曾在这里偶遇那位迷人的西班牙姑娘，不仅长叹了一口气。正在这时，从他的身后传来一个略带腼腆的熟悉的女性声音：

“安斯瓦尔多先生！”

“保蒂斯塔小姐？！”

安斯瓦尔多惊喜地转过身去。很快，他发现站在眼前的并非自己所期盼的那个身影，然而……

“保蒂斯塔？嘿嘿……安斯瓦尔多先生，您一定是搞错啦！我的姓氏是塞巴斯蒂昂哦。”

当意识到正与自己说话的是卡洛琳娜而非塞西莉亚时，安斯瓦尔多的脸上不禁露出了迷惑的神色。然而这两位姑娘是如此的相似——从发色到面容、从身材到衣裙，甚至只有发型能将二人区分开来。正恍惚中，卡洛琳娜的声音再度在年轻少校的耳边响起：

“安斯瓦尔多先生，您在这儿是寻找什么东西吗？”

“啊……塞巴斯蒂昂小姐，我……我并没有……”

安斯瓦尔多不住地摇头。望着年轻少校这副尴尬的模样，红发姑娘捂嘴笑了起来：

“安斯瓦尔多先生，我正想去喝咖啡，可是……没有人陪伴，有些提不起兴致呢！不知您……"

"啊……塞巴斯蒂昂小姐，我……我很荣幸……"

言语结巴的安斯瓦尔多本想以"要去贝格尼娅那里汇报舰船维修情况"而婉拒卡洛琳娜的好意，然而当话说出口时却阴差阳错地变成了意义完全相反的表述。

见安斯瓦尔多答应了自己，卡洛琳娜显然十分高兴，拉着对方略显冰凉的手径直向不远处的一家咖啡屋走去。此时，年轻少校的心早已跳到了嗓子眼儿。他最担心的是自己的女上司会突然从某个角落跳出来，看见这尴尬的景象……

大约半个小时后，伊莎贝拉也出现在了安斯瓦尔多与卡洛琳娜偶遇的这条街道上。一袭白衣、楚楚动人的公主紧锁柳眉，警惕地张望着街道的两侧，试图寻找卡洛琳娜的身影。伊莎贝拉一反常态地将自己的长发束起垂在身后，一只手紧紧地按在腰间斜挎的佩剑上，这说明她对这次行动的"危险性"已经有了充足的准备。接连穿过了几条大街小巷后，伊莎贝拉走进了路边的一家咖啡屋准备稍作歇息，然而就在她准备坐下时，眼角的余光一瞥，顿时脸上露出了不可思议的神色。没错，她看见了安斯瓦尔多竟然正与一名"陌生"女子喜笑颜开地交谈着。由于伊莎贝拉站在卡洛琳娜的斜后方，再加上卡洛琳娜今天居然穿着不常见的裙装，一时间伊莎贝拉竟然没有辨认出来这个自己正苦苦搜寻的目标！

意识到这是个“天大新闻”的伊莎贝拉忙转身离开咖啡馆，打算把这一消息通知闺蜜。当然，完全没有注意到公主来过的安斯瓦尔多与卡洛琳娜仍在有说有笑地喝着美味的咖啡。

“安斯瓦尔多先生，等离开了开普敦，恐怕我们就不会再有时间这么悠闲地坐在这里边喝咖啡边聊天了吧？”卡洛琳娜双手捧着瓷杯，以女性特有的温柔语调说道。

“我想是这样的，塞巴斯蒂昂小姐。恕我冒昧……能给我说一说您以前的故事吗？比如……为什么要做海盗呢？”几口咖啡下肚，安斯瓦尔多“斗胆”问起了卡洛琳娜的身世。

“这……”红发姑娘的脸上立刻掠过了一丝伤感。

“抱歉，您完全可以无视我的无理要求！那么，请让我们换个话题吧。”

“不……安斯瓦尔多先生，我可以告诉您我的过去。”

面对安斯瓦尔多的不安，卡洛琳娜却淡然一笑。只见她捋了捋额前的几丝红发，将瓷杯轻轻放在桌上，开始诉说自己的故事……

与此同时，伊莎贝拉一路狂奔回到住处，恰逢贝格尼娅正准备出门前往港口巡视军舰。见闺蜜如此匆忙的模样，女上校的第一反应自然是：一定是找到了证据。

“姐姐，啧啧……我发现了一件令你意想不到的事情……”

“找到卡洛琳娜了？”

“不，姐姐，当然是比这更离奇的‘故事’！我看见安斯瓦尔多与一名不明身份的女子在尼扬加街市上的一个咖啡馆里约会呢！”

伊莎贝拉面露神秘笑容，以极快的语速边说边注意着闺蜜的表情变化。然而令她颇为“失望”的是，闺蜜的脸上并未露出任何惊讶或不可思议的神色，相反的，显得比平时更加淡定。

“哦？那是好事呀。如果我没记错的话，安斯瓦尔多的年龄与我相仿，当然是时候该谈婚论嫁了……”

“可是，姐姐，安斯瓦尔多一直是你最忠实的朋友，这意味着他很可能会就此与你疏远……”

“萨拉！没错，我承认自己一直把安斯瓦尔多视为最亲密的战友，但这并不意味着我有权去干涉他的感情生活；恰恰相反，我要祝福他能够找到真爱！”

“姐姐……”

望着蔚蓝双眸中闪出诚挚光芒的闺蜜，伊莎贝拉感到自己的嗓子仿佛被什么东西堵住似的，刚到嘴边的话又被塞了回去，于是保持沉默地点了点头。保持温和笑容的贝格尼娅上前轻吻了下闺蜜的额头，并询问她是否愿意与自己一同去港口。在得到肯定的回答后，女上校拉着闺蜜的手有说有笑地离开了住处。

与此同时，在咖啡馆中，卡洛琳娜仍在讲述着她的故事。当卡洛琳娜谈到自己在加勒比海加入海盗队伍和与乔治·莱顿为伍的经历时，安斯瓦尔多露出了极度惊讶的神情。

“塞巴斯蒂昂小姐，您为何要去投靠乔治·莱顿呢？”

“因为我确信那时候的乔治·莱顿是加勒比地区势力最大的海盗，当时几乎每个初出茅庐的海盗都想去投靠他，借助他的力量丰满自己的羽翼。当然，莱顿也不是傻瓜，他会利用我们这些菜鸟达到他自己的目的。我记得莱顿一直与英国人狼狈为奸，常把劫掠来的西班牙与法国商船上的财物献给当地的英国总督；而他的行为也得到了官方的认可，甚至获得了英国人馈赠的几艘军舰。在这样一种庇护下，想要抓住他几乎是不可想象的。”

“原来如此！这么说来，难道您手中的那条战列舰……”安斯瓦尔多似乎猜想到了什么，连忙追问起来。

“是的，那艘战列舰正是莱顿麾下‘海盗舰队’的旗舰——‘乔治国王’号。这艘 74 门炮的标准战列舰是英国于 1760 年建造的，后因舰况不佳提前退役，英国政府将它作为礼物赠送给了莱顿。”

“可是……我不明白，您是怎么做到将莱顿的旗舰夺到手的？”

“这可就说来话长了。不过，安斯瓦尔多先生，似乎时间不早了，不如将悬念留到下次聊天时再谈吧。另外，如果您愿意，以后可以直呼我的名字卡洛琳娜。”

“啊……塞巴斯蒂昂小姐——啊不，卡洛琳娜，我当然愿意！如果您愿意的话也可以直呼我的名字胡安，在下不胜荣幸！”

“受宠若惊”的安斯瓦尔多边应声边慌忙起身，而后意识到“失礼”后又如触电般坐回到座位上。望着年轻少校忸怩的模样，红发姑娘忍不住捂着嘴发出银铃般动听的笑声——这反而令对方的脸涨得更红了。见此情形，卡洛琳娜止住笑，提醒安斯瓦尔多应该回到“圣佩德罗”号上去，免得离舰时间过长遭到贝格尼娅的责怪。对于红发姑娘的善意提醒，年轻少校连连点头称是，并迅速起身前往柜台结账。望着安斯瓦尔多结账的背影，卡洛琳娜似乎又想起了什么，嘴角边咧出一丝笑意……

贝格尼娅在闺蜜的陪伴下，已经来到码头自己那三艘战列舰的泊位旁。距离女上校最近的船坞内，原卡洛琳娜的座舰“皇家玫瑰”号已更名为“圣特列莎”号，并且完成改装，在露天甲板上增设了 6 个新炮位以搭载轻型火炮，使得战舰的火炮总数升级为 80 门。完成升级改造的“圣特列莎”号几乎成为了一艘新船，接下来这位女上校所需要考虑的便是如何给这艘庞大的军舰分配船员了，而这是个令她颇为头痛的问题。

“姐姐……快看！安斯瓦尔多来啦……”

正当贝格尼娅思考着征召船员的难题时，闺蜜突然以一种惊喜的语气在她耳边叫了起来。女上校下意识地回过头去，只见安斯瓦尔多正疾步向这边赶来。也许是同时注意到了正站在码头的女上司，年轻少校的脸上立即显出不安的神情。当他走到贝格尼娅的面前时，迫不及待地以颤抖的声音为自己的离岗“辩解”：

“抱歉……雷佐小姐、公主殿下！属下刚才去吃午餐了……”

“哟！安斯瓦尔多先生，这才几点呐，是吃午餐的时候吗？”

不等安斯瓦尔多话音落下，伊莎贝拉已经以一种充满蔑视的语调边指着怀表上的指针边讽刺他。刹那间，一向以“老实本分”为众人所称道的年轻少校的脸涨得通红。这时，还是贝格尼娅冲他露出一丝关怀的微笑：

“胡安，你并不擅长撒谎。如果不介意的话……能告诉我究竟发生了什么吗？”

“雷佐小姐，我……我去了咖啡馆……”安斯瓦尔多以蚊子哼鸣般微弱的声音说道。

“去咖啡馆？胡安，据我所知你应该并不喜欢喝咖啡吧……”贝格尼娅听着，不禁微微皱了下眉头。

“实际上……雷佐小姐，实际上，属下是因为陪塞巴斯蒂昂小姐才去喝咖啡的……”

安斯瓦尔多将声音压得更低了些，而他口中说出的名字足以令眼前两位高贵的小姐惊出一身冷汗。伊莎贝拉甚至下意识地伸出手，揪住年轻少校的衣领喝问起来：

“该死的……你小子居然与那个女人约会了？！”

“萨拉，不要胡来！胡安，我也不想问你究竟发生了什么了。现在，你只需要告诉我塞巴斯蒂昂小姐人在何处即可。”

眼见闺蜜险些与安斯瓦尔多发生纠纷，贝格尼娅连忙边喝止边将二人拉开。安斯瓦尔多整了整自己的衣领，露出一脸委屈的模样。稍稍定神后，年轻少校告诉两位小姐，卡洛琳娜在与自己分开时曾表示要去修剪一下头发。鉴于此，贝格尼娅当即决定和闺蜜立即去尼扬加街市的理发店寻找卡洛琳娜，同时要求安斯瓦尔多待在舰上。

站在“圣佩德罗”号的船舷边，安斯瓦尔多目不转睛地注视着逐渐远去的两位高贵小姐的背影，脸上不禁露出担忧的神色……

走在路上，闺蜜二人十分罕见地保持了相当一段时间的沉默，尽管有几次伊莎贝拉想要引起话题，但当她张嘴时却因不知该说什么而只得继续闷头走路。不知何时，还是贝格尼娅用略带踌躇的声音打破了这颇有些尴尬的静寂：

“萨拉，你……真的认为卡洛琳娜会背叛我们吗？”

“姐姐，我之前不是分析过了嘛！如果你认为问题一定出在那四个人中间，那么从背景来看卡洛琳娜自然是最有嫌疑的啦！”

听着伊莎贝拉的话，贝格尼娅再度陷入沉思，她看起来似乎并不太认同闺蜜所说的话，然而却又没有对此发表自己的看法。

不多时，两人来到尼扬加街市的一家理发店，顺着窗户向屋内张望，在确定卡洛琳娜并不在里面后继续向前。就这样，闺蜜俩接连“造访”了闹市区的多家理发店，但遗憾的是未发现卡洛琳娜的身影。就在两位姑娘因饥饿而准备打道回府时，一个熟悉的声音在她俩的身后响起：

“雷佐小姐，公主殿下，您二位竟然在这里逛街？”

“塞巴斯蒂昂小姐……”

贝格尼娅先伊莎贝拉一步辨出了来者的声音，她转过身去，只见身着长裙的卡洛琳娜果然以一种不一样的面貌出现在视线之中，那略带卷曲的长发甚至与贝格尼娅那与生俱来的发式已颇为相似。看来安斯瓦尔多没有说错，这位红发姑娘确实是去做了个发型。贝格尼娅努力使自己的心平静下来，以平常一贯的温和语气开口道：

“真巧……塞巴斯蒂昂小姐，我和萨拉正在找你呢。如果不介意的话，可以与我俩共进午餐吗？”

“这……这当然是我的荣幸，雷佐小姐，感谢您的热情！”

面对贝格尼娅的邀请，卡洛琳娜先是一愣，不过很快充满感激地答应下来。贝格尼娅轻轻拉住卡洛琳娜的手并向她点了点头，顿时，红发姑娘感到心中涌起一股暖流……

半个小时后，三位惹人注目的美丽姑娘已经坐在了一家高档餐馆的包间里。贝格尼娅吩咐仆人呈上店中最好的牛排和美酒。面对女上司的款待，卡洛琳娜的感激之情溢于言表。几杯美酒和几块鲜肉下肚后，贝格尼娅终于将午餐“步入正题”：

“塞巴斯蒂昂小姐，我能冒昧地问个问题吗？今早你是几时起床并离开住处的？”

“我？我起床的时候天刚蒙蒙亮。抱歉……因为没有钟表，所以我并不清楚那时候是几点钟……”

“没关系。那么，塞巴斯蒂昂小姐，在你还未起床的时候是否听到窗外有异响呢？”贝格尼娅继续追问道。

“雷佐小姐……很抱歉，我并没有听见什么异响……”

卡洛琳娜回答着，神色慌张地转了转自己那棕黄色的瞳孔，而这转瞬即逝的情绪变化却没能逃过贝格尼娅的眼睛。只见女上校皱起眉梢以一股认真甚至有些严肃的语气说道：

“塞巴斯蒂昂小姐，我需要你说实话。你可以不忠于我，但请不要做出对西班牙不忠的事来。否则……请你离开我的船队。”

“雷佐小姐，我……我并没有……”

面对贝格尼娅突如其来的“威胁”，卡洛琳娜先是一愣，紧接着便发出哽咽的声音，眼角也泛出了委屈的泪花。不过这并未换来女上校的同情，只见贝格尼娅侧脸向闺蜜使了个眼色，伊莎贝拉会心地拿出钱袋起身向柜台走去。明白公主是去结账

的，卡洛琳娜忙尴尬地起身，却冷不丁被眼前的女上校按回了座位：

“塞巴斯蒂昂小姐……如果可能，我当然也希望能够相信你所说的话。愿你有个美好的午后，抱歉，失陪了！”

说完这句话后，贝格尼娅的表情变得缓和了许多。她顺手捋了捋额前的金发，将一丝微笑挂在嘴边并很快起身离去。望着女上校远去的修长背影，卡洛琳娜的泪珠终于顺着脸颊流下……

走在大街上，伊莎贝拉忍不住问起闺蜜是如何看出卡洛琳娜在撒谎的。贝格尼娅回忆了当时对方的眼神，当然，她也不能断定对方一定隐瞒了某种秘密甚至就是释放信鸽的真凶。当这些谜团错综交织地充斥在脑中时，女上校却感到眼前一黑……

“萨拉……糟糕，我有点头晕，快……扶我回去……”

贝格尼娅一手搭在闺蜜肩上，一手捂住自己额头，显露出一幅虚弱的样子，这可令伊莎贝拉大吃一惊。她知道，贝格尼娅曾在马提尼克岛发过一次高烧，而这一次……

“姐姐……你不会又发烧了吧？”

“不……萨拉，我仅仅是头晕而已。见鬼！这该死的事情弄得我快要疯了！！”

伊莎贝拉瞬间明白了贝格尼娅的意思，于是不再多说什么，搀着闺蜜迅速向住处赶去。在路上，她俩碰见了正在街市散步的弗洛伦西奥，于是年轻船长帮助公主将双脚已经不听使唤的女上校送回屋去……

当贝格尼娅从昏迷中苏醒时，发现窗外一片漆黑，屋内已燃起烛灯。显然，已经到了晚上。见伊莎贝拉候在自己的床边，女上校从床上坐起并捂着额头叫道：

“天呐！我这……究竟是怎么了？”

“姐姐，你需要休息。也许是前一阵子太累了吧，请别再考虑奸细的事了，身体要紧……”伊莎贝拉握着闺蜜冰冷的手说道。

“可是萨拉，倘若这个奸细真的不是卡洛琳娜他们四个中的一个，那么信鸽也很有可能是在后花园里被释放的了。这样一来恐怕就没法去找出这个奸细了！真见鬼……”

“不管怎样，姐姐，依托着天主的眷顾，你的腰伤才刚刚康复，若因为这件事使旧伤复发那就真的得不偿失了！所以……”

见贝格尼娅仍旧“情绪激动”，伊莎贝拉不得不拉下脸，同时提高了嗓门。也许是意识到闺蜜有些生气了，贝格尼娅只得乖乖闭上了嘴。经过短暂的沉寂后，贝格尼娅以试探性的语气轻声唤了唤闺蜜的名字：“萨拉……嗯，姐姐答应你暂时先将这事儿放一放吧。不过……既然我们的行踪已被奸细出卖，开普敦是不能再待下去了，必须尽早离开这里才行。”

在贝格尼娅的安慰下，伊莎贝拉的不满之色很快便从脸上退去。但对于闺蜜的后半句话，公主还是显露出疑惑，毕竟一直以来她都期望待这寒冷的季风时节过去后再向东航行。不过在贝格尼娅详细解释了离开开普敦的必要性——不能让英国方面掌握己方船队的确切行踪后，伊莎贝拉还是一贯地对闺蜜的计划持支持态度。当下，女上校决定次日一早便去找范德尼尔松总督敲定船队离港的事宜……

【二】

战斗的理由

次日，也就是6月28日的早晨，贝格尼娅在闺蜜的陪伴下前往总督府拜见了总督范德尼尔松。在与总督的交谈中，女上校开诚布公地讲述了自己所发现的“飞鸽传书”一事以及自己即将出航的打算。对于西班牙姑娘的打算，总督表示全力支持。而摆在他们面前最大的难题莫过于“圣特列莎”号的人手问题。

按照西班牙海军部的规定，像“圣佩德罗”号与“圣洛伦佐”号这样的大型双层甲板战列舰的载员应为750人，而目前两舰的船员数目均只有400人左右。至于“圣特列莎”号上的海盗船员绝大部分已被遣散，只留下了几十名西班牙籍的老水手，几乎可以算是一艘空船了。根据贝格尼娅的估计，“新舰”至少需要300人才能维持基本战斗力，这就意味着她必须再为该舰征召到至少300人才能出航。这对于着急出航的女上校来说几乎是个不可能完成的任务。

“想在短时间内募集齐300个水手……恐怕只有一个办法能办到了。”在听完贝格尼娅关于征召船员一事的担忧后，总督边思考边以缓慢的语速说道。

“只要能够在尽可能短的时间内募集齐人手，我都愿意去试试。”

“嗯……办法是这样的。我听说在开普敦东边的斯泰伦博斯镇有一个很大的黑奴交易市场，倘若雷佐小姐愿意出钱的话……”

面对总督试探性的话语，贝格尼娅忙表示钱肯定不是问题。但涉及的黑奴话题则令她心中很是别扭。尽管如此，表面上女上校仍显露出足够的兴趣，于是总督立刻吩咐部下安排前往斯泰伦博斯的马车。

为了争取时间，贝格尼娅没有通知其余人，而是在仅有伊莎贝拉陪伴的情况下便动身前往。在马车上，伊莎贝拉忍不住对闺蜜“仓促”的决定提出质疑：

“姐姐，你该不会真的想要去……”

“嘘——萨拉，别慌，你只管等着看好戏便是。”

面对闺蜜的质疑，贝格尼娅毫不在意地微微一笑，只见她用手攥了攥腰间的佩剑，伊莎贝拉立即明白了闺蜜的意思，不过心里却愈加不安起来：倘若真的为了黑奴而与当地人发生冲突——即便二人都具备以一当十的能力——这始终不是一件容易应付的事情。

由于路程较近，颠簸的马车在一个小时后便将两位姑娘载至斯泰伦博斯镇。随车的三名荷兰士兵——一名担任车夫，另两名担任警卫，也下车跟在贝格尼娅和伊莎贝拉的身后以保证二人的安全。不多时，两位姑娘便看到了街市上被绳索拴住的一队队黑奴，这一场景对于贝格尼娅来说并不陌生，因为她曾在拉各斯见到过更多的黑奴并险些为此大打出手。一名年长的荷兰士兵将两位姑娘带至斯泰伦博斯镇近郊一座宏伟的庄园，据介绍，这里是该镇最具影响力的奴隶主约翰·瓦尔迪姆的宅邸，他的奴隶保有量足以满足女上校对于出海人手的需求。

在得到瓦尔迪姆本人的同意后，庄园管家卡路迪亚很快便将两位姑娘带进宅邸大厅，荷兰士兵则被留在了门外。不多时，一位身躯肥胖、看上去年过半百的须发花白的老人出现在两位姑娘的视线中。当发现来访者是两位妙龄美女时，这位老人的眼中闪烁出兴奋的光芒。

“没想到访客竟然是两位尊贵的小姐，这真是令老夫的寒舍蓬荜生辉啊！”

“在下西班牙皇家海军上校贝格尼娅·德·雷佐，这位是我的妹妹伊莎贝拉。请问，您可是瓦尔迪姆先生？”贝格尼娅面带笑容地向老人行了个军礼后彬彬有礼地问道。

“当然，请二位小姐随我来。”

老人冲贝格尼娅点点头，带着闺蜜俩向室内走去。在穿过长得没有尽头的奢华走廊后，闺蜜俩被带至另一间更为金碧辉煌的大厅。看来这里便是瓦尔迪姆的会客厅了，伊莎贝拉抬头向四周张望着，露出不可思议的神色；而贝格尼娅却显得异常镇静。瓦尔迪姆请两位姑娘在黄金雕饰的座椅上坐下，并命仆人倒上茶水，开始问道：

“不知雷佐家二位千金此行的目的是……”

“我是来与您进行交易的。”

毫无拘束感的贝格尼娅开门见山地说出了此行的目的。只见她将一袋沉甸甸的金币扔在桌子上。痴痴地望着那袋金币，瓦尔迪姆不禁露出贪婪的笑容：

“那么……雷佐家的大小姐究竟想进行什么样的交易呢？”

“这袋金币全部归您，至于我的条件——请您立即释放这个庄园里的全部黑奴。”

当贝格尼娅的话音落下时，瓦尔迪姆那双色眯眯的眼睛里掠过一丝惊讶。不过很快，老人便拍案仰天大笑起来。经验丰富的女上校心里明白，这是一种谈判将陷入僵局的有力信号，于是将手警惕地按在剑柄上，而“不明真相”的伊莎贝拉仍是一脸茫然。

“雷佐家大小姐，您还真是天真呐！老夫的庄园里可是有 500 名黑奴，您的这点儿金子恐怕连一半都买不来哦！”

“钱并不是问题！”

“嘿嘿……依我看不如这样算了：既然雷佐家大小姐这么喜欢黑奴，那好，我全部给您！至于交换条件嘛……条件就是雷佐家二小姐必须留下……”

瓦尔迪姆话音未落，贝格尼娅已经拍案而起。看得出，“色老头”的无理要求已经激怒了她。只见女上校一手叉腰，一手直直地指向瓦尔迪姆那油亮的脑门大喝道：

“您这是在侮辱我么？请收回刚才的话！！”

“哟……雷佐家的千金脾气倒是不小。哼！既然不同意，那我们也没什么可谈的了。卡路迪亚！送客！”

瓦尔迪姆看似完全不给贝格尼娅颜面地起身召唤管家，不过就在这时，贝格尼娅却喝住了他：

“慢着！我还有一个提议：我愿意与您这里武艺最高强的侍卫进行决斗。若我赢了，请您把黑奴无条件交给我；若我输了……”

“若您输了，您的妹妹必须留下。怎么样，您敢吗？”

不等贝格尼娅说完，瓦尔迪姆已将话“顺理成章”地接了过来。他的表态令一旁的伊莎贝拉尴尬不已，慌忙把目光投向闺蜜。此时的贝格尼娅已经起身，挥舞的左臂仿佛正要向对方显示自己必胜的信念，然而当听到对方仍旧提议将“妹妹”加入到这场赌博中去时，女上校咄咄逼人的口气在瞬间大打折扣，转而以恳切的语气说道：

“不，我留下。我的意思是如果我输了，我甘愿留下任您处置。”

“哈哈哈……这份姐妹深情真是令人感动啊！当然，两位小美人儿只要有一位留下就行，我没有意见。卡路迪亚，把海格力斯叫到这儿来！没错，就是现在！！”

望着眼前有些措手不及的贝格尼娅，得意忘形的瓦尔迪姆一阵狂笑后指使仆人去唤自己的侍卫来参加决斗，当“海格力斯”的名字脱口而出时，贝格尼娅不禁打了个寒战。她知道这是希腊神话中大力神的名字，能以此名称呼的勇士一定不是容易对付的角色……

果不其然，数分钟后，一阵沉重的脚步声由远及近。贝格尼娅的心在怦怦跳动着，双目紧盯着声音传来的那扇大门。不多时，门被推开，一个身材极为强壮、皮肤黝黑、浑身布满疤痕的巨人出现在门口。他的体型是如此巨大以至于仰视着他的贝格尼娅吃惊地张大了嘴巴……

“这位就是我的侍卫海格力斯先生，当然如果您愿意，也可以称他为‘歌利亚’。海格力斯先生的身高接近 8 英尺、体重超过 500 磅[1]，我相信在这个世上很难找到比他更为强壮的人了。怎么样，雷佐家大小姐，现在您仍旧坚持与海格力斯先生进行决斗吗？”

瓦尔迪姆阴阳怪气地嘲讽着贝格尼娅。面对这样可怕的对手，伊莎贝拉首先沉不住气了。只见她拉起闺蜜的袖子恳求道：

“姐姐……千万别引火上身呀！现在放弃还来得及，我们赶紧离开这里，另找其他办法……”

---

1. 1 英尺约为 0.3 米，1 磅约为 0.45 千克。

“真是抱歉，雷佐家二小姐，难道老夫会让二位就这样堂而皇之地离开这里吗？倘若您姐姐放弃决斗，那么您仍然得留下……”

瓦尔迪姆边说边向一旁使了个眼色，其余几名侍卫将通往宅邸外廊的门堵了个严实。眼见全身而退已是不可能的事情，贝格尼娅只得硬着头皮将红黑衫脱下交给闺蜜，镇定地说道：

“瓦尔迪姆先生，我坚持我的挑战。不知海格力斯先生是否做好准备了呢？”

“哼，真是个不知天高地厚的蠢丫头！今天本大爷要在这大厅里把你那脆弱的小蛮腰折为两段！！”

面对贝格尼娅的挑战，“巨人”海格力斯欣然接受。心中暗暗得意的瓦尔迪姆立即下令将大厅布置为决斗场地。生死时刻将至，已抱有必死决心打算奋力一搏的贝格尼娅显得十分平静；而与她形成鲜明对比的是，只能充当旁观者的伊莎贝拉则因为后悔来到这个“鬼地方”落下了泪。

瓦尔迪姆的管家卡路迪亚担任此次决斗的公证人。不过当他在问及贝格尼娅是否愿意接受对手怜悯时，得到的却是坚决的反对声。女上校表示：在这场对决中绝不会有任何一方屈膝求饶，而最后的结局也一定是以一方的毙命而告终。

随着卡路迪亚的一声号令，神话中“大卫勇斗歌利亚”的故事似乎在现实中上演了。“瘦小”甚至身高不及海格力斯胸部的贝格尼娅手持佩剑小心地围着眼前这个“怪兽”挪动着步子。她在寻找下手的机会，女上校心中十分清楚，自己惹下的麻烦必须自己想办法去解决，而这恰恰又是一场绝不能输的战斗……

“怎么了，小丫头？不敢进攻嘛……嘿嘿，那么让本大爷来教你如何用剑吧！”

见贝格尼娅迟迟没有发起进攻，海格力斯以为她已经胆怯，于是狂笑着挥起手中那比女上校整个人都要长的巨剑劈向对方。不过巨人的弱点往往都是那较差的灵活性，海格力斯挥剑的动作在贝格尼娅看来简直如同慢动作一般，遂被其轻松闪过。掠过女上校身体的巨剑重重砍在地板上，砸出了一个大坑。在场的人都被这股可怕的力量所惊呆，只有贝格尼娅仍是一副从容不迫的面容。只见她微微一笑，用扎头绳将金发束起。对这一标志性动作十分熟悉的伊莎贝拉明白闺蜜准备动真格的了……

果不其然，当海格力斯再次将剑砍空时，贝格尼娅精准地挥剑砍中了对方粗硕的腰部，然而令人不可思议的事情发生了：当剑刃将巨人衣襟划破后却并未能在他身上留下任何创伤。贝格尼娅惊得目瞪口呆，而就在她发呆之际，海格力斯一拳将她打得口喷鲜血后仰倒在地。

“姐姐！！”

见闺蜜被打倒在地，伊莎贝拉哭喊着拔出剑就要上去帮忙，却被两名侍卫拦住。卡路迪亚当即向公主表示在未分出胜负时禁止任何人干预决斗。不多时，贝格尼娅从地上爬起，在拭去嘴边血迹的同时也向闺蜜摇了摇头，那眼神分明是在说：我能行！伊莎贝拉忍住泪、微微点点头，继续观看决斗。

重整旗鼓的贝格尼娅挥剑冲向海格力斯，与对方进行节奏极快的正面剑术比拼。行动笨拙的巨人显然是跟不上轻巧灵活的女上校的速度的，仅仅过了几个回合便已乱了阵脚。贝格尼娅看准时机一剑刺中海格力斯的胸口，然而不可思议的一幕再度发生：那剑尖竟然无法插入对方的身体！

海格力斯抓住机会将贝格尼娅手中的佩剑打飞，同时迅速抓住了西班牙姑娘那双纤细的手腕。只听巨人一声低吼，女上校竟被他举过了头顶……

“见鬼！放开我，你这混蛋！！”

“哈哈哈……我最喜欢看小姑娘求饶的样子了，来吧……快向本大爷求饶，然后我就放了你……”

“蠢货……难道你忘记决斗前的约定了吗？想看我求饶的样子？抱歉……我贝格尼娅从来不会向任何一个敌人求饶！”

话音刚落，荡在空中的贝格尼娅突然通过腹部力量伸出她那有力的长腿猛地一脚踹中了海格力斯的面部，而她自己也借着这股反冲力挣脱了对手的束缚。然而不幸的是，着地时贝格尼娅的右肩狠狠地砸在了地板上。女上校下意识地发出了“啊”的一声惊呼，很明显，她的肩膀受了伤。海格力斯抓住这个机会冲上前来挥剑劈向贝格尼娅的头部——伊莎贝拉捂住眼不忍观看，不过其余旁观者则目睹到女上校在剑刃落地的一刹那翻滚着身体闪开攻击，并仅靠左臂的力量迅速站了起来。对于眼前这位看似瘦弱的西班牙姑娘灵巧的身手和顽强的毅力，就连瓦尔迪姆都情不自禁地发出赞叹：

“这真的是个姑娘吗？我的天，简直比男人还要厉害！”

“老爷，我听说过贝格尼娅·德·雷佐的传闻。”一旁的卡路迪亚忙上前一步，低声附着瓦尔迪姆的耳朵说道。

“快说来听听！”

“贝格尼娅·德·雷佐是西班牙海军仅有的女性军官。在海军里，她的剑术和枪法都无人能及，能一人对付一船的海盗；此外，我还听说英国人称她为‘西班牙皇家海军之花’……”

“什么……她就是‘西班牙皇家海军之花’？！”

听到这里，瓦尔迪姆显然已是惊讶万分。常与英国人打交道的他自然听闻过“西班牙皇家海军之花”的名声。当然，这位老者恐怕做梦也不会想到今天居然能够“有幸”一睹其真容。

“嘿啊！！”

伴随着贝格尼娅的一声怒吼，海格力斯持剑的手腕被砍断了筋腱、沉重的长剑也落在了地上。巨人抱起手腕号叫着跺着地板，女上校打算趁此机会以“一剑封喉”结束战斗，不料剑锋至海格力斯下颌前时，却被他的另一只手抓住了剑刃，这股强大的臂力令同样只剩一只手能用的贝格尼娅几乎动弹不得。不得已，女上校只能弃了剑。而海格力斯将这柄西班牙海军军官佩剑扔在地上用脚踩成两段。

“现在连武器也没有了，我偏不信就凭你那小细胳膊能把本大爷给制服了？真想让我杀了你吗……那漂亮的小脸蛋还挺让人舍不得呐！哈哈……”

海格力斯狞笑着，一步一步向赤手空拳的贝格尼娅逼去；而后者只能不断地向后、向后，直到退至无路可走的墙角下。看似这场决斗已经失去了悬念，一旁的伊莎贝拉已经哭成了泪人，然而就在这时……

贝格尼娅突然半蹲下身子，从靴筒里抽出一只匕首，用力掷出，那匕首不偏不倚正好刺中了海格力斯的右眼。巨人哭嚎着倒地，这次女上校不再给对方任何翻盘的机会，以最快速度冲上前去将匕首更深地插进其眼窝。挣扎了数秒后，海格力斯终于安静了下来，在场的人都明白这场决斗已经结束了。

从海格力斯尸体上跳离的贝格尼娅看上去并不轻松。她的右肩显然伤情较重，整只胳膊犹如失去知觉般垂直耷拉着；此外，她胸前的衣襟上也沾满了血痕。不过对于自己的伤势，女上校似乎并不太在意。只见她径直走到瓦尔迪姆的面前：

“瓦尔迪姆先生，我已经战胜了您所挑选的侍卫。现在请履行您所许下的诺言吧！”

“雷佐家大小姐，您真是了不起！当然，您现在就可以带走这里的全部黑奴了。”瓦尔迪姆有些羞愧地低下头去。

“谢谢您。另外，可以借给我一些绷带固定一下这该死的肩膀吗？”

贝格尼娅那疲惫的脸上勉强露出一丝笑意，斜眼瞟了下自己受伤的右肩。瓦尔迪姆忙唤卡路迪亚拿来绷带，而后由伊莎贝拉替闺蜜将受伤的右臂固定好，吊在胸前。一个小时后，按照贝格尼娅的要求，瓦尔迪姆派人将庄园的黑奴聚集在后院的空地。由于不明白究竟要发生什么，这些可怜的黑人们面露畏惧之色纷纷议论着，直到瓦尔迪姆带着贝格尼娅与伊莎贝拉出现在他们面前。瓦尔迪姆示意众人安静，并将话语权交给了贝格尼娅。女上校转动着自己那蔚蓝动人的眼睛环视四周数秒后，她用不太熟练的英语温和地说道：

“请诸位不必惊慌，我是西班牙皇家海军上校贝格尼娅·德·雷佐。今天把大家召集在这里是想宣布一件事：你们马上就可以恢复自由身并且离开这个庄园了！”

当贝格尼娅话音落下时，几乎所有黑人都面面相觑、仿佛不敢相信自己的耳朵一般。于是女上校又把刚才的话重复了一遍；而瓦尔迪姆也在一旁附和着表示认同，人群中终于爆发出热情的欢呼声，大家高喊着贝格尼娅的名字。不多时，贝格尼娅微笑着示意大家安静下来，接着刚才的话说道：

“我，贝格尼娅·德·雷佐，目前正在执行一项由卡洛斯陛下亲令的环球航行的任务。由于缺少水手，我需要得到诸位的相助。现在，愿意加入我船队的人请举起手来！愿仁慈的天主保佑你们！”

“愿仁慈的天主保佑雷佐小姐！！”

在场的黑人们欢呼着贝格尼娅的名字，纷纷举手表示愿加入西班牙船队，这一热情的场面令女上校热泪盈眶。当下，闺蜜二人商量后决定就在这里把愿意加入船队的人都登记在案。由于贝格尼娅的手臂受伤不便写字，伊莎贝拉替闺蜜充当了“登记员”的角色。一时间，人们踊跃报名。

经过“漫长”的登记，伊莎贝拉告诉闺蜜，一共有 378 人愿意加入船队，这一数字已经远远超过了女上校的预期。心急的贝格尼娅打算在天黑前赶回开普敦，以便在次日能够完成出航准备。于是在匆匆告别了瓦尔迪姆后，闺蜜二人领着长长的“水手”队伍向港口进发。

走在路上，伊莎贝拉不禁对数小时之前那场危险的决斗心有余悸。然而在问及闺蜜究竟为何要与海格力斯那样拼命时，公主得到的答案却令她自己吃惊不已：

“没有哪个人生来便是奴隶，我从来都是这么认为的。为了替那些可怜的人争取自由的机会，我贝格尼娅愿意奋力一搏！这就是我战斗的理由。萨拉，现在你能够理解我了吗？”

“嗯……姐姐，可是……这很可能是要付出生命的代价啊！”

“亲爱的妹妹，我想你需要明白一点：我并不是个热爱战斗和杀戮的人，但同时我也绝不会逃避本该属于我的命运——倘若不得不去战斗，那么就一定要赢下它！所以——我对我曾经参加过的每一场战斗都无怨无悔。”

“姐姐……”

听完闺蜜的回答，伊莎贝拉眼里已噙满了激动的泪水。她无法抑制自己的感情，张开双臂与闺蜜紧紧拥抱在一起。女上校那执着的信念已经深深感染了公主的心灵，而刚刚发生的这段“小插曲”无疑让闺蜜俩的心贴得更紧密了……

夜幕降临时，贝格尼娅带着黑人“水手”们如愿抵达开普敦的港口。他们的到来令包括总督范德尼尔松在内的众多人都感到颇为意外——尽管范德尼尔松建议贝格尼娅通过“购买黑奴”的手段来增加船队水手的数量，但他不曾料到女上校竟然能够“买”来这么多人！不过，当伊莎贝拉向他解释了闺蜜为黑奴争取到自由的经过后，这位老总督对女上校肃然起敬。

为了能减少适应时间，尽快出航，贝格尼娅立即着手将378名新船员分配到三艘战列舰上；同时还从“圣佩德罗”号与“圣洛伦佐”号上抽调了一批经验丰富的水手到“圣特列莎”号任职。就这样，在出航之前，三艘战列舰的总人数攀升至1200人，基本满足了贝格尼娅维持单舰战斗力的需求。对出航充满了渴望的女上校甚至打算在29日便离开开普敦，但出于对她臂伤的担忧，伊莎贝拉说什么都不同意这么快就继续他们的冒险之旅。最终，拗不过闺蜜的贝格尼娅只得将出航日期推迟至 7 月 1 日。

待忙完船员分配事宜，贝格尼娅看了看自己的怀表，已是 29 日凌晨时分了。几乎一整天处于奔波与饥饿状态下的她终于感到了倦意；此外，她感到自己的右臂也愈加疼痛。伊莎贝拉忙唤来弗洛伦西奥与格拉迪诺替闺蜜检查伤情。当看到女上校那有些红肿的肩窝时，两位年轻人几乎不约而同地断定这一定是“脱臼”了。于是在二人小心谨慎地配合下，女上校的臂膀被接回原处。治疗结束后，贝格尼娅好奇地舒展了下自己的臂膀，发现疼痛竟然消失。笑颜再度在她的脸上绽开：

“真是难以置信，我的右臂居然恢复正常了！感谢天主，感谢你们二位！”

“虽说已恢复正常，但……雷佐小姐，请您在接下来的一个月内使用右臂时谨慎一些，以避免习惯性脱臼。”弗洛伦西奥擦去额头的汗珠说道。

“谢谢你，弗洛伦西奥先生，我会注意这些的。另外……今晚我想举办一场音乐会，为即将到来的远航壮行。大家觉得如何呢？”

“音乐会？可是我们并不会乐器呐……”弗洛伦西奥与格拉迪诺一听，异口同声地露出为难的神色。

“放心，这事儿包在我和萨拉的身上啦！是吧？”

贝格尼娅满脸笑意地冲闺蜜瞟了瞟，伊莎贝拉也立刻露出会心的笑容。尽管平时总以“勇武”形象闻名于船员之中，但事实上这位在战斗中甚至显得有些“鲁莽”的女上校却也是一名小提琴演奏高手，而她的闺蜜同样早已以精于钢琴而为众人所知。小提琴搭配钢琴，这将会是一幅多么美妙的画卷！

一天的时间很快过去。当29日晚餐结束后，贝格尼娅如约将自己的伙伴们带至音乐会举办的场所——总督府大厅里。当然，作为“特邀嘉宾”，总督范德尼尔松与其家室也参与其中。当贝格尼娅一曲凄婉动听的小提琴独奏开始后，音乐会正式拉开序幕；随后，伊莎贝拉那悦耳清脆的钢琴声也徐徐响起，在座的男女宾客情不自禁地起身、走进舞池。正当神清气爽、一袭笔挺红黑衫的安斯瓦尔多按次序走上舞台时，却发现对面等待与自己共舞的姑娘恰好是卡洛琳娜！

“卡……卡洛琳娜？！”

安斯瓦尔多吃惊地脱口而出叫道。他简直不敢相信这就是上天安排给自己的舞伴；卡洛琳娜似乎比眼前的年轻少校更为惊讶，不过很快，她便将惊讶转换为欣喜的笑容：

“天哪！胡安，没想到我们俩刚好组成了一对，这一定是天主的恩赐吧……”

“当然，请让我们共享今晚这美好的时刻吧！”

安斯瓦尔多认真地点点头，以优雅的姿态托起卡洛琳娜那细嫩的手腕，开始共舞。尽管沉浸在与卡洛琳娜共舞的快乐之中，但安斯瓦尔多并未忘记时不时地朝贝格尼娅所在的地方瞄上两眼——见正忘情演奏的女上校似乎并未注意到自己，年轻少校不禁松了口气。

两天后的早晨。

三艘维修一新、张灯结彩的西班牙战列舰英姿焕发地排列在港口，做好了出航的准备。站在旗舰“圣佩德罗”号上的贝格尼娅已经不止一次体验到这种临别时依依不舍的感觉了。望着向自己挥舞着手臂的人群和面带和蔼笑容的总督范德尼尔松，女上校再度将热泪洒在海里，在开普敦的日日夜夜给她留下了难以磨灭的印象。尽管也许再也不会回到这个位于地球最南端的港口，但是贝格尼娅却清楚地感受到：此刻，她的心与港民们同在……

【三】

猎人与猎物

马达加斯加岛南海岸圣玛丽角附近，一艘有着大型巡航舰规模的三桅帆船以 30° 倾角歪在浅滩上接受船底维修。沙滩上有几顶简易帐篷，忙碌的水手穿梭其中，看起来这里已经聚集了上百人。不知何时，一位留着浓密胡须、身躯庞大而强壮的水手快步跑至一座沙滩上最大的帐篷内。

“巴金斯船长……巴金斯船长！那边有消息了！！”

帐篷内，被称作“巴金斯”的船长从容不迫地转过身来，他那棕红色卷发在肩上微微浮动，宽大的袖口随着他随性的动作掀起微弱的风，英俊而年轻的面庞上显出与年龄不相符的自信。只见他放下手中制作地图的工具、面带微笑地随手拿起桌上的酒瓶朝水手走来。

“考克斯先生，需要来一杯朗姆酒吗？”

“啊……不，谢谢。船长先生，我刚刚得到了信鸽传书……”

被称作“考克斯”的水手边说边掏出了绑在信鸽腿上的专用小信筒递给巴金斯。船长接过信筒，娴熟地将纸条从信筒中取出，认真地扫视着上面的内容，脸上露出一丝狡黠的笑：

“嘿嘿……看样子，有条‘西班牙大鱼’就要上钩了，而且还是条‘美人鱼’呢！”

离开开普敦后，贝格尼娅的舰队很快驶入印度洋，对于他们来说，这是一片陌生的海域。当然，有一个人是例外的，那就是众人公认的“智者”弗洛伦西奥。

“按照现在的航行速度，预计我们将会在三周之后抵达马达加斯加岛；而后我们向东穿过马斯克林群岛，再转而北上抵达葡萄牙人的殖民地迪戈加西亚岛……”

对照着海图，弗洛伦西奥井井有条地将未来的航行路线介绍给舰长室内包括贝格尼娅在内的所有人。不知何时，一直面色严肃的贝格尼娅插了句话道：

“倘若我们在迪戈加西亚岛得不到补给的话……”

“姐姐，别担心呀，我觉得葡萄牙人对我们一定是……”

“那可不一定呢，公主殿下。雷佐小姐的担心不无道理，据我所知，迪戈加西亚岛的总督与英国东印度公司的关系甚密，因此很有可能会拒绝我们入港。果真如此，我们将面临长达 2000 海里得不到补给的窘境……”

不等伊莎贝拉把话说完，弗洛伦西奥已经将其话语打断，并证实了贝格尼娅的担忧。公主忙红着脸低下头去。不过在经历了短暂忧虑后，女上校的脸上露出了宽慰的神色：

“以后的事情会怎样现在还难以定论，愿幸运女神能眷顾这支船队的每一个人，天主与我们同在！”

“天主与我们同在！”

就这样，在舰长室内众志成城的声音中，离开开普敦后的首次航海例会结束了。不过在会议结束后，安斯瓦尔多却十分罕见地表示想与贝格尼娅“私下聊聊”，对此，女上校略感意外。于是在众人离去后，安斯瓦尔多带着他的女上司来到了“圣佩德罗”号的船艉。面对一直以好奇眼光打量着自己的女上司，安斯瓦尔多似乎难以启齿，还是贝格尼娅打破了这尴尬的沉默：

“胡安，你找我……究竟是什么事？”

“雷佐小姐，我……其实我是想申请调至‘圣洛伦佐’号或‘圣特列莎’号上去继续我的工作……”

“什么？胡安，你疯了吗！你……为什么要离开我？”安斯瓦尔多的话如晴空霹雳般刺入贝格尼娅的耳中，惊讶的女上校立即追问起缘由。

“不……我并不是想离开您，只是……我想暂时换个环境尝试一下。仅此而已。”

安斯瓦尔多低着头以极低的声音支吾道。在这一刻，贝格尼娅先是一愣随后很快回过神来，并用斩钉截铁的声音应道：

“不行，我不批准你的这个请求。如果没有其他事，你现在就回到自己的岗位去吧！”

“是，小姐……”

见女上司的回答如此坚决，安斯瓦尔多只得略显无奈地转过身去，不过就在他准备离开之际，贝格尼娅却又叫住了他：

“胡安……如果有对我不满的地方或者其他事情，请你敞开心扉告诉我，好不好？”

“啊……雷佐小姐，请您别想多了。我真的没什么，只不过想换个环境而已。”安斯瓦尔多说着，恢复了他那标志性的“憨笑”。

“好吧，那么我允许你去‘圣特列莎’号上待一段时间，正好也能与罗德里格斯做个伴儿。然后等舰队抵达马达加斯加岛后就返回‘圣佩德罗’号，你看这样可以吗？”贝格尼娅托着下巴思索片刻后也露出了笑容。

“真是太感激您了，雷佐小姐！是，等抵达马达加斯加岛后我一定第一时间回到您身边！！”

激动的安斯瓦尔多忙立正，向女上司行了个军礼。望着眼前年轻少校高兴的模样，贝格尼娅的心头突然一阵酸楚。不过尽管如此，她还是带着天使般迷人的微笑点了点头。不多时，在女上校的授意下，贝内迪克托安排了一艘小艇送安斯瓦尔多去“圣特列莎”号。听闻安斯瓦尔多要离开的伊莎贝拉匆忙丢下手中事情，从前甲板赶来，然而她的动作还是慢了一步，当她赶到后甲板时，年轻少校乘坐的小艇已经激起了浪花……

“姐姐，这是怎么回事？安斯瓦尔多为什么要离开？”不明真相的伊莎贝拉把目光投向了正目送年轻少校离开的闺蜜。

“说实话我也不清楚其中的原因，安斯瓦尔多只是说想要尝试着换个环境……不过在我们抵达马达加斯加岛后他便会回来的。”

“难道是因为卡洛琳娜那女人？该死的……”突然间，伊莎贝拉仿佛明白了什么，于是恨恨地攥紧了拳头。

“不会的，卡洛琳娜本人还留在这里呢。难道……真的是因为他开始厌倦我了？天呐……这……”

面对闺蜜的猜测，贝格尼娅摇摇头，但猛地又似乎因为领悟到其中“真谛”而面带惊讶和失望地捂住自己的嘴，同时身子不由自主地向后退了两步。见闺蜜举止反常，伊莎贝拉慌忙将其扶住。

“姐姐，你怎么了？安斯瓦尔多肯定不会是因为厌倦姐姐而离开这里的，请你一定要相信他！”

听了闺蜜的话，贝格尼娅打起精神、将目光继续停留在远去的安斯瓦尔多所乘坐的小艇上，直至其驶抵位于“圣特列莎”号侧舷的登舰舷梯。而也许是注意到远端的女上司仍在注视着自己，年轻少校在登舰的同时远远地朝这边挥了挥手，贝格尼娅也忙挥手作出回应，霎时间，泪珠如断了线的珠子从她美丽的脸庞上落下……

接下来的一周时间里，贝格尼娅的舰队在驶往印度洋的航途

上一帆风顺。来到“圣特列莎”号上的安斯瓦尔多继续履行他的“大副”职责，只不过，他“服侍”的对象由贝格尼娅变成了罗德里格斯。对于安斯瓦尔多“抛弃”美女主人来到这艘“鸟不生蛋”的船上来，就连罗德里格斯也颇为不解。毕竟“圣特列莎”号上大部分都是临时征召的水手，也没有配备海军陆战队。

一个繁星满天的晴朗夜晚，躲在“圣特列莎”号艉甲板抽烟的罗德里格斯不禁再次向站在自己身旁仰首“赏月”的安斯瓦尔多问起同样的问题：

“话说，老弟……虽然已经一周了，但我还是不能理解你怎么能够忍心离开美丽善良的雷佐小姐而到这鬼地方来？难道你对小姐她有不满之处……”

“不，我并没有对雷佐小姐产生过任何怨言，只是……最近心里有个结，我想放松一下。”安斯瓦尔多将目光移至罗德里格斯的身上，平静地答道。

“心结？如果方便的话……”

“嗯……其实你应该也听说过一个多月之前雷佐小姐在开普敦酒馆喝醉的那个事儿吧？”安斯瓦尔多将三角帽摘去、夹在腋下后说道。

“当然。不过传闻雷佐小姐喝醉似乎是因为兰杜瓦先生做出了伤害她的事？”罗德里格斯试探性地问道。

“不……老兄，我在意的问题并不是这个。事实上，没有第二个人知道，那天雷佐小姐在醉酒的情况下竟然对我说她喜欢我……”

安斯瓦尔多的话令罗德里格斯瞪大了眼睛。在愣了好一会儿后，他示意对方继续把话说下去，于是年轻少校仰起头，脸上露出一丝苦涩的笑容：

“在听到这句话后……很难用语言来形容我当时的心情。我与雷佐小姐共事十几年，其实我一直……”

“老弟，其实我觉得这也是一件挺正常的事吧。首先海军里本就难觅女性身影；其次雷佐小姐又是那样的光彩照人，咳咳……如果对她没有一点想法，我认为那才是不正常的事呢。”

在罗德里格斯打断自己的话语后，安斯瓦尔多表现出明显的意外之情，不过壮汉却扭头对年轻少校露出微笑并继续说道：

“然而对于雷佐小姐这样各方面条件都令我等凡夫俗子难以奢望的好姑娘来说，也许与她保持一定的距离对双方来说都是好事。哈哈……这只是我的个人看法呀，无意冒犯老弟！”

“哪里，老兄你说得很对……”

不过就在两人进行如此“男人与男人”之间的交谈时，“圣特列莎”号主桅上的瞭望员却向罗德里格斯报告在舰队行进方向的左侧隐约发现了帆影。两人不约而同地朝瞭望员所指的方向望去，然而在漆黑一片的汪洋大海上，什么也望不见。

“拉梅拉，你确定没看走眼吗？！”罗德里格斯冲着桅杆上的

瞭望员大喊起来。

“罗德里格斯先生，仅凭月光我也不能完全肯定那就是一艘帆船，但是至少看起来有点儿像……”

“立即向‘圣佩德罗’号打出旗语，把这一消息告诉雷佐小姐！！”

“是！罗德里格斯先生。”

碰巧的是，此时此刻贝格尼娅与伊莎贝拉也悄悄躲在船艉围栏旁借着夜幕喷云吐雾。无意之间，视觉敏锐的贝格尼娅注意到了身后“圣特列莎”号打出的“有不明帆影”的旗语，未吸完的香烟瞬间从她手中滑落入大海。

“姐姐，你怎么了？”注意到闺蜜表情变化的伊莎贝拉连忙问道。

“有情况……”

“什么？！”

未等伊莎贝拉反应过来，贝格尼娅已经飞也似地奔至主桅下并高声要求瞭望员对四周进行观察。果然，不多时，“圣佩德罗”号的瞭望员也发现了目标：

“雷佐小姐……东北偏北发现不明帆影！距离大约800码[1]……或许更远些！光线太暗了，我不能确定！”

伴随着瞭望员的嘶吼，贝格尼娅迅速拿起望远镜进行观察。

1. 1码约为0.91米。

不多时，她的嘴角微微动了动：

“迎着我们驶来……只有一艘么……看起来不像是西班牙船只——萨拉，全舰立刻进于警戒状态！”

“是，姐姐！”

伊莎贝拉立即奔跑起来，在安斯瓦尔多离开“圣佩德罗”号后，她勇敢地担当起了年轻少校原本在军舰上的大副角色。经历多日的平安无事后，考验她的时机已悄然而至……

几分钟后，得到贝格尼娅指示的“圣洛伦佐”号和“圣特列莎”号转舵，与旗舰“圣佩德罗”号组成“品字形”阵势向来船靠近。随着距离的接近，一直保持高度警惕的贝格尼娅注意到对方飘扬的英国旗帜，脸色顿时大变：

“传令各舰做好迎战准备！”

“姐姐？你……确定那是敌舰吗？”伊莎贝拉露出吃惊的神色。

“悬挂英国旗帜的帆船皆是我们的敌人。今天无论如何都不能放这艘船离开这里！”

贝格尼娅的话语显示出了她急于证明自己的决心，在获得西班牙向英国宣战消息后的她终于要迎来属于自己的“第一个猎物”了。而这个猎物究竟是何方神圣呢？

带着心中的谜团，贝格尼娅指挥她的舰队将这艘“落单”的英国帆船三面“包围”。通过近距离观察，女上校发现这是一艘拥

有双层甲板的大型武装商船，可能装备了数十门用于自卫的火炮，是个危险的对手。见两船距离已近至可模糊望见对方甲板上船员的面孔，贝格尼娅靠在围栏上用蹩脚的英语高喊起来：

“对面的英国人听好了！我们是西班牙皇家海军，现在请立即放下武器，降旗投降！否则我们将以武力制服！！”

短暂的沉寂后，对面甲板上传来一个沧桑的声音：

“西班牙人——我们是盟友，请不要做出不适宜的举动！”

听到这句话，贝格尼娅环顾了下身旁的同伴，差点笑出声来。只见她润了润嗓子继续喊道：

“盟友？别做梦了，我们西班牙已经向你们英国正式宣战了！！摆在你们面前的唯有投降一途，我给你们两分钟考虑，如果到时仍不降旗投降，我们将把你们轰成碎片！！”

贝格尼娅话音落下时，对面甲板上的英国人显然慌乱起来。大约过了一分钟，在船长的授意下，英国旗帜被降下，取而代之的是一面破旧的白布。刹那间，贝格尼娅的身旁响起了雷鸣般的欢呼声……

不多时，从“圣佩德罗”号上扔出的锚索勾住了英国武装商船的船舷。贝格尼娅当先顺着手下铺设的木板登上了敌船。只见一名留着花白胡须的中年男子垂着脑袋站在一群水手之前，很明显，他便是英国船长了。见身着红黑衫、威严十足的贝格尼娅走到自己面前，船长的头垂得更低了些。

“你就是这艘船的船长吧？这艘船上运载的是什么货物，目的地是哪里？”

“是的，我是船长卡特·伍德哈尔。这艘船是由加尔各答航行至本土的‘约克郡’号，上面运载的是烟草和少量香料……”

“我是西班牙皇家海军上校贝格尼娅·德·雷佐，这支舰队的指挥官。我以皇家海军的名义扣押你的船和货物，现在请立刻带我去你的船长室。”

伍德哈尔船长点点头，亲自带着贝格尼娅向船长室走去。伊莎贝拉持剑紧跟在闺蜜身后，不过在来到船长室门口时，贝格尼娅却吩咐闺蜜去搜查货舱，自己一人随船长走进了房间。进屋后的船长首先将船长室内的烛灯全部点燃，屋内泛起了昏暗的橘黄色光泽。

走进船长室的贝格尼娅一手按着腰间佩剑，一手托着下巴，用鹰一般锐利的眼睛观察着室内的每一个角落。她的皮靴踩在破木地板上，发出了吱吱的声响。当走到书架前时，一本厚厚的航海日志吸引了她的目光。见女上校锁定了目标，伍德哈尔船长的眼里掠过明显的不安……

贝格尼娅捋了捋自己额前的金发，将航海日志抽出，认真翻阅起来。尽管并不能完全读懂上面的英文，但女上校很清楚哪些是自己所需要的“关键信息”。当翻到一页有些破损的纸张时，她不禁皱起了眉头：

“格拉兹舰队……是怎么回事？”

“这……这个……”

“老实交代！我可没空在这儿陪你浪费时间。”

贝格尼娅将航海日志重重地按在书桌上，用拇指敲了敲腰间的佩剑。眼见对方就要“动真格”的，伍德哈尔船长吓得面如土色：

“是……是。那是一支由拉尔夫·格拉兹准将指挥的隶属于东印度公司的分舰队，他们的任务是破坏法国与其远东殖民地之间的补给线……”

“这支舰队由哪些船只组成？”贝格尼娅从兜里掏出一支烟点上，用平静的语气问道。

“一共拥有五艘战列舰、一艘巡航舰和一艘双桅帆船，旗舰是拥有74尊大炮的‘肯特’号。”

“那么……这支舰队现在何处？”

贝格尼娅边追问边打开航海日志继续查阅。这回，伍德哈尔船长连连摇头表示自己并不知情。女上校抬眼瞟了眼船长，见对方一脸无奈模样，不禁露出鄙夷的笑容。正在这时，伊莎贝拉推门走了进来：

“姐姐，我已经派人彻查过了，船上搭载的物品正如船长所说是烟草和香料，并未发现其他可疑物品。”

在从闺蜜口中得到令自己满意的答案后，贝格尼娅放下手中的航海日志，背着双手向伍德哈尔船长踱去。那可怜虫见女上校再次站在自己的面前，竟吓得瑟瑟发抖。

“现在你有半小时时间带着你的船员乘坐小艇离开这里……”女上校用缓慢的语气说道。

“什么，您放我们走？”中年船长露出意外的神色。

“嗯……最好趁我还没改变主意之前从我眼前消失！”

在贝格尼娅的一声怒喝下，中年船长慌忙奔出船长室，下令船员们行动起来，没一会儿工夫便将船上搭载的两艘小艇放入海中。15分钟后，船上所有的英国船员已经全部登上了小艇。站在船舷边的贝格尼娅面无表情地注视着小艇的离开，这时，伊莎贝拉从背后拉了拉闺蜜的衣袖：

“姐姐，为何要放了这个英国船长？我记得你曾说过……”

“萨拉，我并非是个被仇恨冲昏头脑的人。我是决不会对平民下手的。”贝格尼娅扭头瞥了一眼闺蜜，露出温和的笑容。

“嗯……姐姐，我明白了。那么接下来……”

“把船上的补给和武器弹药全部搬走；剩下的货物、拿不走的东西连同船一起烧毁。”

面对闺蜜的“命令”，伊莎贝拉连连点头并立即执行。在女上校的指挥下，另两艘战列舰也靠过来从商船上搬运物资。不消一个小时，除了毫无用处的货物外，舰上其余物资均被拿了个干净。

漆黑的海面上，一团橘红色的火球骤然升起、不断扩大、紧

接着平铺在海面；直到最后化为星星点点的残渣。一切又恢复了宁静……

在俘虏并焚毁了一艘英国武装商船后，天边泛起了鱼肚白。贝格尼娅的舰队“饱餐一顿”后继续朝东北方向航行。不知不觉又是一周过去了……

午后，艳阳高照。坐在舰长室的贝格尼娅感到自己眼皮发沉、昏昏欲睡。为了不使自己打瞌睡，女上校罕见地在大白天掏出一根香烟准备“提提神”。就在她把烟含在嘴里准备点火时，伊莎贝拉推门走了进来。见闺蜜竟打算在白天抽烟，又惊又怒的公主连忙冲上来一把将烟夺了下来：

“姐姐，你疯了吗？竟然大白天抽烟！这要是给部下看到的话，你那‘舰上不准吸烟’的规矩还怎么执行下去？！”

“天呐……真不好意思！但是萨拉，我实在是太困了……”贝格尼娅说着，用手撑住额头，脸色看起来并不太好。

“姐姐，你最近究竟是怎么了……感觉你似乎不在状态呐！”

“是吗……我也觉得自己有些不对劲、透不过气来。也许到甲板上走走会好些吧。萨拉……”

“是，姐姐，我陪你去。”

面对闺蜜那双充满恳求的眼睛，伊莎贝拉上前将其搀起，一同走向甲板。由于阳光难得充足，不少水手将自己被海水浸渍的衣服拿出来曝晒。见女上校外出“巡查”，水手们纷纷将衣服收起并起立向她致敬。贝格尼娅示意众人可以继续干自己的事并缓缓向前走去，不多时，她来到了正擦拭大炮的安东尼奥的面前。由于工作专心，伯爵的儿子甚至没有注意到女上司已经站在了自己的身后。

“安东尼奥……”

“雷佐小姐？！”

辨出声音的安东尼奥下意识地回过头去，只见面容憔悴但仍挂着温暖笑容的贝格尼娅向自己伸出了手。伯爵儿子忙放下手中的活儿迎上前去，两只手紧紧地握在一起。

“安东尼奥，真是辛苦你了。等回去后我一定要好好向伯爵大人夸赞你在船上的勇敢和进步。”

“啊……万分感谢您，雷佐小姐！这些都是我应该做的。我一定会继续努力的！”在女上司的鼓励下，安东尼奥激动得热泪盈眶。

“嗯……我相信你一定会做得更好的。所以我一直在考虑，如果你愿意的话，我想把你提升为本舰的三副……”

“什么？雷佐小姐，您……要把我提升为三副！这……这真是我莫大的荣幸！！”

面对突如其来的女上司给予自己的提拔，安东尼奥举起他那早已颤抖的右手恭敬地行了个军礼。满面笑容的贝格尼娅也很有礼貌地回了礼，不过就在这一刹那，她突然痛苦地用手按住了自

己的脸：

“天呐……我……我……”

“姐姐？！”

见闺蜜突然这副模样，一旁的伊莎贝拉禁不住尖叫起来。不过尚未等她做出任何反应，贝格尼娅已经身体一歪向前倒去，恰好倒在了站在她面前的安东尼奥的怀里……

这一幕令伊莎贝拉尴尬万分，同样不知所措的还有怀中搂着贝格尼娅，脸上如火烤般热辣的安东尼奥。不过伯爵儿子并未浪费太多时间，他将昏迷的贝格尼娅抱起，飞身奔向舰长室。尚未完全回过神来的伊莎贝拉紧随其后……

“快去叫医生！！”

见伊莎贝拉“傻傻”地跟在自己身后，奔跑中的安东尼奥扭头冲她大吼起来。面露惊讶之色的公主戛然止步，慌忙转身寻弗洛伦西奥与格拉迪诺而去……

冲进舰长室的安东尼奥将贝格尼娅小心地放在她的床上并伸手摸了摸女上校的额头，发现温度明显高于自己。难道是发烧了？他暗忖着，焦急地等待着伊莎贝拉的消息。不多时，满头大汗的公主推门而入，她的身后跟着弗洛伦西奥与格拉迪诺。

“雷佐小姐发烧了！！”面对三人，安东尼奥第一时间叫道。

弗洛伦西奥拎着医药箱与格拉迪诺奔至贝格尼娅的床前。经过简短的检查后，弗洛伦西奥擦去额头汗珠，露出少许轻松的笑意：

“我想雷佐小姐这次应该是由于过度疲劳而导致的发烧。这不会对她构成威胁，只需静养几天便可恢复正常。”

“姐姐她实在是太辛苦了！想想看吧，一个女孩子时刻要为全舰队上千人的安危着想，这样的压力又有几个男人能承受呢？！”

伊莎贝拉提高嗓门说着，眼里噙满了泪水。也许是被这句话所感染，大家不约而同地低下头去，屋内一片沉寂。许久，从床上传来了一个虽然十分微小、但在大家听来却相当清晰的声音：

“安东尼奥……安东尼奥……”

听闻那是在呼唤自己后，靠在窗边发愣的安东尼奥忙走上前去。当走到床边时，伯爵儿子才发现贝格尼娅并未苏醒。

“安东尼奥，请你原谅……我过去的任性吧……”

猛然间，两行热泪从安东尼奥的眼眶里涌出。不明真相的其余三人望着他露出了惊讶的神色；而伯爵儿子的眼前则仿佛又出现了那个时候的景象——

“少爷，前面那位姑娘就是雷佐家的二小姐贝格尼娅·德·雷佐。老爷为您挑选的未婚妻还真是个美人儿呐！”

走在雷佐家庄园通向住宅的路上，帕斯奎斯家的年轻管家指着前方站在住宅门口正迎候帕斯奎斯家提亲队伍到来的贝格尼娅，对身旁的安东尼奥说道。顺着管家手指的方向望去，伯爵儿子望

见了金发碧眼、一袭白裙楚楚动人的贝格尼娅。然而，面对向自己走来的 14 岁的英俊少年，女孩的脸上却如冰霜般冷淡。

几分钟后，双方在住宅门前的走廊上相遇。经历了简短的介绍后，安东尼奥友好地主动向贝格尼娅伸出手去，然而女孩却并未理会。这是尴尬的一幕，在愣了片刻后，从贝格尼娅那红润的樱桃小嘴里挤出了一句令人寒心的话：

“别做梦了，我是不可能嫁给你的！”

“安妮，你怎么能这样说话？！这位可是帕斯奎斯家的公子呐！！”

见侄女对安东尼奥说出如此不敬的话，贝格尼娅身旁的姑妈卡塔丽娜急忙板起脸对其进行训斥，怎料女孩竟变本加厉地以咬牙切齿的语气提高了音量：

“我不管你是公子还是王子，想让我嫁给你，除非让我死！！”

“啪——”女孩话音落下时，来自姑妈的一记响亮耳光已经甩在了她那白嫩美丽的脸庞上。女孩捂脸痛哭着转身跑开了，卡塔丽娜正欲上前阻止，却被安东尼奥拉住了胳膊：

“贝尔纳多夫人，请住手。随她去吧……”

“帕斯奎斯少爷……真是对不住您了。我这侄女性子有点拗，不过别担心，倘若给我点时间的话……”

“不，贝尔纳多夫人，感谢您的好意。当然，您可以与她谈一谈，但是……请千万不要强迫雷佐小姐，我相信她不会喜欢这样的。”

安东尼奥的脸上并未露出气愤的神色，只见他面带微笑、恭敬地向卡塔丽娜鞠躬致意后转身离去……

不知不觉中，距离那个“难以忘怀的日子”已经过去了14年。想到这里，安东尼奥的嘴边不禁露出了一丝苦笑……

【四】

重逢

一天后的晚上。

已经恢复神志的贝格尼娅坐卧在舰长室的床铺上，脸色看上去依然憔悴。借着昏暗的烛光，她正认真翻阅着下属们送来的关于各舰的账本，并时不时地用羽毛笔做出批注。过于专心的女上校甚至没有注意到自己的闺蜜已经悄悄来到了自己的床边。

“姐姐……这都几点了，难道你又想累倒自己吗？赶紧睡觉！”

当贝格尼娅抬头发现闺蜜时，对方已经摆出了一副生气的模样。女上校连忙尴尬地笑着合上了账本。

“好啦……萨拉，别生气，姐姐听你的。对了……昨天我昏迷的时候是不是曾呼唤过安东尼奥的名字？”

“嗯？是呀……当时我也很好奇姐姐你为何会呼唤那个男人的名字呢！现在可以给我解释一下了吗？”

“其实我只是觉得愧对安东尼奥而已。尤其是 14 年前他到我家来提亲的那次……”贝格尼娅说着，有些羞涩地低下头去。

“14 年前？天呐……姐姐你该不会是后悔没嫁给安东尼奥了

吧？可是你有没有想过，倘若真的嫁给了他，现在这一切都……”

“萨拉，我想我最终还是不会嫁给他的。但是至少……我不应该以那样恶劣的态度对他。安东尼奥是个善良的人。”

贝格尼娅说着，若有所思地将目光投向战舰艉窗外漆黑的天空。而望着闺蜜，伊莎贝拉却呆呆地站在那里说不出一个字来……

五天后——

当“圣佩德罗”号的瞭望员嘹亮的声音提醒贝格尼娅发现了大片陆地时，通过对照海图，女上校很快便确定眼前出现的“陆地”便是众人“期盼已久”的马达加斯加岛。此时此刻，她不禁回想起德格拉斯伯爵在开普敦时曾告诉过自己，法国舰队的目的地正是位于马达加斯加岛东岸的塔马塔夫。会再次遇见苏特吗？贝格尼娅这样想着，心中充满了期待。

于是贝格尼娅的舰队沿着马达加斯加岛东南海岸继续向北航行。女上校希望能在航途中碰到自己期待的那支法国舰队，却不知一双魔眼已悄悄盯上了她……

在马达加斯加岛以东马斯克林群岛某个不知名岛屿的岸边停泊着多艘悬挂着英国旗帜的军舰。沙滩上，曾在圣玛丽角附近出现过的巴金斯船长正与几名身着英国皇家海军军服的军官交谈着。聊天正酣时，船长麾下那位名为考克斯的水手将一个小信筒递交给他。打开筒内信件并阅读的船长脸上逐渐露出自信的笑容。

“巴金斯先生，请问这次您又得到什么宝贵情报了？”站在巴金斯身旁的一位身材较矮、体态臃肿的中年军官开口问道。

“格拉兹将军，我想您一定会对这个情报感兴趣的。不过在告诉您之前，请允许我提一个小小的问题。”巴金斯将信纸揉在手中，脸上依旧挂着他那标志性的笑容。

“但说无妨。”

“您认为，如果一个男人与一个女人打架，结局会是怎样的呢？”

“哈哈哈……没想到一向严谨的巴金斯船长会开这样的玩笑啊！这还用问吗？结局当然是……”

“如果……我所说的那个女人是贝格尼娅·德·雷佐呢？”

面带神秘之色的巴金斯突然压低声音打断了格拉兹的话语。从他嘴中蹦出的那个名字令原本一脸骄横的准将着实吃了一惊。只见对方用手擦了擦额头上的汗珠，强露笑颜说道：

“当然……即使对方是贝格尼娅·德·雷佐，我也不怕！不过区区一个黄毛丫头罢了……”

“是吗？据我刚得到的可靠消息，贝格尼娅·德·雷佐的船队已经出现在马达加斯加岛东南沿岸了。我想她眼下的目的地应该是塔马塔夫。但是将军阁下，我并不建议您现在立即启程前往塔马塔夫，因为有一支实力强劲的法国舰队现在就在那里……”巴

金斯将手背在身后，从格拉兹的身前踱到身后说道，“这支舰队一共拥有六艘‘74 炮’，并且指挥官是大名鼎鼎的德格拉斯伯爵，所以我劝您还是不要惹恼这支舰队为妙……”

“德格拉斯伯爵？真见鬼……那老家伙居然会来这里……”

当听到“德格拉斯”这个名字时，格拉兹再次色变。眼角瞟见准将露出不安神色的巴金斯微微一笑，接着说道：

“不过，德格拉斯伯爵在塔马塔夫待的时间已经够久了，恐怕很快就会启程。而贝格尼娅·德·雷佐的船队只有三艘船，并且缺乏弹药，不是您的对手。”

“传闻贝格尼娅·德·雷佐英勇过人，被誉为‘西班牙皇家海军之花’，这倒是个立功的好机会！费施先生，请过来一下……”

格拉兹自言自语地说着、转动他那深棕色的瞳孔，扭头呼唤起来。不多时，一名身材瘦小但面容清秀的海军上尉军官出现在他面前。准将轻语片刻，上尉立刻一路小跑向岸边奔去……

“将军阁下，您这是准备即刻起航前往塔马塔夫么？”见格拉兹有所行动，巴金斯问道。

“是的。不过不必担心，我可不会愚蠢到与德格拉斯伯爵正面对抗的地步。而且假如真如您所说的那样，当我抵达塔马塔夫时那支法国舰队应该已经不在那里；如此一来我就可以让那个‘想打架的女人’见识一下皇家海军的实力了！”

“是么……那么瑞肯·巴金斯恭祝将军您一帆风顺了。”

听了格拉兹的回答，巴金斯微微一笑，俯身以古老而优雅的姿势向准将致敬后转身离去。望着远去的年轻船长的背影，格拉兹的脸上露出满满的自信……

茫茫大海上，一只雪白的体型较小的海鸟从马达加斯加岛东岸的陆地方向滑翔至“圣佩德罗”号的船舷边。正站在它正下方欣赏大海美景的卡洛琳娜忙伸出手去——“神奇”的一幕发生了，只见鸟儿竟乖巧地降落在红发姑娘的手背上，看上去就仿佛她是它的主人一般。卡洛琳娜随即伸手从裙兜里掏出一些面包屑送到鸟儿的面前，那鸟儿迫不及待地“享用”起美餐来。正在这时，卡洛琳娜背后突如其来的尖锐话语声将鸟儿吓得飞了起来。

“塞巴斯蒂昂小姐，你可真是有闲情啊，居然玩起小鸟儿来了！”

吃了一惊的卡洛琳娜回过头去，却见伊莎贝拉站在自己的身后。红发姑娘忙将手中面包屑抖落在海里并将双手背至身后。双眉紧锁、一幅气势汹汹模样的伊莎贝拉手按佩剑绕着卡洛琳娜踱了一圈后继续说道：

“为什么还穿着裙子，你这不是明摆着不想干活吗？我最后警告你一遍，安妮姐姐带你出海可不是为了让你来旅游的，还不快去给我把裙装换掉！”

“公主殿下，对不起。我……只是不想再回忆起自己曾经身为

海盗的经历……”

“啪——”

未等卡洛琳娜把话说完，满面怒容的伊莎贝拉已毫不留情地一巴掌扇在了她的脸上。红发姑娘捂脸低下头去，这还不算完，“蛮横”的公主甚至再次挥起了拳头，然而这一次，她那用尽全力的一击竟在空中被接住了……

“姐姐？！”

伊莎贝拉诧异地叫出声来。接住她拳头的不是别人，正是同样满面怒容的闺蜜。

“萨拉……你在胡闹什么呢！”

“姐姐，这贱货故意穿着裙子偷懒！我已经警告过她两次，可她就是不听……”

“住口！萨拉，请注意你的措辞！”

这回贝格尼娅似乎是真的发怒了，只见她咆哮着伸手指向闺蜜并喝令其闭嘴。见此情形，伊莎贝拉只得满面羞愧地将视线挪向一旁。贝格尼娅走到卡罗琳娜的身旁正想安慰她一番，却听见从桅杆上传来瞭望员的声音：

“雷佐小姐，在我舰正北方向出现多个帆影！！”

收到警报的贝格尼娅忙将吐露到嘴边打算安慰卡洛琳娜的话语吞回肚里、迫不及待地举起望远镜观察起来。不多时，如孩童般天真灿烂的笑容在女上校的脸上绽放，只见她丢下望远镜、用略带颤抖的激动声音回头向舵手哈维尔喊道：

“是法国船！快……向他们靠近！！”

“遵命，雷佐小姐！”

在贝格尼娅的命令下，三艘西班牙战列舰扬满帆借助风势向法国舰队迎头驶去。随着距离的拉近，女上校注意到对方领头舰是一艘标准的“74炮”，这似乎揭露了对方的身份。

“这一定是德格拉斯伯爵的舰队！太棒了，萨拉，我很快就能……”

“是呀……姐姐，我想你‘亲爱的苏特大人’一定在期盼着来自‘未婚妻’的香吻呢！”

“真讨厌……萨拉，你又拿我开涮啦！”

甲板上传来了闺蜜俩欢快的声音。望着两位精力旺盛的女孩嬉戏打闹的背影，卡洛琳娜不禁投去了羡慕的目光。此时此刻，她多么希望那个人还在这艘船上……

两小时后，贝格尼娅的船队与法国舰队近距离接触，在表明身份后，双方舰队停航、同时旗舰进行了靠拢。当木板将“圣佩德罗”号与“普鲁托”号连接在一起时，不愿再多等哪怕一秒的女上校纵身一跃跳上了法舰的甲板，而德格拉斯伯爵与苏特已经站在那里迎接西班牙姑娘的到访了。

“伯爵大人，很高兴这么快就能再见到您！这真是我的荣幸！”

“哈哈，雷佐小姐，你真正的目标应该是我身边的这位‘英俊小伙儿’吧？”

贝格尼娅一听，有些羞涩地用手摸了摸自己已经如苹果般通红、甚至有些发烫的脸颊。她的模样立即引来了伯爵与苏特爽朗的大笑。于是德格拉斯伯爵盛情邀请贝格尼娅与伊莎贝拉去“普鲁托”号的舰长室做客，两位欣然应允。走在通往舰长室的路上，伊莎贝拉有意挪动身子，让贝格尼娅的肩膀与苏特紧紧贴在一起，然而闺蜜的举止却表现得比往常更加忸怩……

进入舰长室后，贝格尼娅与伊莎贝拉被德格拉斯伯爵邀请坐在法国旗舰那宽敞舒适的沙发上，苏特亲自为二位姑娘沏茶，当他将茶杯恭敬地递到贝格尼娅的面前时，面带激动之色的西班牙姑娘目不转睛地盯着眼前这位心仪的法国“大男孩”，这反而令对方的脸上泛起了红晕。见气氛陷入沉凝，老伯爵忙以发起话题的方式吸引住大家的注意力：

“雷佐小姐，你刚才说过下一个目的地是……塔马塔夫？”

“是的，伯爵大人。我的船队想在塔马塔夫得到补给，而后继续向东前进。”贝格尼娅回过神来，忙润了润嗓子认真地答道。

“嗯……我相信总督让－瓦隆先生一定会热情款待你们的。”

“让－瓦隆先生？好熟悉的名字！难道……是当年在布雷斯特海军学校的……”

当得知塔马塔夫的法国总督名字时，贝格尼娅的脸上露出惊奇的神色，而她所面对的老伯爵则满面微笑地点了点头：

“没错，他就是6年前雷佐小姐前往布雷斯特海军学校贵族军官培训班进修时的教导员：让-瓦隆上校。不幸的是在你离开法国后，让-瓦隆先生因意外失去一条腿，并因此退出现役。不过——为表彰他对海军培训事业做出的杰出贡献，国王陛下于去年任命他为塔马塔夫的总督，为期两年。”

“天呐，太好了！这次我一定要好好与让-瓦隆先生叙叙旧，真怀念当年的日子呐……”

“那是当然了！让-瓦隆先生是个好人，我与他的私交也相当不错。那个……苏特，人家雷佐小姐来了这么久了，你难道没有什么想说的吗？”

老伯爵巧妙地将话题转移到一旁刚显放松状态的苏特身上。见上司提及自己，年轻的法国上校慌忙“立正”并向贝格尼娅与伊莎贝拉先后行礼道：

“伯爵大人，我……我苏特·德·兰杜瓦很荣幸能够在这里见到雷佐小姐与公主殿下！”

苏特的这副滑稽模样立即引得两位“翘首以待”的西班牙姑娘哈哈大笑起来。不过在哄笑之余，也许是注意到了对方脸上的尴尬，贝格尼娅捋了捋垂在额前的金发轻快地站起身来：

“兰杜瓦先生，我贝格尼娅·德·雷佐十分衷心地邀请您来我的舰上做客！”

“雷佐小姐……我……”

“兰杜瓦先生，你在犹豫什么呢！该不会想要拒绝安妮姐姐的好意吧？”

见苏特没有马上答应闺蜜的请求，伊莎贝拉趁机在一旁“煽风点火”。年轻上校把目光投向德格拉斯伯爵，在得到上司默许的眼神后，才总算心有余悸地点了点头：

“当然不敢……我很荣幸得到雷佐小姐的邀请！”

在得到肯定答复后，喜笑颜开的贝格尼娅立即握住了苏特的手。见自己的“激将”起到了效果，伊莎贝拉捂嘴偷偷笑出声来。

高挂当头的太阳照射出冬日暖人的光芒。不知不觉中，正午时分来临。在贝格尼娅的指引下，苏特独自一人登上了“圣佩德罗”号的甲板。德格拉斯伯爵给了他的“爱将”一小时的“登舰参观时间”，而法国青年也很清楚这一小时对自己来说意味着什么。

兴冲冲的贝格尼娅紧拉苏特的手向舰长室一路小跑而去。伊莎贝拉跟在闺蜜身后，不过当走到舰长室门口时，她很“自觉”地停住脚步、没有进屋去。在姐妹二人相视会心一笑后，舰长室的木门被“砰”地重重关上，而伊莎贝拉就这样站在门口为闺蜜“放哨”。

站在“圣佩德罗”号舰长室的华丽地板上，苏特显得有些不知所措；不过还未等他弄清楚自己来这里的目的，贝格尼娅已经迫不及待地站在了他的面前。刹那间，两人相拥在一起……

“苏特……我爱你！”含糊不清的声音从贝格尼娅的口中发出。

“贝格尼娅……我也爱你！说真的……我想让你留在我身边。就当是我求你——和我一起回法国去吧！”抚摸着西班牙姑娘如丝缎般的金发，苏特的眼眶有些湿润了。

“对不起……苏特，我……我现在还不能答应你。但是我在天主面前向你保证，总有一天会回到你身边的！请相信我……”

“‘总有一天’是多久？”

“对不起……苏特，不管怎样我确信我们在一年之内不会再见面了。所以……今天这一别之后便……”

“每每想到在一年之内将再也见不到你那张令我销魂的美丽脸庞，我便寝食难安。贝格尼娅，你已成为我生命中不可或缺的——不，你就是我生命的全部……”苏特说着，将怀中的西班牙姑娘搂得更紧了些。

“苏特……你真的那么喜欢我吗？”贝格尼娅突然将头抬起，用一双渴求的眼睛盯着对方问道。苏特也静静地注视着眼前这位充满期待的女孩，十分肯定地点了点头……

一小时很短，仿佛眨眼工夫便从眼皮底下溜走。当“放哨”的伊莎贝拉打着哈欠准备将肩膀靠在舰长室的门上时，门开了，来不及做出反应的公主竟将肩膀靠在了正打算迈出门的苏特那宽阔的胸膛上，吓得她如触电般向后连退几步：

“天呐……对不起！兰杜瓦先生，我……不是故意的！”

“呵呵，没关系，公主殿下。时间不早了，我得回到自己的军舰上去继续归国的航行。那么……我们就此别过。公主殿下，我衷心地祝您与雷佐小姐在接下来的航行中好运！”

对于伊莎贝拉的道歉，苏特显得十分大度，反而以贵族古老的礼仪向公主及女上校鞠躬致意、然后匆匆离去。望着苏特远去的背影和甲板上正在忙着撤去木板准备恢复行驶的双方水手，一串断了线的泪珠从贝格尼娅苍白的脸颊上悄然落下……

“姐姐，你在哭？”注意到闺蜜情绪的伊莎贝拉忙问道。

“萨拉？哦……没什么……”贝格尼娅慌忙拭去泪水，不过鼻子还是忍不住抽搐了一下。

“咳咳……姐姐，你看上去很憔悴呐！该不会是刚才耗费了太多的体力吧？嘿嘿……”伊莎贝拉偷瞟了瞟闺蜜那黯然失色的蔚蓝双眼，突然露出一丝坏笑。

“萨拉！！真讨厌……气得我腰都疼了！”

在伊莎贝拉的调侃下，贝格尼娅果然很快被分散了注意力。虽然充满了害羞之色，但笑容再次在她的脸上绽开。有些美好的事物应当暂时藏在心里生根发芽、终有一天会开花结果的。贝格尼娅这样暗想着，心中不禁欣慰了许多。眼下她必须完成的事是引领自己的船队继续向前……

不过尽管“气得腰疼”是贝格尼娅下意识说出的玩笑话，并且闺蜜也没有把这话当真。但随后她却真的感到腰部受伤处逐渐有愈演愈烈的疼痛感出现。当晚，心中暗忖不妙的女上校找了个理由将闺蜜支开，自己则悄悄来到下层甲板的医务室。不巧的是，本以为晚上这里不会有人的贝格尼娅却通过半掩的门缝发现格拉迪诺正在医务室里借助烛光翻阅医学书籍。经过短暂的“思想斗争”，贝格尼娅还是推门走了进来。发现女上司出现的年轻医生忙放下手中书本站了起来：

“晚上好！雷佐小姐，请问我有什么能帮到您的吗？”

“格拉迪诺医生，我的腰很疼，可以的话你能帮我查看一下吗？”

面对格拉迪诺，贝格尼娅有些焦急地指了指自己曾受过严重刀伤的左侧腰部。格拉迪诺忙对伤口处进行观察，当掀起衣角时，这位年轻的医生惊得目瞪口呆：

“雷佐小姐，我恐怕您是……旧伤复发了……”

“情况严重吗？”贝格尼娅的回答却显得十分镇定。

“伤口中段有部分开裂、渗血并伴有流脓现象，我想我需要立即给您处理一下。请您把这瓶麻醉剂喝下去吧……”

“不……我不需要麻醉。你现在就可以动手了。”

贝格尼娅推开格拉迪诺手中的药瓶，从容不迫地下令道。深知女上司说一不二性格的格拉迪诺只得就这样开始了手术。当手术刀将伤口附近因感染而化脓的烂肉切下时，坚毅的女上校竟未发出哪怕一声呻吟。很快，就连年轻医生的手也不由自主地颤抖起来。注意到这一切的贝格尼娅立即以女性特有的温和语气说道：

“别紧张，格拉迪诺医生。你不用在乎我的感受，只要能帮我把那该死的伤口处理好就行了。”

“雷佐小姐……您……真了不起！”

在对女上司给予了由衷的赞赏后，格拉迪诺瞬间感到自己浑身充满了动力，于是埋头继续认真处理伤口。大约过了 20 分钟，当年轻医生完成了最后的缝合和上药后，擦去两鬓的汗珠、抬起头长长舒了口气。恰逢此时，他发现眼前女上司的额前也浸满了汗水。看得出，那是强忍剧痛的表现。在这一瞬间，年轻的医生肃然起敬……

也许是注意到格拉迪诺放下了手中的活儿，以敬佩的眼光盯着自己，脸色苍白的贝格尼娅忙挤出一丝笑意：

“格拉迪诺医生，你怎么了？”

“不……没什么。雷佐小姐，我想……您的伤口已经处理完毕了。我这就给您包扎起来。”

格拉迪诺拿出一沓雪白的绷带准备替女上司包扎伤口。很快，贝格尼娅那纤细的腰在裹上绷带后又恢复了正常。她轻微扭了扭腰身，脸上露出惊喜的笑容：

“几乎感受不到疼痛了呢！格拉迪诺医生，真是太感谢你了！”

“这是我应该尽到的义务。雷佐小姐……请您一定要保重自己，因为……您是我们每个人心中的希望呐！”

格拉迪诺放下手中的医疗用具，竟十分罕见地主动紧紧握住女上司那冰凉的双手。贝格尼娅有些诧异地望着眼前这位瘦弱青年，不过很快，她那迷人的朱唇便微微抿了抿：

“谢谢你，格拉迪诺医生。请放心，我答应你并且向天主发誓一定会保重自己的身体。”

两人不约而同地露出了最真挚的笑容……

贝格尼娅回到舰长室时，却发现闺蜜正一脸气呼呼的模样站在门口等着她。贝格尼娅有些惊慌地停下脚步。

“喂……姐姐，我说你……究竟去哪里啦？害得人家寒冷的大半夜站在这儿等你半天呢！”

“天哪……萨拉，难道你一直在等我？真抱歉……”

“咳咳……毕竟是冬天了，晚上真是冷呢。作为补偿……姐姐，你得陪萨拉去后甲板散散心！”

走到贝格尼娅身旁，故作忸怩状的伊莎贝拉先是埋怨一番，紧接着从兜里掏出香烟盒递到闺蜜眼前，明白了对方用意的贝格尼娅自然不假思索地答应下来。很快，迎着拂面的晚风，闺蜜二人靠在船艉栏杆旁喷云吐雾起来。自从在拉斯帕尔马斯学会抽烟后，伊莎贝拉的烟瘾似乎比她的“老师”还要大得多。在不长的时间内，公主抽完了三根烟，然而就在她伸手去取第四根烟时却被闺蜜按住了：

“萨拉，今天就到此为止吧，不可以抽太多哦！”

“好吧……姐姐，我知道啦。话说……似乎再有两天就可以抵达塔马塔夫了吧，伯爵大人口中的那位‘让－瓦隆先生’和姐姐你究竟是什么关系呀？”

“那个嘛……等见面了你就知道了。”

面对提问，看上去心情不错的贝格尼娅十分罕见地冲闺蜜做了个鬼脸。紧接着，未等发愣的伊莎贝拉回过神，她已经撒腿跑了起来：

“该睡觉啦，亲爱的……跟上我！”

“姐姐！你又戏弄我了……讨厌！”

伴随着闺蜜俩嬉戏打闹的声音，很快，夜又恢复了宁静……

两天后的下午。

在港口小艇的指引下，贝格尼娅的三艘战列舰缓缓驶入马达加斯加岛东面最大的海港塔马塔夫。望着飘扬在码头的法国旗帜，女上校心中有说不出的兴奋。猛然间，她注意到码头栈桥处，在一群法国官员簇拥下的身材高大、只有一条腿的中年男子。难道那就是让－瓦隆吗？贝格尼娅感到自己的心怦怦地跳动起来。

随着距离的拉近，码头上人们的脸孔已经能看得一清二楚。也许是注意到了“老朋友”的存在，贝格尼娅与那中年男子几乎同时招起手来。没错，那就是让－瓦隆——岁月在曾经的贵族军官培训班“教导员”的脸上刻下了无情的痕迹。与之形成对比的是，贝格尼娅看上去容貌变化并不大，依然保持着当年的青春与靓丽。

很快，上岸的贝格尼娅便与让-瓦隆面对面相遇了。在稍稍愣了几秒后，两人的手紧紧握在了一起……

“让-瓦隆先生，我真的连做梦也想不到，时隔6年之后竟能与您在这个世界的角落重逢……”紧握着对方厚实的手掌，贝格尼娅的激动之情溢于言表。

“雷佐小姐，能够见到您我同样欣喜异常。没想到6年过去，您已成长为西班牙皇家海军的栋梁！如果小姐不嫌弃的话，我想邀请您和您的朋友光临我的寒舍，不知……”

“当然，让-瓦隆先生，这是我的荣幸！”

见让-瓦隆主动提出邀请，不等对方把话说完，心情愉悦的贝格尼娅便立刻答应下来。于是在总督的亲自指引下，贝格尼娅与她的伙伴们乘坐马车前往总督府。按照让-瓦隆的安排，女上校将在塔马塔夫住上些时日。而在这期间，她的船队将会得到补给，船员们也会得到充分修整以迎接更大的挑战……

当天的晚餐在塔马塔夫总督府的贵宾大厅里举行，主题自然是欢迎贝格尼娅与她的伙伴们的拜访。酒过三巡，正处在兴头上的让-瓦隆开始介绍自己与贝格尼娅当年在校园里作为“师生”的往事。在座宾客都听得入了迷，尤其是伊莎贝拉——由于回国后很少听闺蜜提及那段留学生活，西班牙公主对总督的介绍充满

了兴趣。

“我至今还记得在刚开学不久后，达达尼昂先生对雷佐小姐的评价呢。有一天晚上，我在散步时碰见了老先生，他一本正经地对我说，‘雷佐小姐是个可爱的姑娘，但是有点调皮，您可得好好管教她呀！’”

手持酒杯的让－瓦隆摇摇晃晃地站起身、半开玩笑地用一种抑扬顿挫的怪异语气说道。他那滑稽的表情逗得在场宾客都哈哈大笑起来。而坐在总督身边的贝格尼娅则有些羞涩地红了脸，正欲为自己“辩解”，一直认真聆听的闺蜜却突然发了话：

“让－瓦隆先生，您给我们讲讲安妮姐在校期间与兰杜瓦先生之间的故事吧！怎么样，大伙儿一定很感兴趣吧？请鼓励一下！”

说着，伊莎贝拉竟带头鼓起掌来。在她的推动下，在座宾客纷纷报以鼓励的掌声。贝格尼娅慌忙试图将看似半醉的让－瓦隆拉回座位，然而却被“机警”的闺蜜按住了手。在用眼角余光注意到西班牙公主的动作后，壮了胆的法国总督干咳一声说道：

“事实上……我也不太清楚雷佐小姐与兰杜瓦先生之间发生的故事。我想……不妨请雷佐小姐亲自来为大家讲述？”

为了不让宾客们扫兴，被气得差点晕过去的贝格尼娅只得在瞪了一眼闺蜜后无可奈何地站起身来。然而话到嘴边的她却迟迟说不出来，于是尴尬地举起一杯酒一饮而尽。

“那个……其实……在校期间……我与苏特之间并没有发生什

么啦！只不过是普通同学关系罢了……”

“姐姐你骗人！这点小把戏还想瞒过我萨拉嘛……还不快老实交代？哼！”

不等闺蜜话音落下，伊莎贝拉已经一拍桌子跳了起来。现场气氛立即变得“活跃”了许多，宾客们竟不约而同地一齐站起，边鼓掌边唱着歌要求女上校把“真相”公之于众。就这样，在一片调侃“女主角”的欢声笑语中，晚宴进入了高潮……

然而与此同时，在塔马塔夫以东数十海里[1]外，一支悬挂着英国旗帜的舰队正趁着浓郁夜色向港口驶来……

1. 1海里约为1.85千米。

【五】

格拉兹舰队

茫茫夜色中，站在“肯特”号舰桥甲板上的格拉兹正用望远镜观察前方的状况。他的视野中已经出现了星星点点的火光——没错，那便是塔马塔夫港。格拉兹下令舰队停止前进，同时派出小艇侦查情况以确定那支法国舰队是否还留在港内。时间慢慢流走，侦查小艇却迟迟未能传来消息，心急的英国准将有些按捺不住了。就在他准备下令全体舰队继续向港口前进时，瞭望员却报告说“潘多拉”号正在靠近这边。心中清楚那是巴金斯座舰的格拉兹不由得吃了一惊……

“‘潘多拉’号要求靠近我们！”瞭望员补充道。

“同意！准备好缆绳和木板……”

格拉兹挥了挥手示意属下去安排接舰，甲板上的水手们立即忙碌起来。不多时，两舰相遇，在几名部下的陪同下，看上去英姿飒爽的巴金斯登上了这支皇家海军分舰队的旗舰。

“将军阁下，我们又见面咯！”

“巴金斯先生，您似乎并没有告诉过我您也会来这里……”

“因为我很想知道结局啊——有关‘一个男人与一个女人打架’的故事的结局，嘿嘿……”巴金斯说着，脸上露出他那一贯狡黠的笑容。

“哼！那么你就睁大眼睛好好看着我是怎么收拾那个不知天高地厚的黄毛丫头吧！”

“恭敬不如从命。不过，将军阁下，您派出的侦查员恐怕不能回来给您提供情报了哦！”

“你说什么！？这到底是怎么回事，难道那帮法国人还……”

格拉兹听罢脸上骤然色变，一把揪住巴金斯的衣领质问起来。不过私掠船长仍旧是一幅平静的神态，他挣脱准将的束缚，稍稍整了整自己的衣领继续说道：

“不，将军阁下大可不必担心，那帮法国人早已不在这里了。现在港内除了贝格尼娅·德·雷佐的三艘西班牙战列舰之外恐怕只剩下几艘法国破帆船而已。”

“如此一来，这可是破敌的最佳时机！巴金斯先生，您愿意加入这场战斗吗？”格拉兹兴高采烈地问道。

“如果想让我参战，我希望能得到这支舰队的指挥权。当然，我是不会让您失望的——保证将贝格尼娅·德·雷佐活捉任您处置！”

“巴金斯先生……我想您不会是在开玩笑吧？让我这个皇家海军准将和一支分舰队听从你一个小小的私掠船长指挥，天下还有比这更可笑的笑话吗？哈哈哈……”

听罢巴金斯的请求，格拉兹不禁仰首大笑起来。面对如此尴尬的场面，巴金斯仍旧平静地站在那里，待准将的笑声停止，以一种冷漠的语气说道：

“既然如此，那么衷心希望能够看到将军阁下呈现给在下的那幅完美画卷。告辞了！”

说罢，巴金斯恭敬地向格拉兹鞠躬致敬后转身回到自己的船上。望着年轻船长远去的背影，准将的脸上露出鄙夷的神色。

夜已经很深了。经历了一个“非凡”晚宴而筋疲力尽的贝格尼娅正打算就寝，一阵急促的敲门声却让她不得不再次披上外衣。顶着凌乱的金发覆盖下有些昏沉的脑袋，贝格尼娅打开房门，发现站在眼前的竟是安东尼奥！

“安东尼奥，这么晚了，你……”望着对方上气不接下气的惊慌模样，刹那间，女上校的脑子里闪现出不太好的感觉。

“雷佐小姐，恐怕出事了！刚才夜巡时，我得到法国港口警卫的报告，说他们抓获了一艘靠近海岸的形迹可疑的小艇，艇上搭载的似乎是英国人！因为总督已经醉酒不能理事，他们让我把这消息火速通知您。”

“难道是英国间谍？！”贝格尼娅下意识地反问道。

“总之……如果可以的话请您立即随我去总督府的地牢，那些

俘虏现在被关押在那里。”

听完安东尼奥的汇报，贝格尼娅有些担心地回头瞟了眼屋内大床上已经熟睡的伊莎贝拉，犹豫片刻后点头表示同意，然后利落地将金发束起，跟随安东尼奥急匆匆地离开了这里。

地牢的提审室里，一桶桶凉水被无情地倒在满是伤痕的三名英国俘虏脸上。手持皮鞭的一位法国海军少校正试图从这伙人的嘴里得到些什么，然而遗憾的是并没有成功。就在法国少校准备动用刑具时，贝格尼娅与安东尼奥赶到了。见对方军衔较高，那位法国少校忙下令终止用刑。

“上校小姐您好！我们认为这三人很可能是企图混进港口的……”

“是英国间谍。少校先生，接下来的审讯任务请交给我吧。”

贝格尼娅满面微笑地向法国少校行了个军礼。少校点点头，恭敬地回礼后转身离去。

贝格尼娅点起一支烟叼在嘴里，不慌不忙地走到三名俘虏面前以威严的口吻问道：“你们三个谁是首领？”

三人面面相觑，但却无人开口回答。见对方并不“买账”，贝格尼娅冷笑一下继续说道：“你们知道我是谁么？事先警告一句，你们可别以为我是个女人就好糊弄……”说罢，女上校取下嘴里尚未熄灭的烟头狠狠地戳在中间一人的脸上，痛得那人高声号叫起来；紧接着，她又飞起一脚将那个倒霉蛋踹倒在地，血从那人的头上冒了出来……旁边两人立即向其投去惊恐的目光。贝格尼娅示意安东尼奥将那人扶起，自己则将佩剑抽出，放在审讯桌上提高了音量喝道：

“下次可就不只是出点血那么简单了！我最后再问一遍，你们三个谁是首领？！”

三人依旧面面相觑，似乎在犹豫。这时，紧锁双眉的贝格尼娅二话不说、操起桌上的佩剑对中间那人做出了砍刺的动作。这下，位于最右侧的看似十分年轻且面容清秀的俘虏开口了：

“请住手！我……是他们的首领。”

“终于认了嘛。那么你叫什么名字，是谁派你来的？”见对方开口，贝格尼娅便悠闲地坐下、跷起腿，顺势又点上了一根烟。

“你没必要知道我的名字，我也不会告诉你我们是受谁指派。要杀要剐随你的便，但是请你放了我的两个同伴。”俘虏以坚定的声音答道。

“哟！什么都不肯说还敢和我谈条件？你小子挺有胆量的嘛！我再给你一分钟考虑清楚，如果不肯说也没关系，我保证你们三个今晚都会生不如死……”

贝格尼娅听罢微微一笑，一手夹烟、一手轻捋着耳旁的金发，摆出一副丝毫不把对方性命放在眼中的姿态。通过眼角余光，女上校注意到那位“首领”左右同伴的脸上出现了少许不安，似乎有点躁动。眼看突破点就要打开，“首领”却歇斯底里地吼叫起来：

“我皇家海军军官岂能向一个女人低头！如果你自以为有男人

胆量的话就尽管冲我来吧！！”

他的声音是如此洪亮以至于一旁的安东尼奥吓得打了个寒战。不过就在他话音落下之时，原本坐着的贝格尼娅竟以迅雷不及掩耳之势起身，如风一般挥剑精准地将“首领”左边同伴的一只耳朵削去——那家伙哭号着侧身倒地，鲜血流了一地。贝格尼娅从容不迫地走过去将那只被砍下的耳朵捡起，丢在“首领”的面前。望着眼前血肉模糊的景象，年轻英国人的心理防线似乎被撕成了碎片……

“这位嘴硬的小兄弟，如果你愿意，我可以把他的鼻子也摘下来送给你哦！”

“够了……你这恶魔！！我是格拉兹舰队的克劳克·费施上尉，现在请释放我的同伴，我愿任凭你处置！”

“果然是格拉兹舰队嘛……那么我问你，你们的舰队已经抵达塔马塔夫港外了吗？”

贝格尼娅听着，皱起了眉头。不过面对她的提问，费施上尉却低头不语，见此情形，女上校以极轻的声音补充道：

“如果你老实交代，我就放你的同伴们回去。”

“你……是当真的吗？”费施疑惑地抬起头来。

“我贝格尼娅·德·雷佐从来都是说到做到！”

“我们的舰队……距离这里尚有60海里。我不清楚将军阁下是否会在夜里就发动进攻，我的任务仅仅是来侦查这个港口内的军力而已。我知道的就是这些了……现在请兑现你的诺言吧！”

费施说罢，将期待的目光投向贝格尼娅。只见女上校脸上露出一丝满意的笑容，随即放下佩剑，从桌上拿来绷带替被削去耳朵的俘虏认真包扎了伤口。同时，她还指示安东尼奥将反绑着三人双手的绳索全部砍断。在完成这一切后，贝格尼娅略显疲惫地打了个哈欠说道：

“现在，我已经得到了我想知道的东西，你们都可以走了。”

“你的意思是……连我也可以走了吗？”

费施有些不敢相信自己的耳朵。不仅是他与其他两名俘虏，就连安东尼奥与站在门口警戒的法国卫兵都惊得目瞪口呆。

“啧啧……我的英语有那么不标准吗？你小子可别惹我生气使我改变主意哦！”

贝格尼娅瞟了瞟费施，故作生气状地噘了噘嘴；同时向门口的法国卫兵使了个眼色。心中惊魂未定的费施扶起同伴，蹒跚着向门口走去。不过当走到门口时，这位年轻上尉还不忘回身向贝格尼娅行了个军礼——这令拿出烟正准备点火的女上校颇感意外。不过出于礼仪，她也习惯性地抬起了自己的右手回礼。

眼见英国俘虏在法国卫兵的押送下离开了地牢，安东尼奥忍不住走到贝格尼娅的身旁，附耳轻语道：

“雷佐小姐……我们没有经过总督大人同意便私自将俘虏放走，这样真的好吗？”

“不用担心，这几个人对我们来说已经没有价值了，眼下最重要的事是做好港口防御工作。一旦格拉兹舰队来夜袭，我们必须做好迎战准备。”贝格尼娅说着，不由得哈欠连连。为了提神，她迅速点燃了早已叼在嘴里的第三支烟并冲安东尼奥露出温和的笑容，“看来今晚是个不眠之夜了呢！安东尼奥，你会陪我一起去港口吗？”

“当然！我安东尼奥一定服从小姐您的安排。不过……”

“怎么……安东尼奥，有话请直说吧？”

见安东尼奥欲言而止，贝格尼娅倒是十分大方地示意他不用拘束。在女上司的安慰下，安东尼奥总算“鼓起勇气”问道：

“您居然会抽烟，这在女性中实在是……”

“呵呵……原来是想说这个呀！其实我抽烟已经很多很多年了，通常来说我不会在外人面前抽烟，不过今晚实在是太困了呢……抱歉抱歉啦！要么你也来一根吧？”

贝格尼娅一听，立刻捂嘴“咯咯”地笑出声来，并随手抽出一根烟递给安东尼奥——然而她的举动却吓得伯爵儿子连连摇手：

“啊……谢谢您的好意，雷佐小姐，但是抱歉我不抽烟！”

“不抽烟么……嗯，这挺好的。好男人都是不抽烟的，当然……恐怕我就是个坏女人呢……”

望着安东尼奥，微微抿嘴的贝格尼娅露出一丝苦笑，并略有所思地将目光移向别处。此时此刻，伯爵儿子完全愣住了……

另一边，获得释放的费施带着两名部下乘坐小艇返回了“肯特”号。他们的出现令格拉兹大喜过望——毕竟，准将在听信了巴金斯的话语后认为他们已经被港口抓捕并处决了——不过当从费施口中得知他们是被贝格尼娅审问后放回时，认为这是个耻辱的准将勃然变色，并欲将三人当众处决，幸得舰上几名军官极力劝阻才不致悲剧发生。不过这并不算完，怒气冲冲的格拉兹下令将费施等人铐上镣铐后关进船舱。

“既然行踪已经暴露，将军阁下，我们不如趁夜色杀入港口吧！”在费施等人被带走后，格拉兹身旁的一名军官进言道。

“不行！既然贝格尼娅·德·雷佐已得知了我们的行踪，现在出击无异于自寻死路！”另一名军官立即对此持反对意见。

“得知行踪又如何！难道我大英皇家海军会害怕一个黄毛丫头和她手里可怜的三艘战列舰吗？！”

就在这两位军官因意见不合发生争执时，格拉兹以缓慢的语气打断了二人的对话：

“拉姆斯说得对。我们大英皇家海军是所向披靡的，更何况拦在面前的是个黄毛丫头；不过约翰逊说得也有道理，现在正是敌人戒备最森严的时候，再加上我军不擅夜战，不如等天明再发动进攻。哼……不管白天还是黑夜，消灭那黄毛丫头都是板上钉钉的事！”

见舰队司令发话，发生争执的拉姆斯与约翰逊都垂首不再吭

声；而格拉兹则把他那信心满满的目光投向了塔马塔夫的方向。再过数小时，决定贝格尼娅与她伙伴命运的时刻即将来临……

塔马塔夫港内，已经做好作战准备的贝格尼娅焦急地在“圣佩德罗”号上踱着步子。天边泛起了鱼肚白，然而海天相接处却依旧没有英国舰队的影子。难道费施的话都是谎言，抑或是敌人有更大的企图？女上校暗忖着，心中不免有些担忧，再加上彻夜未眠的疲劳和旧伤复发的身体，她觉得眼前有些晕乎。就在贝格尼娅脚跟发软、将要摔倒之际，安东尼奥从后面牢牢地撑住了她：

“雷佐小姐，您最近身体也不是很好，不能再这样撑下去了！请去舰长室休息一下吧！”

“安东尼奥……谢谢你的好意，但是在这种关头，我……”

“姐姐，安东尼奥说的没错呀！难道你想再一次在大战开始之前倒下吗？快去休息，这里有我在就可以了！”

就在贝格尼娅对安东尼奥的劝说有些左右为难时，闺蜜那清脆悦耳的声音突然从二人身后传来。女上校的脸上露出欣喜的笑容，于是她不再犹豫，抓紧时间回到舰长室去……

待远远地望见闺蜜跑进舰长室，将门扣合上后，伊莎贝拉把目光投向身旁显得有些拘束的安东尼奥，轻声说道：

“安东尼奥，我觉得……也许我该向你道歉。”

“公主殿下……您为什么会这样觉得？”

伯爵儿子一脸茫然地扭头望向那个曾经令他生畏的女孩。只见对方捋了捋自己飘逸的黑色长发后以更加温和的语气继续说道：

"数月前，我曾武断地认为你随船同行只会给姐姐增加无谓的事端，但是现在看来我是彻底错了。你不仅没有给姐姐制造任何麻烦，甚至自身还有了长足的进步。所以……安东尼奥，请你接受我伊莎贝拉最诚挚的道歉！"

言毕，伊莎贝拉竟朝安东尼奥深深鞠了一躬。刹那间，伯爵儿子的眼眶湿润了。他从未奢望过能有这样的时刻，然而现在却变为了现实……

时间流逝，随着冬日里的太阳逐渐升起，短暂的白天来临。一直盯着远方海平面的伊莎贝拉不由得也打起了哈欠。然而令人称奇的是，与贝格尼娅一样彻夜未眠的安东尼奥的脸上却看不出丝毫的倦意。

不知不觉中，很多晨起的船员闻讯都返回舰上，包括晚上参加过宴会的弗洛伦西奥等人。当这位年轻船长跑上"圣佩德罗"号的主甲板，发现伊莎贝拉早已为指挥船员而忙碌时，心中的敬意油然而生……恰在此时，回头与同伴打招呼的伊莎贝拉也望见了正向自己走来的弗洛伦西奥，于是放下了手中的工作。

"何塞，我本以为你昨晚喝多了呢……"当弗洛伦西奥走到面

前时，伊莎贝拉露出少许羞涩的笑意。

“啊……确实，公主殿下，感谢您的关心。不过现在似乎已经完全恢复了。看，今天真是个好天气！”

“何塞，关于英国舰队的事……”

“我已经听说了。格拉兹指挥的英国舰队随时都有可能袭击这里，恐怕一场苦战是少不了的。不过不管发生了什么，公主殿下，我弗洛伦西奥发誓一定会保护好您……”

弗洛伦西奥微笑着点了点头，将右手放在胸口向伊莎贝拉郑重起誓。然而令他没有想到的是，眼前美丽的公主竟也摆出了与他一致的动作：

“何塞……我也要保护你——就像你保护我那样……”

在这一刻，弗洛伦西奥感到自己的嗓子仿佛被堵住，说不出话来，而两人的手则不约而同地紧紧握在了一起……

码头的栈桥上，正向“圣佩德罗”号走去的卡洛琳娜吸引了很多人的注意，而大伙儿的目光无不聚焦在她那身崭新的西班牙海军士官服上——这是加入贝格尼娅的船队数月后，红发姑娘首次穿上男装。在“众目睽睽”下，卡洛琳娜依然如往常般自信，然而跟在她身后的安斯瓦尔多却不太自在……毕竟，这套士官服是他找来的。

“卡洛琳娜，你确定这样做真的没问题吗？”

“胡安，嘿嘿，你的胆子也太小啦！放心吧，我是不会向雷佐小姐出卖你的。”

“不不，我不是那个意思。只是你已经有很久没有摸过兵器了，倘若就这样仓促上战场的话……”

“大敌当前，每个人都应当为保卫这里献上自己的一份薄力，不是吗？更何况我只不过是个被天主遗弃的女人罢了，我的死活又有谁会在乎……”

“不，我在乎！”

不等卡洛琳娜的话音落下，安斯瓦尔多已经坚定地打断了她。红发姑娘下意识地骤然停下脚步，扭头以吃惊的目光注视着对方，只见年轻少校充满贴心微笑地对自己点了点头……

中午时分，海平面上依然没有任何动静。睡眼惺忪的贝格尼娅轻轻推开舰长室的门走到甲板上。在她的视野中，一些人忙碌着，但由于长时间未见敌情，更多的人则或坐在地上、或靠在栏杆上懒散地打发着时间。走在人群中，女上校意识到紧绷着的弦会因为时间的推移而松懈，心中不免担心起来。正在这时，瞭望台上传来了一个她期待已久的声音：

“东北偏东，出现不明帆影！！”

贝格尼娅应声抓起望远镜顺着瞭望员所指示的方向望去。几乎在同一时间，伊莎贝拉也做出了同样的举动。随后，闺蜜二人不约而同地惊叫出来：

“是英国舰队！全体做好迎战准备！”

当说完这句话后，闺蜜俩透过人群遥相望去，露出会心的笑容。贝格尼娅看了看怀表，指针显示此时恰逢正午12时，也许再过数小时就是决定命运的时刻了。女上校这样想着，暗暗攥紧了拳头……

来者正是格拉兹舰队。站在船艄甲板上的格拉兹放下手中的望远镜，嘴角露出狞笑。在这位心高气傲的英国准将看来，位于塔马塔夫港内的三艘西班牙战列舰早已成为自己的盘中大餐。要知道在当时，即便是在数量相同的形势下想要击败训练有素的英国舰队都绝非易事，更何况去面对兵力超过自己的敌手——军队与海盗完全是一个天、一个地的概念。想到这里，贝格尼娅不禁倒吸了一口凉气。

“姐姐，我们需要主动出击吗？姐姐……”

在闺蜜的连声呼唤下，望着敌舰队发愣的贝格尼娅猛然回过神来。出击还是防守？女上校面临抉择。正在这时，从码头上传来了让 - 瓦隆的声音：

“雷佐小姐，抱歉我来迟了！请问现在情况如何？”

“英国舰队正在向港口驶来，距离已经不足10海里了。预计一小时后我方就将与敌舰队交火！”贝格尼娅扭头高声答道。

“雷佐小姐，实在是对不住您了，竟把刚刚到访港口、作为客人的您牵扯进这样的纷争中去。您现在离开还来得及，毕竟这里是法国港口，您并没有义务……”

“让－瓦隆先生，我贝格尼娅·德·雷佐向天主郑重起誓，绝不会抛弃您和港口独自逃走！今天就是与英国人决一死战的日子，并且我可以向您保证这里没有任何一个人会退缩！”

贝格尼娅将手按在腰间佩剑上，以无比坚毅的语气拒绝了法国总督的好意。望着站在船舷上面容比以往更加动人的昔日“弟子”，让－瓦隆的眼里刹那间噙满了感激的热泪。“真的是一点都没变啊，雷佐小姐，你一直都是我们的骄傲……”法国人喃喃自语着，抬起右手向西班牙姑娘肃然敬礼。

当然，心中惦记着敌舰队动向的贝格尼娅在说完那句话后很快便把注意力再次转至外侧船舷，因此她并未看到对方向自己致敬的这个动作。

“姐姐，究竟是攻是守，你快拿个主意吧！”

眼见敌方舰队的全部七艘帆船——五艘战列舰、一艘巡航舰和一艘双桅帆船排成“一字长蛇”阵式向港口驶来，有些焦急的伊莎贝拉再次催促闺蜜尽早作出决定。不过与往常不同的是，一向果断的贝格尼娅竟在此刻犹豫了。

“敌众我寡，倘若现在进攻的话……”

“雷佐小姐，鉴于目前的形势是敌众我寡，倘若我方被敌舰队压制在港内，那就完全没有机会了。敌舰队既然要攻下港口，必然会忌惮驶出港口的我方三舰的战斗力。在这种情况下我方可对

敌舰队起到牵制作用，并且生还的概率远高于龟缩在港内。因此，我请求我方主动出击。”

就在贝格尼娅仍旧踌躇不决时，弗洛伦西奥说出了自己的意见。而他这句十分到位的分析也搬开了压在贝格尼娅心中的石头，于是女上校不再犹豫，迅速下令“圣洛伦佐”号与“圣特列莎”号跟随在自己的座舰之后出港迎战。远远望见港内西班牙军舰有所行动，格拉兹的脸上露出更加得意的笑容：

“准备逃跑吗？哼哼，真是个愚蠢的黄毛丫头，难道我会让你就这样溜走吗？传我的命令，改变航向拦截西班牙舰队！”

“可是，将军阁下，如果转向的话，风向对我们不利！”在格拉兹下达命令后，拉姆斯的脸上露出为难的神色。

“见鬼……给我戗风航行！无论如何都要追上那个黄毛丫头！！”

“遵命！将军阁下。”

在格拉兹的强令下，英国舰队开始转向航行，而这一切同样也被密切注视对方举动的贝格尼娅看在眼里。女上校认为果如弗洛伦西奥所料，英国人的注意力由港口转移到自己身上，心中甚是安慰。接下来该考虑如何与拥有优势兵力的敌舰队交手了，贝格尼娅将同伴们召集到甲板上商议对策。

“由于对方是正规海军，倘若我方采用战列线与敌舰队硬拼，胜算肯定很渺茫。各位，有什么好的应敌之策吗？”贝格尼娅手持战术板在同伴之间踱着步子问道。同时，她还时不时地望一下远处英国舰队的状况。

“从雷佐小姐您得到的资料来看，这支英国舰队的五艘战列舰里包括了一艘‘74炮’，两艘‘64炮’的最小三级舰和两艘刚够战列舰资格的‘50炮’的四级舰。论单舰实力是比不上我方的两艘‘80炮’和一艘‘74炮’的。当然，由于对方是正规海军，而我军混杂了大批临时征召的水手，整体素质肯定逊于敌手，因此雷佐小姐的顾虑是有道理的，如果进行炮术决战的话，我方难逃失败的命运。”

年轻船长弗洛伦西奥不出意外地第一个回应了贝格尼娅的问题，包括女上校在内的所有人都把目光投向他，期待他的应敌之策。弗洛伦西奥停顿片刻后以一种试探性的语调说道：

“应敌之策倒是有，不过，恐怕需要冒很大的风险。”

“再大的风险我也不怕。弗洛伦西奥先生，但说无妨。”

“办法就是，我方三舰均采取分头行动的办法引诱敌方舰队也分散开来，最后通过接舷战来‘一锤定音’。我想，虽然我方在炮术训练上不如敌人，但在雷佐小姐的带领下却拥有渴求胜利的信念，所以只要能与敌人近身的话……”

“等等！何塞，你这计划有个很大的问题！”未等弗洛伦西奥将话说完，双眉紧缩的伊莎贝拉已经打断了他，“倘若敌舰队没有上当——仍旧保持完整阵形去追击我方某一艘船的话，那艘船就死定了呀！”

“唔，公主殿下说得没错，这也是我这个计划所需要面对的最大风险。不过我个人以为没有比这更好的退敌之策了。接舷战是我方眼下唯一的机会……”

“可是……”

伊莎贝拉还想再说些什么，却被闺蜜抓住了臂膀。只见女上校面带微笑地冲闺蜜摇摇头，耐心地说道：

“萨拉，事到如今我们已经没有其他出路了。即便获胜的希望不大，我还是想按照弗洛伦西奥先生的计划去试一试。各位，你们有信心与我共渡难关吗？！”

贝格尼娅说着，回头振臂向船员们高呼起来。在她的感染下，甲板上很快便响起了如雷贯耳的口号。在这一刻，伊莎贝拉惊呆了。没错，这就是闺蜜那令人钦佩的凝聚力，这里的每个人都心甘情愿为她献出生命。

紧接着，贝格尼娅下令向“圣洛伦佐”号与“圣特列莎”号打出“分散、各自迎敌”的旗语。在三艘西班牙战列舰分道扬镳后，贝格尼娅手持望远镜紧张地关注着敌人的反应。女上校心里清楚，关乎此战成败的最重要时刻就要来临了。而这一次，仁慈的天主还会站在她这边吗？贝格尼娅的额头沁出了汗珠，她在等待，等待着那一刻的来临……

【六】

“请把后背交给我！”

随着时间的推移，英国舰队逐渐显现出贝格尼娅内心迫切期待的变化：全体呈花瓣张开状分散开来，这似乎印证了弗洛伦西奥的观点。此时此刻，笑容在女上校那美丽的脸庞上绽放，只见她放下手中的望远镜向舵手高喊起来：

“哈维尔先生，左转舵一周半，张满帆全速前进！”

“遵命，雷佐小姐！”

只见舵手哈维尔娴熟地转动手中的轮舵，庞大的帆船扭动着笨拙的身躯开始转向。不多时，当贝格尼娅再次举起望远镜时，先前得意的笑容却从她的脸上立即消失了——

“见鬼……竟然有三艘跟过来了！”

“姐姐，你说什么？”一旁的伊莎贝拉露出疑惑的神色。

“有三艘英国战列舰追随我舰而来。至于其他的嘛……一艘战列舰和一艘巡航舰去追击‘圣洛伦佐’号；另有一艘战列舰和一艘双桅帆船去追击‘圣特列莎’号了……”

贝格尼娅倒吸一口凉气，用发颤的声音应道。听到女上校的这番话后，弗洛伦西奥也拿起望远镜向远处望去，不多时，从他的嘴里发出语调缓慢的低沉声音：

“一艘‘74炮’，两艘‘50炮’……雷佐小姐，这虽然有一定难度，但并非不可能取胜。只要我们……”

“够了，何塞，请别再蛊惑我姐姐了！这样下去我们非得全军覆没不可！！姐姐，请赶紧下令船队会合！”

未等弗洛伦西奥说完，伊莎贝拉已经十分生气地打断了对方的话。不过在这种关头，女上校似乎还是力挺年轻船长的看法：

“不……萨拉，我相信弗洛伦西奥先生的判断是正确的。如果现在调转航向与同伴会合，那么我们先前的努力就前功尽弃了。”

“雷佐小姐，请您立即下令‘圣佩德罗’号转向港口航行。借助港口防御壁垒的火力，我认为干掉这三艘战列舰是可能的。”

得到了女上司的支持，弗洛伦西奥趁势说出了自己接下来的计划。对此，贝格尼娅连连点头表示认可，随即下令舵手再次改变航向。而内心感受到闺蜜“冷落”的伊莎贝拉则露出失望的神色。

十几分钟后，站在三艘英国战列舰之首“肯特”号甲板上的格拉兹望见远处自己的“猎物”改变航向向港口驶去，嘴角边不禁咧出了狂妄的笑容。在他看来，这完全是贝格尼娅的胆怯之举。准将本人更没有把在他看来如同“土鸡瓦犬”般的港口防御壁垒放在眼里。

“传我的命令，继续跟紧敌军旗舰，千万不可以让它靠岸！”

“将军阁下，这样做等于是要驶入港内，倘若我们遭到防御堡垒攻击的话……”对于格拉兹的命令，副官拉姆斯表示出担忧。

“拉姆斯，如此唯唯诺诺，恐怕你永远只能是个副官了啊！看看后面吧，那家伙在盯着我们呢，难道你想让他看我们的笑话吗？！”

拉姆斯诚惶诚恐地向本舰斜后方望去，只见一艘大型巡航舰正远远地跟在三艘战列舰之后。很显然，那是巴金斯的座舰，拉姆斯便低下头去不再说话。

眼见敌方三艘战列舰尾随自己的座舰也向港口驶来，女上校不由自主地把手按在胸前，她的心正急剧地跳动着。事实上，连她自己也不能肯定弗洛伦西奥的策略能够带来一场胜利，甚至她也注意到了闺蜜对这一策略的抵触情绪，然而，一股说不上来的力量驱使着她就这样向着一条也许“不归”的道路上走去……

“雷佐小姐，港口的法军正向我舰打出信号旗，是否要向对方说明我舰的意图？”

正恍惚中，安斯瓦尔多那洪亮的声音将贝格尼娅唤回眼前的世界。女上校慌忙戴上三角帽，操起望远镜向岸边望去，不多时，从她的口中挤出一句话：

“通知法军，准备炮击！”

“是！通知法军，准备炮击！！”

安斯瓦尔多随即抬头向瞭望员重复了女上司的命令，并同时要求水手和兵士做好迎战准备。甲板上的人们顿时忙碌起来，不多时，郁郁不乐的伊莎贝拉悄悄来到女上校的身旁，轻轻扯了下她的衣袖。

“姐姐，我想，等会儿若发生接舷战的话由我来担任先锋吧。”

“萨拉？你……为什么……”贝格尼娅立即露出惊讶的神情。

“姐姐，你的腰伤又复发了，不是吗？别以为能瞒得住我……出于对你身体的担心，这次战斗我希望姐姐你能老老实实地待在这里指挥大伙儿；冲锋陷阵的任务就交给妹妹我吧！”

“可是……萨拉，我不能……”

“没有什么‘可是’！姐姐，今天你必须听我的，不然别怪我无情！”

伊莎贝拉说着，脸上骤然色变、陡然提高嗓门并罕见地用力跺了跺脚。此时此刻，贝格尼娅竟感受到了来自闺蜜胸中的“怒火”，于是便像个接受训诫的小姑娘般乖乖地点了点头。见闺蜜服了软，伊莎贝拉也瞬间重现出她那极富阳光般的少女笑容。

贝格尼娅指挥“圣佩德罗”号在接近码头，处于防御壁垒火炮射程之内的位置兜了一个圈，试图引诱敌舰也做出同样的动作，但毕竟对方是老练的英国正规海军，这一招没能奏效。狡猾的格拉兹只下令麾下的三艘战列舰将港口入海口堵住，并未再向码头靠近。港口的外海传来隆隆的炮击声，难道是“圣洛伦佐”号或“圣特列莎”号与敌舰交火了么？女上校的心中咯噔一怔。

“姐姐，我早说过何塞那家伙出的是馊主意了。现在可好，我们被分别包围了，再不做出决断就真的完蛋了呀！”

在这危急关头，伊莎贝拉的埋怨无疑让贝格尼娅更加心乱如麻。女上校环顾四周，见弗洛伦西奥正在另一侧观察敌情，正欲上前相问，却被闺蜜拉住了胳膊。

“姐姐，请下令主动出击吧，再这样躲下去是不会有好结果的！”

“真见鬼……恐怕也只能如此了。哈维尔先生，请掉头迎着敌舰航行！”

经不住闺蜜劝说的贝格尼娅终于下达了背弃弗洛伦西奥原先计划的命令，而这道命令也引起了包括弗洛伦西奥在内的几乎所有舰上重要角色的注意。年轻船长慌忙奔至贝格尼娅的身旁询问缘由；而女上校给出的答案却相当含糊：

“再这样躲下去对我方肯定是不利的，我觉得还是尽早与敌军决战要好些……”

“可是雷佐小姐，再稍稍忍耐一下也许敌军就会露出马脚了！我不信他们能一直游离于防御壁垒的火炮射程之外！”

“不，弗洛伦西奥先生，也许……我们先干掉敌军一艘‘50炮’会让战斗变得更轻松些。所以……”

见女上司的态度发生近乎一百八十度的转变，弗洛伦西奥急了，正欲进一步为自己的计划辩解，却发现女上司身旁的伊莎贝拉正横眉冷目地盯着自己，顿时心里全明白了，于是未等公主开口斥责便摇着头转身离去。见弗洛伦西奥失落地走开，伊莎贝拉的脸上却偷偷露出得意的笑容。

很快，当英国人发现“圣佩德罗”号掉头迎面驶来时，甚至连格拉兹本人都有些不敢相信自己的眼睛。原本他还在为如何能够接近西舰的同时躲避防御壁垒火力而犯愁，然而现在这个烦恼却“奇迹般”地不翼而飞了！

“这真是上帝的恩赐啊……没想到那个黄毛丫头居然会蠢到主动来进攻，这下她的失败已经没什么悬念了。不管是活是死，贝格尼娅·德·雷佐……嘿嘿，你是我的啦！”

格拉兹自言自语地笑着，却发现对方想要从那艘50门炮的战列舰——“奥斯卡”号的外侧强行突破。肥胖的准将立即采取应对措施，下令三舰向右转舵，试图拦住正猛冲过来的“圣佩德罗”号，然而贝格尼娅的座舰早已如脱了缰的野马般在英舰尚未完成转向时便与“奥斯卡”号擦肩而过。随着女上校的一声令下，从“圣佩德罗”号的右舷喷吐出火舌，浓郁的白色烟雾瞬间淹没了这艘可怜的英国小型战列舰……

当“圣佩德罗”号与“奥斯卡”号艏艉相错驶开时，后者甲板上已是一片狼藉。在完成这次漂亮的炮击后，“圣佩德罗”号从容不迫地转向，准备由背后向英舰再一次发起攻击。这回轮到格拉兹紧张了——英国准将显然低估了对手的战斗力。慌张之下，他下令“肯特”号向“奥斯卡”号靠拢以提供救助。不过就在一切看似对自己有利之时，贝格尼娅却犯下了一个匪夷所思的错误，她竟指挥“圣佩德罗”号从两艘英国战列舰的中间穿过去，然而……

“嘎吱——”

随着一阵尖锐的刺响，由于距离过近，“圣佩德罗”号的右舷与“奥斯卡”号的左舷发生了擦碰；这导致两舰几乎都停了下来。在经过近距离猛烈对射后，双方都陷入了瘫痪状。情况急转直下……

“没办法了……萨拉，准备接舷战……”

“遵命！姐姐，请静候佳音吧！”

伊莎贝拉精神抖擞地向闺蜜行了个军礼，随即带着海军陆战队士兵准备出击，不过临行前，贝格尼娅却又握住了她的手：

“我命令你一定要平安回来！”

“放心吧，姐姐，萨拉向你保证绝不会倒在这个鬼地方！各位勇敢的战士们，请随我出击吧——西班牙皇家海军万岁！！”

面对闺蜜的关心，伊莎贝拉充满自信地淡然一笑，紧接着便手持佩剑高呼口号第一个冲向“奥斯卡”号的甲板。在她身后紧跟着弗洛伦西奥、安斯瓦尔多等咆哮着如猛虎扑食般的勇士，甚至连重新穿上男装的卡洛琳娜也义无反顾地投入了战斗。残酷的

白刃战拉开序幕。就在作为舰上三副的安东尼奥也打算前去的时候，却被贝格尼娅从背后叫住了。

“安东尼奥，请留步。我……希望你能留在我身边。”

“雷佐小姐？这正是我向您和祖国效忠的绝佳机会，为何……”

望着流露出恳切之情的女上校，伯爵儿子显得有些意外。不过未等他把话说完，贝格尼娅已经伸手指向远处正向这边驶来的“肯特”号，以平缓的语气说道：

“你看，也许很快我们就会腹背受敌了。安东尼奥，我需要你的力量。”

“我明白了。雷佐小姐，安东尼奥·德帕斯奎斯愿听候您的差遣！”

恍然大悟的安东尼奥忙立正向贝格尼娅行礼致敬。女上校面带笑容地点点头，将目光继续停留在“肯特”号上。她的心里十分清楚在半小时之内将会发生什么……

“奥斯卡”号的甲板上已是血流成河。在砍倒了第十个敌人后，伊莎贝拉的肩膀也受了轻伤，不过勇敢的公主没有表现出丝毫的退意，在将伤口简单包扎后便继续投入战斗。弗洛伦西奥如影子一般尾随在公主的身后——尽管先前在退敌之策上产生分歧并引发了小小矛盾，但弗洛伦西奥还是尽心尽职地担负起掩护伊莎贝拉侧翼的重任。然而在一阵冲杀后，年轻船长却首先遭遇不测——一发罪恶的子弹射在了他的肋下。遗憾的是，正与两名英军士兵搏斗的伊莎贝拉并未注意到这一幕。

弗洛伦西奥捂着伤口跪在了甲板上，鲜血从他的指缝中流出。恰逢此时安斯瓦尔多与卡洛琳娜杀到他的身旁，年轻少校不由分说地架起了已失去平衡的年轻船长的肩膀。

“振作一点啊……弗洛伦西奥先生！！”

“别……别管我，公主殿下她……冲得太快了，你们快……快去保护她……”

弗洛伦西奥喘着粗气，以微弱的声音说道。没多久，他便失去了知觉。心情急切的安斯瓦尔多扭头瞟了眼卡洛琳娜，那眼神似乎在要求红发姑娘快些把弗洛伦西奥先生送回去救治！然而，他得到的答复却是恰恰相反的。

“胡安，弗洛伦西奥先生就拜托你了！我这就去找公主殿下！！”

说罢，不等安斯瓦尔多做出任何回应，卡洛琳娜已飞身向前冲去。望着边跑边将长发迅速盘起已示决一死战之心的她，年轻少校完全愣住了……

此时此刻，杀得兴起的伊莎贝拉已经逐渐深入敌军腹地。猛然间，公主发现自己身边已经没有了同伴，十几名英军海军陆战队士兵将她团团围住，而从她的正前方走出一位身着海军上校制服的矮个儿中年人。难道这就是舰长吗？伊莎贝拉暗忖着，握紧了手中满是血污的佩剑。只见对方不慌不忙地走到自己的面前：

“阁下就是传说中的‘西班牙皇家海军之花’贝格尼娅·德·雷佐吗？没想到竟是一位如此美貌的妙龄姑娘，就这样在战争中凋零是不是有点可惜了呢？”

“抱歉！我是西班牙公主伊莎贝拉·德波旁，并不是您口中的‘西班牙皇家海军之花’。不过，我想这对于您来说应该没有什么区别，如果想取我的首级，请放马过来吧！！”

面对敌将的挑衅，伊莎贝拉不屑地微微一笑，同时摆好了作战的架势。不过这时对方却仰首大笑起来：

“哈哈哈……可怜的西班牙呐，没想到居然虚弱到要派出女人上战场了。既然如此，在下罗恩·费尔曼很荣幸能够在这里与西班牙公主交手哦！”

“原来你叫费尔曼！巧了呢，我们西班牙皇宫的看门狗也恰恰叫这个名字，我想，你该不会就是它的哥哥吧？”

望着对方那双狼一般的棕色瞳孔，无所畏惧的伊莎贝拉竟以更加尖锐刺耳的言语予以反击。英国上校被气得脸色青紫，操起佩剑咆哮着便冲杀过来。西班牙公主沉着应付，在躲过了对方气势汹汹的“开战三板斧”后，主动权回到了女孩的手中。只见她剑尖轻轻一挑，费尔曼的肩膀上出现了一道血痕。恼羞成怒的英国上校猛地回手试图抓住伊莎贝拉的胳膊，却被她灵巧闪过后抓住了再次出击的机会——剑光闪过，英国人的胸前也流出血来……

“见鬼！明明是个娘儿们，居然有这等实力……”捂着伤口半跪在地上的费尔曼恨恨地说道。

“哼！看看自己吧，作为一个英国男人，你连我这西班牙女人都打不过，还有什么脸面去逞口舌之能！”

“你……你这贱货！该死的……给我一起上，活剥了她！！”

在伊莎贝拉变本加厉的刺激下，费尔曼似乎已经丧失了理智，挥舞着拳头发出歇斯底里的吼叫。停顿了数秒，刚才还不知所措的英军士兵们呐喊着一齐向伊莎贝拉冲来。面对十几人的出击，公主的性命陷入岌岌可危的境地，然而就在这千钧一发之际，两声枪响，站在最外侧的两名英军士兵倒在血泊中，伊莎贝拉循声望去，却发现一名身着西班牙海军士官服的红发姑娘威风凛凛地站在距离十步远的地方。

“塞巴斯蒂昂小姐！！”

原本以为自己战死几乎板上钉钉的伊莎贝拉激动地几乎要哭出声来。只见卡洛琳娜扔掉手中尚冒着青烟的双枪，抽出腰间双刀以极快的速度又将两名英军士兵砍倒在甲板上。在干掉了四人后，卡洛琳娜趁机跑到伊莎贝拉的身旁，以自责的语气说道：

“抱歉！公主殿下，我来晚了。”

“啊！塞巴斯蒂昂小姐，是我应该感谢你才对呀！若不是你及时出现，我恐怕已经……”望着卡洛琳娜，伊莎贝拉脸红了。

“现在不是说这些的时候。公主殿下，请把您的后背交给我，让我们携手杀出重围吧！”

“嗯！！”

面对卡洛琳娜坦诚的笑容，眼中涌满热泪的伊莎贝拉使劲点了点头。于是两位西班牙姑娘背靠背站在一起，准备放手一搏。见对方气势竟盖过了自己麾下的士兵，费尔曼不禁勃然大怒：

“该死的，给我一起上，干掉她们！！”

在英国上校的吆喝下，剩余的英军士兵只得硬着头皮再次发起进攻。然而面对剑艺精湛的两位背靠背的西班牙姑娘，英军士兵一时无法找到突破口，双方陷入僵局。见此情形，一心想要获胜的费尔曼竟下令部下使用火枪射击两位姑娘。不过，几乎在同一时间，由贝内迪克托所指挥的大批西班牙海军陆战队士兵赶到了……

另一边，在经过两轮炮战后，“肯特”号已经强行靠近动弹不得的“圣佩德罗”号，一场更为艰巨的白刃战已迫在眉睫。由于前往“奥斯卡”号作战的闺蜜带走了船上将近一半的兵力，眼下贝格尼娅所面临的最为严峻的问题便是人手的短缺。原本她希望能够在“奥斯卡”号上速战速决，及时将部队抽调回来以应对“肯特”号发起的攻击。然而回头望了望仍喊杀震天的“奥斯卡”号的甲板，女上校心中明白集中兵力已经不可能了。无论如何，她都必须独自迎接这个挑战。

站在船舷边，贝格尼娅下意识地摸了摸自己的左侧腰部，还有一丝隐隐的疼痛。就在她摘下三角帽下令准备接舷战时，远处传来的安斯瓦尔多的声音吸引住了她：

“雷佐小姐……不好啦！”

“胡安？天呐！弗洛伦西奥先生这是怎么了？！”贝格尼娅一眼便望见安斯瓦尔多肩上扛着的弗洛伦西奥，于是急忙问道。

“弗洛伦西奥先生肋下受了严重枪伤，生命垂危，请立即医治他！”

听了安斯瓦尔多的描述，贝格尼娅忙伸手掀起弗洛伦西奥的衣服，看到了那个被破布简单包扎以防止更多出血的伤口。事不宜迟，女上校立即唤来格拉迪诺医生并要求他无论如何都要挽救弗洛伦西奥的生命。由于大战在即，贝格尼娅无法亲自陪同弗洛伦西奥去进行手术，但在离开时，她还是充满暖暖爱意地亲吻了昏迷中的年轻船长的额头，祝福对方早日康复。

几分钟后，“肯特”号与“圣佩德罗”号左舷相接，贝格尼娅随即抽出佩剑高举过头：

“英勇的西班牙将士们，今天就是我们为国尽忠的日子！请不要畏惧死亡，在天主的照耀下，大家随我一同去赢取胜利吧！！”

“雷佐小姐万岁！西班牙万岁！……”

在贝格尼娅的鼓舞下，西班牙将士们纷纷振臂高呼着随她向敌舰甲板扑去；恰逢英军士兵也向这边涌来，双方就在登舰木板上发生激战。抖擞精神的贝格尼娅第一个跃上了英舰甲板，将一群试图围攻她的英军士兵砍翻在地。见女上司如此英勇，西班牙将士们也都奋不顾身地向前猛冲，一时间，人数占明显劣势的西班牙军竟反而有将英军压制的迹象……

“奥斯卡”号上。

经过短暂而激烈的战斗，士气早已丧尽的英军士兵纷纷放下武器束手就擒，至于受伤的费尔曼——这名高傲的英国上校自然也难逃被俘的命运。在垂头丧气地递上佩剑后，伊萨贝拉宣布“奥斯卡”号成为西班牙的战利品，将士们呼唤着她的名字，甲板上瞬间沸腾起来……

“塞巴斯蒂昂小姐，这次我……真的不知该怎么感谢你！如果没有你，现在我恐怕已是那些躺在甲板上冰冷尸体中的一具了……”

望着眼前群情激动的将士们，伊莎贝拉不忘扭头向身旁的卡洛琳娜道谢。而红发姑娘的表情却显得十分平和：

“公主殿下，请您别太在意，我只是做了我该做的事而已。”

“不管怎样，塞巴斯蒂昂小姐，我……”

伊莎贝拉说着，面带深深歉意地主动握住了卡洛琳娜的手，这一举动甚至令对方的脸颊微微有些升温。就在卡洛琳娜张开嘴还想再说些什么的时候，眼角余光注意到异样情况的她猛然地将伊莎贝拉推倒在地。紧接着伴随着一声枪响，空气中弥漫起了血雾……

倒地后的伊莎贝拉迅速爬起，她惊讶地发现卡洛琳娜扑倒在地，并且嘴角边已经流出了鲜血。

“塞巴斯蒂昂小姐！！见鬼……这是怎么回事？！”

“有敌军残余火枪手！！”

猛然醒悟的贝内迪克托高喊着指挥海军陆战队士兵紧急出动。不多时，在舰长室半掩的木门后，士兵们发现了那个暗藏的“幽灵”并将其当场击毙，然而此时卡洛琳娜的状况却令人担忧。在将其抱起后，伊莎贝拉发现了红发姑娘身体侧后方那血肉模糊的枪伤痕迹，泪水如断了线的珠子般悄然落下……

码头上，几乎所有人都注意到了距离这里不远处发生的交战场面：一艘英勇的西班牙战列舰正同时与两艘英国战列舰进行接舷战，并且被浓浓的硝烟所掩盖。闻讯而来的让－瓦隆急忙用望远镜仔细观察，很快，在确定了那就是贝格尼娅的旗舰后，法国总督的脸上露出不可思议的神色：

“我的天……雷佐小姐该不会……”

“总督大人，这里太危险了，还请您……”一旁的法国海军副官忍不住劝道。

“不行！我必须要做点什么了，快去船坞里检查一下‘皇家路易’号的舰况！”

“您说什么？”副官显然没听懂总督的命令，下意识地反问道。

“倘若舰况允许的话，我要指挥那艘老家伙去营救雷佐小姐！快点……一刻也不许耽搁！”

让－瓦隆有些恼怒地提高了嗓门，副官忙允诺着俯身离去。只见手拄拐杖的法国总督一脸阴沉、目不转睛地盯着硝烟弥漫的战场，似乎心中已经做出了决定。

战斗在持续，由于人数差距过于悬殊，尽管士气旺盛，贝格尼娅和她的部下们也终于抵敌不住，开始慢慢向自己的军舰撤退；英军士兵则步步进逼。焦虑万分的女上校只能把希望寄托在闺蜜身上，好在“奥斯卡”号上的战斗已基本结束，西班牙士兵陆续返回本舰，及时堵住了兵力上的巨大缺口。

“大家坚持住！顶住这轮攻击，胜利就在眼前！！”

眼见英军士兵如潮水般涌来，己方军心似乎有些动摇，贝格尼娅竭尽全力地鼓舞大家不要放弃，就在这时，一个宽大的身躯靠在了她的后背上……

“雷佐小姐……请把您的后背交给我，让我们共同渡过这个难关吧！”

“安东尼奥？”

辨出那是安东尼奥声音的贝格尼娅诧异地回过头去，只见对方也扭头瞥向自己，露出鼓励的笑容。女上校的心中顿时燃起一股更为旺盛的斗志。她已经准备好了……

码头边，法国海军“皇家路易”号战列舰已经做好了出航准备。不顾部下劝说的让－瓦隆拄着拐杖艰难地登上了这艘甲板已结满蜘蛛网的老态龙钟的帆船。这是一艘服役于 18 世纪 30 年代的 50 门炮的战列舰，自从 1756 ～ 1763 年的七年战争结束，该舰驻防塔马塔夫港后，就再也没有出港航行过，岛上官员普遍认为该舰已经完全丧失了作战能力，而且现在也只有 36 门炮可以正常使用，并且最大的火炮也只有 18 磅。此番让－瓦隆指挥该舰强行出航几乎可以算得上是个奇迹了。

站在破旧不堪的舰桥上，让－瓦隆的心情如海浪般波涛汹涌。年过四十的法国总督在心中默默念着贝格尼娅的名字，并时不时要求“速度再快一点”，而由于舰况糟糕，张满帆的“皇家路易”号重心不稳，似乎随时都有倾覆的危险。在他的指挥下，“皇家路易”号迈着蹒跚的步子向“圣佩德罗”号驶去。这个时候，另一位“不速之客”盯上了它。

此时此刻，站在“潘多拉”号舰桥上的巴金斯正聚精会神地用望远镜关注“皇家路易”号的行迹。在计算好风向和距离后，巴金斯下令张满帆前进。毫无疑问，私掠船长已将这艘破旧不堪的小型战列舰视为自己的“猎物”。他那双鹰一般的眼睛里闪烁出

自信的光芒……

“总督大人，有一艘悬挂英国旗帜的巡航舰向我们这里驶来了！”

在瞭望员的警戒声下，让－瓦隆向其所指方向望去，不由地皱起了眉头。这时候，一心想营救贝格尼娅的法国总督自然是不希望受到干扰的。然而那艘船的航速是如此之快以至于老迈的“皇家路易”号完全不可能避开它。不得已，让－瓦隆只能选择迎战：

“炮手准备……开火！！”

在法国总督的一声号令下，“皇家路易”号一轮齐射几乎要使其脆弱的躯体在震颤中“肢解”。由于此时双方距离尚未接近至200码，这样一次缺乏经验的射击显然是徒劳的，炮弹如雨点般落在“潘多拉”号的外侧，激起无奈的水花。法舰的炮击引起贝格尼娅的注意。趁着战事稍有好转的间隙，女上校扭头望去，很快，她便辨认出了那艘法舰的身份。

“让－瓦隆先生？是您……来救我了吗？！”

女上校自言自语着，脸上不自然地露出落魄的笑容。在发觉女上司的举止有些不对劲后，安东尼奥忙用胳膊肘提醒她集中注意力：

“雷佐小姐，现在不是走神的时候啊……请注意自己的安全！”

“啊……安东尼奥，对不起，谢谢你的提醒！”

回过神来的贝格尼娅红了脸，忙将注意力继续投入到战斗中去。不多时，满身是血的伊莎贝拉悄然无声地来到贝格尼娅的身旁。见闺蜜归来，贝格尼娅欣喜若狂，然而对方明显留下泪痕的脸上却看不到丝毫的开心。

“姐姐，卡洛琳娜她……她现在恐怕……”

“什么？！她……怎么了？”

“她……受了严重枪伤，我让贝内迪克托送她去格拉迪诺医生那儿了。呜呜……都是因为我……”

话未说完，伊莎贝拉已经哽咽住了。猛然间，贝格尼娅想起了同样因枪伤被送去急救的弗洛伦西奥。对于自己和船上的同伴来说，今天果然不是个幸运的日子……

不远处，“皇家路易”号对“潘多拉”号的另两次炮击也全都未中。当抵近至100码内时，一名海军士官打扮模样的青年跑至巴金斯身旁道：

“船长先生，敌舰已经进入我们的射程了。”

“哦？甚好甚好，那么做好射击准备吧！”

脸上掠过一丝难以捉摸笑意的巴金斯向青年点点头，对方很快跑回到船艉甲板上，下令将一侧炮位上盖着的帆布掀起。很快，6门又短又粗，与普通舰载加农炮外形不同的“奇怪”火炮显露在众人视线之中，这会是一种什么样的“秘密武器”呢？

“船长先生，卡隆炮（Carronade）准备完毕！！”

“很好，瞄准对方舰桥！给我狠狠地打！”

在巴金斯的一声令下，这6门重炮喷吐出火舌，将6枚比普通球形弹更大更重的弹丸推送到“皇家路易”号的艉甲板上。正指挥军舰转向以谋求更有利炮击位置的让－瓦隆猝不及防，被炮弹掀起的如狂潮般的碎屑击倒在地。那根拐杖在空中飞舞着，落在了距离他十多尺的舰桥楼梯上……

“雷……雷佐小姐，请原谅……原谅我这个……没用的教导员吧……”

让－瓦隆喃喃自语着，朝“圣佩德罗”号的方向伸出手去。但很快，那只手便与他整个身体一齐无力地瘫在了血泊中。

数秒钟后，从“潘多拉”号的舷侧发出了一次猛烈的齐射。硝烟过后，也许是被命中了弹药库，“皇家路易”号竟发生了惊天泣地的大爆炸，整艘战舰瞬间湮灭于一团橘红色的火球中。在这一刻，几乎所有参战人员的注意力都被这一幕所吸引并暂停了战斗，而最吃惊的要数贝格尼娅了，她十分清楚这意味着什么……

“让－瓦隆先生……这不是真的吧？让－瓦隆先生！！”

尸横遍地的甲板上传来了女上校凄厉的尖叫声……

【七】

天使与魔鬼

伴随着震耳欲聋的爆炸声，泪水迷糊了贝格尼娅的眼睛。她浑身颤抖着，缓缓放下了紧握佩剑、沾满血污的左手。这时，一名英军水手手持弯刀突然猛扑过来，只见女上校以风一般的速度闪开攻击，同时反手一剑狠狠地将对方的首级斩落。

“把英国佬……统统杀光！！”从她的口中吐出虽然声音微弱但却异常愤怒的音调。

“姐姐你说什么？”没有听清楚这句话，但心里咯噔一下的伊莎贝拉有些担忧地反问道。

“我说要杀光那帮畜生啊！！萨拉，我们走，今天不给让－瓦隆先生报仇誓不为人！！”

贝格尼娅咬牙切齿地做出回答。言毕，她操起手中的佩剑头也不回地向前冲去。出于对闺蜜的担心，伊莎贝拉也紧随其后；紧接着，安东尼奥、安斯瓦尔多与更多的同伴跟上了两位姑娘的脚步，西班牙将士呐喊着，将仍在发愣的英国人赶回自己的军舰。几百码外，严密注视着“圣佩德罗”号与“肯特”号上白刃战的

巴金斯脸上逐渐露出了严峻的神色。

“情况似乎对我方不利呐……”私掠船长意味深长地叹道。

“船长先生，敌方不过是区区一艘战列舰罢了，倘若我们也加入，定能获胜的！”

对此，巴金斯的副手却显得毫不在意。“不！你看见那个身着红黑衫的金发女子了吗？那就是贝格尼娅·德·雷佐。看起来，她似乎被我方击沉法舰的举动激起了愤怒。我们在这个时候去参战无异于送死。”巴金斯摇摇头，很快便做出了个令副手瞠目结舌的决定，“现在撤退还不算太晚。传我的命令，立刻张满帆离开这里！”

在私掠船长的强令下，“潘多拉”号开始调转航向离开港湾。由于激战正酣，贝格尼娅并未发现海面局势的变化，甚至都没有去关注究竟是哪艘敌舰将“皇家路易”号击沉的。此时此刻，女上校的脑子里恐怕只有“复仇”这个词。

得知战局发生逆转后，原本躲在舰长室中的格拉兹匆忙带着残存的海军陆战队队员从艉甲板跑下来，就站在主桅杆后的隔板前排成方阵向蜂拥而来的西班牙人射击。眼见敌方火枪手就要开火，机警的伊莎贝拉以一个漂亮的卧倒姿势顺着奔跑方向伏在甲板上，而贝格尼娅却做出了与其恰恰相反的动作：凌空高高跃起、挥剑横劈向眼前的一整排敌人……

“姐姐——”伊莎贝拉发出绝望的嘶吼。

然而贝格尼娅似乎对眼前的危险全然不顾。在她跃起的一刹那，枪响了，冲在最前面的一些西班牙士兵应声倒在血泊中。也许是受到了幸运女神的眷顾，“飞”在空中的贝格尼娅并未被子弹击中；枪声落下时，女上校手中的佩剑将站在前排的几名陆战队士兵砍翻；而借助着几乎不可阻挡的惯性，她的身体将更多的士兵冲倒在地、甚至破坏了敌军的整个阵形。见女上司做出如此搏命的举动，西班牙将士们彻底沸腾了……

“为了姐姐！为了西班牙！！”

伊莎贝拉动情地高喊起来。在她的鼓动下，每一名西班牙战士都使出了浑身解数咆哮着冲向眼前的敌人，仅仅数分钟后，这残存的英军便被消灭殆尽。一些英国人就地跪下，举起手中的火枪高叫投降，这其中包括早已被吓破了胆的格拉兹。肥胖的英国准将如烂泥般瘫在地上，祈求已经杀到眼前的贝格尼娅饶其一命。女上校那高举着殷红佩剑的手在空中颤抖着，最终没有砍下来。

“你就是这支舰队的指挥官格拉兹么？”两人对视了几秒后，几乎已经成为“血人”的贝格尼娅首先开口问道。

“是……我就是……请问阁下是否是贝格尼娅·德·雷佐小姐？”

“你没有资格知道我的名字。”

贝格尼娅冷冰冰地边回答边向身旁的贝内迪克托使了个眼色。身材高大的海军陆战队上尉立即上前用绳索将格拉兹捆了个结实。

随着格拉兹的被俘，“肯特”号上残余的英军全部投降。贝格尼娅亲手将船艉悬挂的英国海军旗降下、掷入大海，紧接着在旗杆上升起了西班牙的旗帜。也许是注意到旗舰已经投降，仅存的一艘英国战列舰慌忙掉头逃之夭夭。

一小时后，在外海牵制敌军的“圣洛伦佐”号与“圣特列莎”号成功返回港内。凭借丰富的经验和过人的胆略，罗德里格斯指挥着“圣特列莎”号不仅将追击其的英国战列舰击退，还抽身去协助了“圣洛伦佐”号，最终两舰合力击毁了格拉兹舰队中唯一的巡航舰——32 门炮的“利修斯”号，大胜而归。当他们驶入港湾，望见英国旗舰上也飘起了西班牙旗帜时，船员们情不自禁地欢呼起来……

不过，贝格尼娅却是完全没有心情与部下们庆祝这来之不易的胜利。由于心中惦记着身负重伤、生死未卜的弗洛伦西奥与卡洛琳娜，在处理完舰上事宜后，贝格尼娅以最快的速度跑至位于下层甲板的医务室询问二人的伤情。烛光下，双目紧闭的年轻船长与红发姑娘那苍白的面庞映入女上校眼中，格拉迪诺医生和他的助手坐在病床边，从大伙儿的脸上似乎看不到一丁点希望……

“格拉迪诺医生，他们……”停顿片刻后，贝格尼娅微微动了动她那干涸的嘴唇，“他们还有活下来的希望吗？”

“通过手术我已成功取出留在他们体内的弹丸，但是，接下来就得看天主的旨意了。”格拉迪诺忧心忡忡地说着，在胸前虔诚地划了个十字。

紧锁双眉的贝格尼娅俯下身，仔细观察两位伤者的面色，而后挨个亲吻二人的额头以示祝福。正在此时，医务室的门被再次推开，只见伊莎贝拉与安斯瓦尔多焦虑不安地出现在了门口。

“姐姐，何塞他没事吧？”

“雷佐小姐，卡洛琳娜她……”

两人几乎同时向贝格尼娅开口询问自己所关心之人的情况。扭头望着二人，贝格尼娅勉强露出了少许笑意：

“嗯——他们一定会康复的。请相信我，相信天主吧！”

“噢……我可怜的何塞，为什么……为什么你会……”

走到弗洛伦西奥的床前，伊莎贝拉早已抑制不住自己的悲伤，霎时泪流满面。美丽的公主轻轻跪下，伏在年轻船长的身上抽泣起来。看到闺蜜伤感的模样，贝格尼娅也落泪了。不过安斯瓦尔多却并没有显露出过于明显的表情变化。只见他摘下三角帽，悄然放在红发姑娘的枕边；自己则笔直地站着，默默地注视着对方，许久没有说话。不知何时，贝格尼娅拍了拍他的肩膀：

“胡安，塞巴斯蒂昂小姐就拜托你了，请照顾好她。”

“雷佐小姐？”安斯瓦尔多显然吃了一惊。

“在这种关头，我想，她最需要的人应该就是你了。请别让她失望，鼓励她，帮助她渡过难关。”贝格尼娅说着，握住了安斯瓦

尔多的双手，动情地说道。

“雷佐小姐……是！请您放心，我胡安·安斯瓦尔多愿意用生命去守护塞巴斯蒂昂小姐！”

“我……真心地祝福你们……”

贝格尼娅冲安斯瓦尔多点点头，露出真挚的笑容。紧接着，她松开年轻少校的手，转身走出了医务室。望着女上司离去的背影，百感交集的安斯瓦尔多肃然起敬……

黄昏来临，在小艇的拖拽下，重伤的“圣佩德罗”号与两艘被俘英舰一同被牵引至码头栈桥旁。在贝格尼娅的坚持下，码头还派出了一艘单桅帆船和几艘小艇在“皇家路易”号发生爆炸的海域进行搜索，试图找回让-瓦隆的遗体。不过随着日光的减弱，搜索行动不得不终止。尽管如此，在返航前的最后一次搜索时，目光锐利的女上校还是发现了她期待已久的线索：

“停！有情况……快划回去！”

在她的要求下，舵手与划桨手配合，小艇迅速掉头，朝着她所指的方向划去。不多时，一根漂浮在海面上的拐杖被贝格尼娅牢牢抓住。没错，那正是让-瓦隆的遗物。手中握着拐杖的女上校刹那间泪流满面……

由于让-瓦隆的牺牲，塔马塔夫总督一职就这样空缺下来。当晚，贝格尼娅派出快船将让－瓦隆殉职一事汇报给法国本土。晚餐时，在当地富豪的恳求下，女上校答应代理行使不超过一个月的总督权力。这样的话，顺便可以让重伤的弗洛伦西奥与卡洛琳娜能得到足够的休养。同时，她还宣布将于次日上午为让－瓦隆举行葬礼并公开对英国被俘军官进行审判。

尽管冬夜的海风已不再那么刺骨，但站在总督府卧室窗台前遥望远方的贝格尼娅还是忍不住打了个寒战。不知何时，一件温暖的羊毛大衣披在了她的肩头。女上校回过头去，发现搓着双手的闺蜜正站在自己的身后。

“姐姐，经历了下午的战斗，你的腰……”

“嗯——萨拉，不必为我担心！虽然伤口还有些痛，但是完全可以忍受。我已经请格拉迪诺医生帮我处理过了，你看——”

贝格尼娅说着，掀起衣角，露出洁白的绷带。伊莎贝拉伸手轻轻抚摸了下，脸上露出欣慰的笑容，随即走到闺蜜身旁，与之肩并肩地站在窗前。姐妹俩一同望向满天的繁星。

短暂的沉默后，伊莎贝拉用充满歉意的口吻说出了卡洛琳娜的受伤原因，“说起来……姐姐，今天我差点就见不到你了呢！多亏了卡洛琳娜，她那伤就是为我而……”贝格尼娅惊讶地张大了嘴……

位于总督府后院的医务楼内，弗洛伦西奥与卡洛琳娜分别平静地躺在各自病房的单人床上。上岸后，由于医疗环境得到显著改善，二人的伤情已经趋于稳定，不过善良的格拉迪诺还是奔波于两个病房之间，尽着自己作为医生的职责。

夜深人静时，卡洛琳娜病房的门被轻轻推开，此时格拉迪诺正在屋内。年轻医生警惕地抓起手边的火枪站起身来，却发现来者是安斯瓦尔多。

“格拉迪诺医生，真是辛苦您了。接下来塞巴斯蒂昂小姐这边就请交给我来看护吧。”

“啊——安斯瓦尔多先生，我明白了。那么——倘若病人有任何不适，请立即通知我。我就在隔壁弗洛伦西奥先生的房间里。”

安斯瓦尔多点点头，摘下三角帽向格拉迪诺彬彬有礼地鞠躬致敬，随后年轻医生便打着哈欠离开了这里。年轻的少校将三角帽轻轻地放置在卡洛琳娜的床头柜上，自己则坐在先前格拉迪诺使用过的椅子上，开始了漫长的陪夜。由于白天参加过激烈的战斗，没过多久安斯瓦尔多便疲态尽显，眼皮不由自主地往下坠。不过就在他几乎要进入梦乡时，耳边却响起了那个他所期盼的声音：

“胡安……请原谅我，我……就是塞西莉亚·保蒂斯塔……”

霎时清醒的安斯瓦尔多惊得半晌说不出一句话来。卡洛琳娜突如其来的这句话证明了自己先前的猜测，那就是：对方曾假扮成塞西莉亚·保蒂斯塔来到开普敦探察情报。难道这就是红发姑娘否认自己是“保蒂斯塔小姐”的原因吗?

“卡洛琳娜，你醒了吗……卡洛琳娜！”

想到这里，安斯瓦尔多试探性地摇了摇病人的肩膀，但很遗憾，并没有任何反应。看来刚才那不过是昏迷中卡洛琳娜下意识的言语而已。年轻少校失望地坐回椅子，正在这时，红发姑娘的身体却突然扭动起来，年轻少校如触电般慌忙站起。

“卡洛琳娜……卡洛琳娜……我是胡安·安斯瓦尔多呀，快醒醒！”

“胡安……胡安……”

在安斯瓦尔多的呼唤下，卡洛琳娜的口中再次发出含混不清的声音。而这一次，年轻少校意识到对方的苏醒恐怕近在眼前，于是加大了晃动她肩膀的力度。在他的努力下，大约十分钟后，卡洛琳娜终于睁开了眼睛，她那棕黄色瞳孔映衬着苍白的面庞，依然是那样美丽动人。

“我……死了吗？”红发姑娘干涸苍白的嘴唇微微动了动。

“不，你还活着！卡洛琳娜……请你一定要坚强地活下去！”双眼噙着泪水的安斯瓦尔多立即紧紧地握住对方冰冷的双手，斩钉截铁地说道。

“胡安……谢谢你……救了我……”卡洛琳娜的眼角也落下了泪。

“不，并不是我。听公主殿下说，是她命令贝内迪克托先生把你抢救回来的。”

“公主殿下她……现在安全了吗？”

“多亏了你，公主殿下并没有受伤。卡洛琳娜，正是你在关键时刻挽救了公主殿下的生命！”

听了安斯瓦尔多的话，卡洛琳娜那几无血色的脸上勉强露出一丝欣慰的笑容。不过紧接着，她便剧烈咳嗽起来；年轻少校慌忙将她扶起，轻拍她的后背，然而数秒后，一口鲜血从红发姑娘的嘴里喷出。只见她头一歪，手又无力地垂了下去。

“卡洛琳娜？卡洛琳娜！！……”

病房中传出了安斯瓦尔多声嘶力竭的吼叫。

闻声而来的格拉迪诺连忙对再度昏迷的卡洛琳娜进行检查，结果是令人欣慰的：她仅仅是因为内伤未愈而导致吐血，并没有生命危险。不过当天晚上卡洛琳娜未能再度苏醒，而安斯瓦尔多也强忍着困倦看护了她整整一晚。

次日清晨，贝格尼娅很早便起了床。心中似乎已做出某种决定的她一脸严肃地站在镜子前整理自己的仪容。当女上校穿戴整齐、准备出门时，睡眼惺忪的伊莎贝拉却突然喊住了她：

“姐姐……这么早啊！你不是说 9 点才……”

“萨拉，你可以再多睡一会儿哦，让 - 瓦隆先生的葬礼确实是 9 点才开始。至于我嘛……现在是有点其他的事要先出去一下。”

“其他的事？姐姐，你又瞒着我要去做什么？”揉揉眼睛，伊莎贝拉摆出一副不满的模样。

“真的不是什么重要的事情啦！萨拉乖，快睡觉去。别担心，一会儿我会回来叫醒你的。”

贝格尼娅说着，如同哄小孩般满脸堆笑地将闺蜜又“塞”回被窝，在确定对方不再出声后，女上校蹑手蹑脚地离开了卧室。不过当屋门被关上时，她的脸上又显现出刚才的严肃之色……

离开总督府的贝格尼娅骑上一匹骏马，以最快的速度奔向位于塔马塔夫市中心的天主堂。由于尚未到礼拜时间，当女上校抵达教堂时，修士显然有些意外；不过出于礼貌，修士还是满怀敬意地将她迎了进去。

“我需要忏悔。请问，神父大人醒来了吗？”走在教堂内的廊间小路上，贝格尼娅向身旁的修士问道。

“是的，尊敬的雷佐小姐。因为收到您的通知今天要为让－瓦隆大人举办葬礼，神父大人一早便醒来了。请您随我来。”

年轻修士恭敬地回答着，将贝格尼娅引到神父的房间。推开木门，女上校注意到一位白发苍苍的老人正手持圣经，对着面前巨大的十字架咏颂着。见此情形，她忙停住脚步并示意修士不要去打扰神父。不过神父还是注意到了来访的贵宾，放下手中的书迎上前来：

“您就是雷佐小姐吧，欢迎您的光临。不过……如果我没有记错时间的话……”

“不，您没有记错时间。我现在来拜访您是因为一些私事，请您……接受我对天主的忏悔。”

当听到忏悔这个词时，神父有些诧异地抬头看了眼西班牙姑娘，但还是很快答应下来。

于是，在他的指引下，贝格尼娅走进了位于教堂侧室的忏悔室。在做好准备工作后，忏悔开始了：

“我，贝格尼娅·德·雷佐，在这里怀着诚挚的心向高高在上的圣父圣子圣灵忏悔……”

贝格尼娅将双手合拢放在胸前，对着忏悔窗另一侧的神父动情地叙述自己的“罪孽”。她回忆了一段当年在法国布雷斯特海军学校学习时因任性而给让-瓦隆增添麻烦的故事。叙述中，西班牙姑娘屡次落泪，她那凄楚的神情使得神父也黯然神伤……

“雷佐小姐，其实……我认为您刚才所描述的这些并非深重的罪孽。正如您那光彩夺目的美丽外表一般，您的内心其实也如泉水般清澈；因此在我看来，您就是现世中的天使……”

在贝格尼娅讲述完自己在法国留学期间的故事后，神父以缓慢而鼓舞的语气接过话来。不过他的这番以“安慰”为目的的话语似乎并未起到作用。只见女上校以极快的动作拭去眼角边的泪水，继续说道：

“不，神父大人，其实……我的内心……咳咳，还是不说了的好。接下来，我要进行我的第二个忏悔：今天上午，塔马塔夫的码头广场上会血流成河。”

“雷佐小姐，冒昧地问一下，您……这句话是什么意思？”对于“血流成河”这个词语，神父显然没有明白其含义。

“这句话的含义正如您所听到的那样，而且……我将会是‘血流成河’的缔造者。倘若站在您面前的是一个双手沾满鲜血的女孩，您还会认为她是‘天使’吗？”

贝格尼娅冷冰冰地答道。听到这里，神父的脸上露出不可思议的表情。这时，女上校悄然起身：

“在最终审判来临的那天，我将坦然面对天主赐予的任何惩罚。但……现在还不是时候。”

说完这句话后，贝格尼娅彬彬有礼地向对面的神父鞠躬致敬并转身离开。此时此刻，阅历无数、看尽人间悲喜的老神父竟愕然了……

上午9时，在塔马塔夫的码头广场，法国总督让－瓦隆的葬礼如期开始了。在贝格尼娅的主持下，塔马塔夫的政府官员和当地的富豪们悉数参加了这一活动。伴随着礼炮声响，几名身着礼服的法国海军陆战队士兵抬着覆盖法国旗帜的棺木庄严走来。包括贝格尼娅在内的所有到场人士皆肃然起敬。众人目视着士兵将棺木抬至广场中央，当沉重的棺木被安放在广场中央的高台上时，贝格尼娅润了润嗓子开始讲话：

“诸位……今天在塔马塔夫的码头广场，我们怀着沉重的心情

送别安德烈·让－瓦隆先生。让－瓦隆先生曾是法国皇家海军荣耀的一员，同时也是我在布雷斯特海军学校进修时的教导员。正是他给予了身处异国他乡的我家的温暖，并鼓励我完成了学业。他是法国海军乃至这个国家最为高尚的人！让我们最后一次向他致敬吧！全体立正——敬礼！！”

说到这里，贝格尼娅的声音早已颤抖。只见她赫然立正，挺直腰板对着棺木的方向行了个军礼。与此同时，广场上围观的数百人或脱帽致敬或举手行礼，每个人都以自己的方式向逝去的老总督表达了诚挚的敬意。随后，神父按照宗教惯例朗诵祷文。在一切都结束后，伴随着军乐声，陆战队士兵将棺木搬上马车，运往天主堂的墓地进行安葬。见葬礼结束，民众纷纷准备离去，就在这时，贝格尼娅又发话了：

“诸位请留步。今天在这里我们还有一项公开活动，那就是处决在此次保卫塔马塔夫港的海战中俘虏的英军军官。”

女上校这突如其来的发言震惊了在场的所有人，甚至包括站在她身旁的伊莎贝拉——她事先并未从姐姐这里得到半点有关要处决被俘英军军官的消息。只见贝格尼娅扭头向贝内迪克托使了个眼色，很快，在西班牙海军陆战队士兵的押送下，包括格拉兹在内的8名英国海军军官也站在了广场中央的高台上。一脸漠然的贝格尼娅从罗德里格斯手中接过明晃晃的砍刀，大踏步走下主席台直奔高台而去。

当手持砍刀的贝格尼娅出现在高台上时，几乎所有人的心都提到了嗓子眼儿。难道这位年轻的西班牙海军女上校是认真的吗?

“名字，还有遗言。”走到英国分舰队司令格拉兹的身旁，贝格尼娅用冰冷如水的声音说道。

“该死的婊子……你没有资格处决我大英皇家海军……”

未等格拉兹把话说完，贝格尼娅已经手起刀落斩下了他的首级。只见她用右手抓起尚在喷血的准将的头颅，高高举过自己的头顶向民众示意道:

“致让 - 瓦隆先生。愿逝者安息! ”

这血腥的一幕让感到有些反胃的伊莎贝拉下意识地捂住了自己的嘴。一时间，围观的人群炸开了锅……毕竟，这种直接斩首的方式已经很少见到了——处死的方式多为枪决或绞刑。即使斩首一般也是要在断头台上，并且由刽子手执行。而这次，这位女上校居然在葬礼结束之时亲手举起了刀……

“下一个。名字，还有遗言。”对此丝毫不为所动的贝格尼娅迅速站到了格拉兹副官拉姆斯的身旁。

“我……我叫吉尔·拉姆斯，求求您放我一条生路吧! ”

“致让 - 瓦隆先生。愿逝者安息……”

贝格尼娅喃喃自语着，挥动沾满鲜血的砍刀毫不犹豫地斩下了这第二颗首级。围观的人群中发出了妇女的尖叫声，而此时仍

旧捂着嘴的伊莎贝拉已流下了泪，“姐姐……求求你，别再这样了……”公主以乞求的声音在心中默默念作着。然而贝格尼娅似乎铁了心要将这八个可怜虫挨个儿送下地狱，手中的屠刀不断挥舞着。猛然间，伊莎贝拉注意到闺蜜在挥刀的那一刻，眼角竟藏着泪花……

当走到最后一名俘虏的身旁时，贝格尼娅发现这人就是上次被自己放走的“奸细”克劳克·费施上尉，于是改变了自己的“台词”：

“费施先生，或许……我可以把你的遗言刻在墓碑上。”

“抱歉，雷佐小姐，我不需要留下遗言，更不需要墓碑！请您干净利落地动手吧！”

“那么，对不起了。”

面对大义凛然的年轻上尉，贝格尼娅如先前一般将砍刀举过头顶，围观的人群早已麻木了。就在大家以为第八颗头颅即将滚落在女上校脚边时，令人意想不到的一幕发生了：贝格尼娅竟将刀重重地砍在了费施的脚边。随即，她摘下早已被血染红的白手套扔在地上，面向群众鞠躬道：

“行刑到此结束。致让－瓦隆先生。愿逝者安息……”

说罢，贝格尼娅转身走下高台，直奔总督府而去，留下了不敢相信脑袋还在肩上的费施和仍处于惊讶之中的围观人群。当然，这其中也包括几乎心碎的闺蜜伊莎贝拉……

不多时，一路小跑的伊莎贝拉追上了头也不回向总督府快走的贝格尼娅。当公主抚摸女上校凌乱的金发时，发现对方的眼里竟还是湿润的。

“姐姐，你今天为何要这样做？这一切究竟是为了什么？请告诉我！”见闺蜜并没有搭理自己的意思，焦急的伊莎贝拉飞身挡住了去路。

“萨拉，你恨我吗？”贝格尼娅突然问道。

“姐姐，你疯了吗？我怎么会恨你呢！无论你做了什么，我都会支持你。可是今天这样做是不是有点……”

“所以我问你：在今天这件事上，你会不会恨我？”

伊莎贝拉伸手托住贝格尼娅冰凉的脸，以颤抖的声音说：“不。姐姐，我希望你永远是脸上挂着天使般笑容的好姐姐。”说完这句话，她一头扎进了贝格尼娅的怀里痛哭起来。

轻抚着闺蜜乌黑的长发，贝格尼娅以极轻微的声音说道：“但是萨拉，你知道么，天使的另一面大概就是魔鬼吧……”

在这一瞬间，伊莎贝拉明显感觉到闺蜜的眼泪滴在了自己那充满诧异之情的脸上……

医务大楼的病房中，一直处于昏迷状态的卡洛琳娜突然睁开了眼睛。尽管一直陪伴在身边，但困乏的安斯瓦尔多已沉沉睡去。年轻少校恢复知觉时，发现卡洛琳娜已经靠着枕头坐了起来。

“感谢天主，你终于醒了！”

“胡安，谢谢你的陪伴，我已经感觉好多了。但是……我现在心里很是不安。请问，就在刚才，码头广场上是不是发生了什么？”卡洛琳娜说着，将手放在了胸口。

“的确如此，按照雷佐小姐昨晚的计划，刚才她应该正为在战斗中不幸牺牲的让－瓦隆先生举办葬礼。”

正说着，门口响起了敲门声。在得到允许后，罗德里格斯手提一篮水果走进屋来。看起来壮汉的脸色并不是很好，但还是礼貌地对卡洛琳娜表示了关心和慰问。安斯瓦尔多顺便问起了上午在码头举办葬礼的事，然而对方口中的回答却令他惊得魂飞天外：

“葬礼一切正常，但是在那之后……雷佐小姐突然亲自处决了被俘的英国军官。场面有点……”

相较于反应夸张的安斯瓦尔多，卡洛琳娜倒还算镇定。只见她垂下头忧心忡忡地说道：

“果真发生了！被英国人激怒后的雷佐小姐……”

而听到她的这番话，安斯瓦尔多与罗德里格斯面面相觑地说不出一个字来。大家心里都十分清楚这意味着什么……

【八】

夜幕下的幽灵

回到总督府后，贝格尼娅下令将克劳克·费施暂时关进地牢听候处置。整个下午，女上校都在闺蜜的陪伴下待在自己的卧室里，同时拒绝一切来访。在闺蜜的悉心照顾下，晚餐前的贝格尼娅情绪已经趋于正常——“天使”般的笑容再次在她的脸上绽放开来。晚餐时，她邀请了安东尼奥等同伴和一些法国友人来总督府做客。餐厅中，当仆人将香气扑鼻的法式鹅肝和羊排端到面前时，“磨刀霍霍”的女上校似乎又回到了在法国求学时的状态。

“那么我就不客气了哦！大家也别客气呀……请自便！”

贝格尼娅说着，带头动起手中的刀叉。见女上校如此，宾客们也都放下了拘束，尽情享受美食带来的乐趣……

与此同时，病房中的安斯瓦尔多仍尽心尽职地陪伴着卡洛琳娜，尽管红发姑娘的精神看上去已经好了许多。卡洛琳娜多次劝说年轻少校去休息一会儿，但都被拒绝了。不过安斯瓦尔多终究不是“铁人”，疲态早已写在了他的脸上……

“吱——”

随着一声轻响，病房的门被推开，罗德里格斯那高大的身影再次出现在二人的视野中。这次，壮汉的手中提着酒瓶，从他红扑扑的脸颊来看似乎喝了不少酒，不过这应该还远未达到其极限，因为他的口齿依然相当清晰：

“喂喂，老弟，今晚雷佐小姐宴请大家，你居然不去，这可有点不给小姐面子呀！”

“老兄，你没看见我在这儿有事嘛。”

安斯瓦尔多忙没好气地瞪了眼罗德里格斯，正欲推脱，没想到对方竟揪着袖子将自己拽了起来：

“不就是陪护迷人的塞巴斯蒂昂小姐嘛……我也会啊，你快去垫垫肚子吧，可别把自己累垮了哟！”

“胡安，你去吧。有罗德里格斯先生陪我就可以了。”

不仅是罗德里格斯，就连卡洛琳娜自己也劝安斯瓦尔多去“放松放松”。经不住二人轮番相劝的年轻少校终于答应去吃些东西，当他依依不舍地离开病房后，卡洛琳娜不禁悄悄叹了口气：

“唉，安斯瓦尔多真的是个好人，我亏欠他的实在太多了……”

“嗯哼？难得你也会有这样的感受呐。不过自从加入雷佐小姐的舰队之后，我觉得你似乎比过去改变了不少。”罗德里格斯笑了笑。

“啊？你是指哪个方面？”卡洛琳娜露出不解的神色。

“各个方面吧，似乎变得我已经不认识你了呢——不过，这才是个正常女孩该有的样子呐！哈哈，不管怎么样，我只有提前祝福你和安斯瓦尔多老弟咯。”罗德里格斯说着，笑得更爽朗了。

“啊……罗德里格斯，我和安斯瓦尔多才没有发展到你想的那一步呢！”卡洛琳娜脸红了，慌忙为自己做出辩解。

“哈哈……从他看你的眼神我便能窥探到一切了哦！好好珍惜吧，安斯瓦尔多老弟算是这支船队里最好的‘家伙’呢……”

说到这里，罗德里格斯拍了拍卡洛琳娜的肩膀并向她竖起鼓励的大拇指。而此时此刻，红发姑娘却感觉自己宛若置身于真空中一般，只有那颗心脏还在“砰砰”地跳动着……

数日之后——

1779 年 7 月 8 日

亲爱的巴金斯大哥：

贝格尼娅·德·雷佐已于今日将包括格拉兹将军在内的七名我皇家海军军官处死，其手段之残忍令人发指。请将这一消息告知布鲁克林大人。此女人一日不除，我皇家海军一日不得安宁……

敬仰您的丹妮

放下手中的这封密信，紧锁双眉的巴金斯露出异乎寻常的凝重神态——本以为格拉兹所遭遇的只是一次因指挥不慎导致的小小失利。现在，年轻的私掠船长意识到了事态的严重性，很显然，

这样一起“性质恶劣”的事件将会影响到英国皇家海军的威望。左思右想后，就在巴金斯打算召集部下商议对策时，另一个信使赶到了：“船长先生，这儿有一封给您的急信。”

巴金斯忙接过信使手中的信拆开阅读起来。不多时，他的脸色变得更加难看了。

“头儿，发生什么事了？”一名身材矮小但看起来很有精神的年轻人走到巴金斯的身旁问道。

“唔……乔纳森，我那好大喜功的舅舅又给我出难题了呢。喏，你看看这个吧。”

巴金斯毫不在意地随手将信件递给了被他称为“乔纳森”的年轻人。乔纳森拿起信，很快脸上也露出不可思议的神色。

“我的天！总督大人居然叫您去刺杀贝格尼娅·德·雷佐？这是在说笑吗？怎么可能办到！”

“如果没有丹妮的报告，我是不会理睬舅舅这个想法的。不过鉴于现在的形势……我倒是很有兴趣去‘拜访’她，亲眼见见这个敢于砍杀皇家海军军官的女子究竟是何方神圣。”

巴金斯说着，将信件揉成一团后扔进纸篓。从脸上显现的自信满满的笑容可以看出，年轻的私掠船长似乎已经想好了对策。

数日后，在格拉迪诺和当地医护人员的悉心照料下，弗洛伦西奥和卡洛琳娜终于恢复了健康。此外，贝格尼娅收到了新任法国总督将在月底或下月初抵达塔马塔夫的消息，这令她倍感欣慰。于是女上校将船队出航的日期定为新总督到任的次日。

晚饭后，贝格尼娅还发现了一件更令她高兴的事情：她那大约在一个月之前复发，而后反复出血流脓的腰伤终于再度愈合，这令女上校迫不及待地想要“重温”泡澡的快感。起初，贝格尼娅打算去当地著名浴场“瓦尼萨”享受贵宾桑拿服务，但却遭到伊莎贝拉的极力劝阻——在公主看来，刚刚愈合的伤口是经不住高温蒸烤的——担心旧伤再发的贝格尼娅到底还是打消了这个念头。

“姐姐，如果你实在想要‘过把瘾’的话，那么请在总督府的浴室里将就一下吧。不过千万要记住水温不可以太高哦！”为了不让闺蜜感到失落，伊莎贝拉补充了一句。

“嗯——这也不失为一个好主意呢！萨拉，你会陪我一起吗？”刚刚心灰意冷的贝格尼娅立即又兴奋起来。

“姐姐，我对泡澡实在是没有兴趣啦！差点忘了，今晚妹妹我还有个约会呢，嘿嘿！”伊莎贝拉干净利落地拒绝了闺蜜的好意，同时露出了一丝坏笑。

“天哪！我差点忘了你要陪弗洛伦西奥先生去街市呢！既然如此，我就不打扰你们啦，预祝有美好的一晚！”贝格尼娅说着，也捂嘴笑出声来。

“你也是哦！祝愿姐姐能在泡澡时来个‘艳遇’。嘿嘿！”

“萨拉！我讨厌你！！”

总督府的走廊上传来了闺蜜二人嬉戏打闹的欢快声音……

半个小时后，身着宽松浴衣的贝格尼娅拖着疲惫的身体来到了位于总督府一楼东侧的总督专用浴室。这是一间堪比卧室的大房子，设施豪华，房屋的正中央有个十米见方的大型浴池，浴池旁站着六名男仆。见代理总督前来沐浴，男仆们动作整齐地向她鞠躬致敬；贝格尼娅的脸上不由自主地泛起了红晕，说话也变得结巴起来：“诸位……呃……其实我想说的是我一个人就可以了，请诸位都退下吧。”见代理总督发话，男仆们再次鞠躬，排着整齐的队伍离开了浴室。羞涩之余，贝格尼娅拍着胸口努力使自己平静下来，又停顿数秒后才轻轻脱下浴衣，露出她那修长曼妙的身躯，小心翼翼走入布满香料和花瓣的浴池。水温恰到好处，当弥漫着清香的浴水漫到胸前时，贝格尼娅不禁一阵战栗——这如升天般的舒适感令女上校瞬间忘去一切烦恼。她仰首张开双臂，尽情陶醉其中。在贝格尼娅看来，如此舒舒服服地泡个热水澡绝对比出去约会要强多了……

与此同时，伊莎贝拉与弗洛伦西奥正亲密无间地走在塔马塔夫繁华的街市上。尽管处在“世界的角落”，但作为成熟的法国殖民地，这里的热闹程度丝毫不逊色于欧洲本土的普通城镇。心情大好的公主边与年轻船长轻语嬉笑，边不住地向街道两旁的摊位张望。不多时，也许是发现了“好东西”，伊莎贝拉猛然停住了脚步。

“嗨，何塞，快看那边，有个卖珠宝的！”

“嘿嘿，公主殿下，您想为自己增添一件金饰吗？据说非洲的金子可是又便宜又棒的哦！”

“为什么不呢？”

面对弗洛伦西奥的调侃，伊莎贝拉俏皮地眨眨眼，一路小跑奔至珠宝摊前认真挑选起来。年轻船长只得跟随在其身后，时不时作为“参谋”评论几句，而且还得时不时地掏出钱袋查看自己的“余粮”。兴致勃勃的伊莎贝拉竟一连要了五件金饰，这可令负责掏钱的弗洛伦西奥心中暗暗叫苦不迭。就在“败家”公主对一个镶有宝石的金手环也产生了兴趣时，一名疾奔的青年从身后不慎将她撞翻在地。

“真见鬼！你这混蛋不长眼睛的吗？！”被撞得一屁股坐在地上的伊莎贝拉立即冲青年大骂起来。

“Sorry……”

青年边道歉边摇着双手，继续向前冲去，很快消失了。恼怒万分的伊莎贝拉嘴里谩骂着，爬起身正想去追赶，却被弗洛伦西奥抓住了手腕：

“不过是个冒失鬼罢了，公主殿下，可别让这种人搅了我们的兴致哦！”

“说得对！看来英国人全是这种低素质的败类嘛！！咦？我为啥要说他是‘英国人’？天哪！何塞，他刚才用英语对我说‘抱歉’，可是，在这鬼地方怎么会有说英语的人呢？”

“欸？我刚才并没有在意。不过经您这么一说，确实是挺奇怪的。这里是法国殖民地，理应只有法国和西班牙人才对……”

“该不会是英国人派来的间谍吧？如果真是这样……那么我们的处境就危险了！”伊莎贝拉紧锁双眉思索着，突然露出惊慌的神色。

“这个嘛，公主殿下，我觉得您一定是多心了。上一战我军并未全歼敌方舰队，敌人一定知道我们还在这里，根本没必要派间谍来调查。说不定那小子也如哈梅斯小姐那样，是来自北美殖民地的冒险家呢？”望着公主那惊慌的模样，年轻船长不以为然地耸了耸肩。

“啧啧，你说的也对。好啦……总之别让他搅了我们的好心情。走，继续购物去！”

伊莎贝拉叉腰认真思索片刻后脸上重新露出笑容，于是立即推搡着弗洛伦西奥向街市更热闹的方向走去。可怜的年轻船长，该担心担心自己的钱袋了吧！

总督府的浴室里，贝格尼娅依然美美地泡在浴池中不愿起身。尽管一个小时已经过去了，水温已有所下降，但美丽的女上校丝毫没有出浴的意思。如果可能，她甚至愿意在这里待上一整夜！不过就在她抓起漂浮在水中的一片花瓣放在自己鼻尖上感受香气时，屋门处传来了轻微的推门声。

“萨拉？是你吗？”

以为是闺蜜前来的贝格尼娅对此并未在意。不过未等她话音落下，一枚弩箭从背后“嗖”地擦着自己的左臂射入水中。大惊失色的女上校慌忙回过头去，只见半掩着的屋门外，一名侧身手持十字弓的蒙面男子冲她露出一丝笑意：

“晚上好呀，大美女贝格尼娅·德·雷佐……”

“什么人？！……”

浴池中的贝格尼娅虽然焦急却不敢贸然起身。然而未等她话音落下，蒙面男子已如风一般消失在门口。为了能够追上对方，贝格尼娅以最快速度披上浴衣、扎紧腰带，就这样散着金发、赤着脚奔出屋去。奇怪的是，此时的走廊上空无一人。女上校心中咯噔一怔。但鉴于情况紧急，没有多想的她以最快速度向总督府后院跑去……

总督府的后院连接着一条通往院外的人迹罕至的小路。如果是刺客，为了避开众人耳目，几乎可以肯定会选择从这条路进出。走在后院的树丛中，贝格尼娅警惕地左顾右盼，不过当她经过一棵大树时，猛然间感觉脖子旁边一阵冰凉，仔细一看，那竟是一把利剑！

“别动！雷佐小姐，捉迷藏的游戏该结束了哦！”

“你为何会知道我的名字？”贝格尼娅强作镇定地反问道。

“这并不重要。嘿嘿，您应该能猜得到我是来干什么的，但当看到您的容貌时，我改变了主意。原以为在传闻中被描述得勇力过人的贝格尼娅·德·雷佐应该生得彪悍、强壮；没想到今日一见，竟是个容貌身材堪比星月的大美人……”

“你究竟想表达什么，想告诉我你大发慈悲饶了我一命么？笑话！我贝格尼娅从来都不需要来自敌人的同情！！”

“啊哈——看来雷佐小姐的火爆脾气倒是跟传闻中一样呢！说实话，我倒很怀疑您那纤细的胳膊能否挥得动剑……”

“哦？是么，哼，你敢给我一支剑嘛，我现在就演示给你看！”贝格尼娅恨恨地说道。

而当她话音落下时，果真有支剑被扔在了脚边。贝格尼娅略感意外地捡起剑回过身去，只见对方已在距离自己十步远的地方持剑站定。

“在我杀死你之前，至少……请告诉我你的名字吧。”贝格尼娅注视着对方，从牙缝里挤出一句话来。

“能被大美女索要名字是我的荣幸。嘿嘿，在下瑞肯·巴金斯，愿为您效劳。”

“好吧！巴金斯先生，你是个英国人吧？从刚才到现在一直用西班牙语与我交流，这真是难为你了。”

贝格尼娅的嘴角边露出一丝讥讽的笑意，而巴金斯则不为所动地依然以绅士般的动作向女上校鞠躬致敬。礼毕，沉下脸的贝格尼娅持剑向巴金斯主动发起攻击，然而由于过长的浴衣和赤脚，一贯快如闪电的女上校的行动显然打了折扣，当她冲到巴金斯面前时，对方早已不慌不忙地用剑架住：

“这力道……还真是个再寻常不过的娇弱姑娘嘛！”

“闭上你的臭嘴！”

面对巴金斯的“挑衅”，贝格尼娅咆哮着加快了出手速度，然而不知为何，此时的她怎么也达不到平时的水准，甚至在一次侧身强突被对方闪过后，贝格尼娅感到自己有少许头晕，不得不捂着额头踉跄着靠在树下休息。望着她这副模样，巴金斯又笑了起来：

“看来雷佐小姐的体能有点差劲啊，抑或是今晚您不在状态？不过这样子真的让人很扫兴呢……”

“该死的，你给我闭嘴！！”

此时此刻，又羞又怒的贝格尼娅唯一想做的便是立即将眼前的英国青年撕成碎片。休息数秒后，她转身再次发起攻击。不过这一次，当巴金斯闪避开攻击后，重心不稳的女上校竟被自己那碍事的长浴衣绊倒了……

未等她再做出反应，冰冷的佩剑已经伸到了她的颌前：

“雷佐小姐，很遗憾哦！您输了。”

“你动手吧！”尽管很不情愿，贝格尼娅还是闭上了自己的眼睛。

“哈哈哈……看来雷佐小姐正如传闻中那般勇敢呢。不怕死的姑娘真是少见呢，更何况还是个大美女……”

“见鬼，要杀便杀，有什么好废话的！！”

“不，就这样杀了您简直是暴殄天物。依我看不如这样：今日我放您一条生路，来日待您恢复状态后我俩再决一死战。”

“该死的，你这是在侮辱我吗？！我贝格尼娅·德·雷佐决不会接受来自一个敌人的怜悯！！”

此时此刻，感到备受羞辱的贝格尼娅几乎要气炸了，她露出罕见的怒容，一边大骂巴金斯一边伸手去摸掉落在不远处的剑。早已发现这一意图的巴金斯抢在贝格尼娅够到剑之前将其纤细的手腕踩在了脚下：

“哟，还想‘垂死挣扎’吗？挺有骨气的姑娘！”

“瑞肯·巴金斯……我贝格尼娅·德·雷佐赌上西班牙皇家海军军官的名誉向天主起誓，总有一天会让你死在我的剑下！！”被踩住手腕动弹不得的贝格尼娅发出咬牙切齿的声音。

“是吗？我挺期待那一天的到来啊！不过在这之前，请您先安静地睡会儿吧！”

巴金斯说着，露出他那一贯狡黠的笑容。只见他突然俯下身子，狠狠一拳击中贝格尼娅的太阳穴，西班牙姑娘连哼都没哼一声便昏了过去。巴金斯以娴熟的“公主抱”动作将其抱起，镇定自若地走至总督府大楼的后门处。望着那扇自己刚刚进去过的大门，巴金斯犹豫了一下，俯首轻轻吻了下贝格尼娅的朱唇：

“Farewell and adieu to you，Spanish Beauty！”[1]

巴金斯边轻声吟唱着那熟悉的旋律，边小心翼翼地将昏迷中的贝格尼娅呈“沉思状”地背靠石柱放在门口的台阶上，而后转身快步消失在黑暗中……

半小时后，从总督府全身而退的巴金斯摆出一副若无其事的架势出现在塔马塔夫的街市上，心情看上去不错的私掠船长竟饶有兴味地坐在街边吃起了烤肉。不过就在他将一大块烤牛肉塞进嘴里时，颈旁突如其来的一阵冰凉令他的动作在空中戛然而止……

“别动！”

那不大的声音传到巴金斯耳朵里却显得异常清晰。只见私掠船长斜眼瞟了下架在颈旁的匕首，丢下肉块举起双手，同时露出一丝轻蔑的笑容：

“哟，原来是塞巴斯蒂昂小姐啊！看来你还真是命大呢，不愧是当年加勒比海实力数一数二的‘黑玫瑰’啊……”

“少来这一套！快说，你出现在塔马塔夫究竟是什么目的？”

1. 此为英国海军传统歌谣《Spanish Ladies》中的语句，意为：再见了，西班牙美女！原文为“Farewell and adieu to you，Spanish Ladies”，巴金斯有意做了小更改。

“我？我能有什么目的，当然是闲逛咯。塞巴斯蒂昂小姐，我劝你把刀放下，这儿可不是方便说话的地方呢。”

卡洛琳娜环顾四周，发现宾客们都产生了畏惧的情绪。不得已，她只得收了匕首、一把揪住巴金斯的领子将其拖离座位。出人意料的是，对于红发姑娘的“蛮横”行为，巴金斯并未作出反抗，很快便“乖乖”跟随着离开热闹的街市，来到一处黑暗的角落。

“说吧，你来这儿的真实目的。”见四下无人，卡洛琳娜开口问道。

“我有必要告诉你吗？有趣……你这背叛了我舅舅和莱顿叔叔的无耻之徒，有什么资格站在我的面前？”巴金斯冷笑一声，突然以犀利的语气质问起来。

“那……也是情非得已的事。”面对巴金斯的质问，卡洛琳娜竟显得神色有些慌张了。

“情非得已？哼，好一个‘情非得已’！为了区区一艘‘74’炮竟然就背叛了我们！仅凭这一点，我也绝不相信你能死心塌地跟着雷佐小姐！”

那艘“74炮”就是指莱顿的旗舰“乔治国王”号，被贝格尼娅缴获后，现在则更名为“圣特列莎”号，卡洛琳娜也在此役中归降。

“那是不同的。我在莱顿那里能感受到的只有无尽的恐惧，因此我想方设法离开了他；而雷佐小姐给我内心带来了温暖。当然，对于偷走他旗舰一事，巴金斯大哥，我向你道歉。”

“偷走？哼！恐怕是‘睡’走的吧！我很好奇，这世上还有你没睡过的男人吗？”

“巴金斯大哥！这回你真是误解我了！其实最初出逃并不是我的主意，而是普林斯！他对夺船一事密谋已久，并且是他坚持要带我一起走的……”卡洛琳娜立即神情激动地为自己辩解起来。

“原来是那个老色鬼啊。那么，在之后的出逃中，我猜肯定是因为他对你产生邪念，无奈之下你才把他给杀了，并成为那艘船的新主人……”巴金斯托着下巴沉吟道。巴金斯素知普林斯是“乔治国王”号上的舵手，由于在海盗中，舵手的地位仅次于船长，所以普林斯夺船是非常容易的。而且对于普林斯的好色，巴金斯也有所耳闻。

“的确，普林斯对我产生了邪念。但是，杀死他的人并不是我，而是约瑟夫。”

“什么？普林斯是由那个号称‘海王子’的约瑟夫·苏勒干掉的？！”巴金斯露出了惊讶的神色。

“是的。由于普林斯的种种作为，约瑟夫替我出了这口气。但是，在船员们推选他为船长时，他却把这个职位让给了我。后来在我自身的努力下，船员们逐渐接纳了我。然而，当我真正树立起权威时，约瑟夫却离开了‘乔治国王’号。”

“原来如此……这真是个动人的爱情故事呢。那么，我想我

该回去了。当然，如果还有机会见面的话，希望我俩能好好叙叙旧……”

巴金斯说着，微笑着转过身准备离去，却冷不防卡洛琳娜上前拦住了去路：

“等等，你还没有回答我的问题呢！难道你来这儿的真实目的就是为了与‘她’接头吗？那么不好意思，你安插在我们这儿的间谍已经被我发现了，我正准备……”

“随你的便啦！反正那小丫头对我来说已经没有利用价值了。另外差点忘了告诉你，我们可不是单单靠她一人提供情报的哦，哼哼哼……”

未等卡洛琳娜把话说完，巴金斯已经打断了她，并摆出一副毫不在意的架势发出一阵冷笑。卡洛琳娜瞬间呆若木鸡，而趁着她发呆的功夫，巴金斯再度消失在黑暗之中……

夜逐渐深了。“满载而归”的伊莎贝拉在弗洛伦西奥的陪同下回到总督府。经过一晚上的“疯狂购物”，可怜的年轻船长的腰包早已被掏空。这还不算什么，他甚至变卖了陪伴自己多年的皮带才为任性的公主换回一条漂亮的披肩。当回到总督府，与弗洛伦西奥告别后，兴冲冲的伊莎贝拉直奔卧室，想要把自己的“战利品”向闺蜜炫耀，然而……

望着眼前空空的卧室，伊莎贝拉不由自主地丢下了手中的挎包。天色已经这么晚了，仅仅是去泡个澡的闺蜜为何还未归来？带着满腹的疑惑，伊莎贝拉急忙向总督浴室奔去，不过仍旧扑了个空。这下，公主的心里发慌了。

“真见鬼……姐姐，你究竟去哪里了呢？”

喃喃自语的伊莎贝拉擦去额头渗出的汗珠，努力使自己镇定下来思忖寻找闺蜜的对策。经过短暂的考虑，伊莎贝拉决定去后院看看。而当她推开通往后院的那扇大门时……

“天哪！姐姐，你怎么会在这儿！快醒醒……”

发现闺蜜身着浴衣依靠在石柱旁的台阶上“打瞌睡”，伊莎贝拉立即疯狂地摇动起她的肩膀。不多时，贝格尼娅睁开自己蒙眬的双眼并狠狠打了个喷嚏：

“阿嚏！我……我怎么会在这鬼地方？哦，好冷……”

“姐姐，你怎么可以洗完澡就坐在这里吹风呢，一定会着凉的呀！请你好好爱惜自己的身体吧！”望着闺蜜那“滑稽”的模样，哭笑不得的伊莎贝拉不由得又对其发起了牢骚。

“奇怪了，萨拉，我对刚才发生的一切一点印象都没有了呢！呜……真的好冷呀……阿嚏！！”

“姐姐，你这是感冒啦！真是的……还不快跟我回去休息！！”

面对喷嚏连天且因感到寒冷而浑身直哆嗦的闺蜜，伊莎贝拉边斥责边将其扶起，向卧室缓缓走去。一路上，贝格尼娅努力想要回忆起刚才发生的事情。然而与巴金斯相遇的那段经历就仿佛从脑海中抹去一般，令西班牙姑娘以为自己只是美美地睡了一觉……

另一边，在总督府内侧贵宾招待所的一间屋内，一场对峙正在进行中。卡洛琳娜与丹妮莉丝面对面坐着，经过短暂的沉寂，红发姑娘开口道：

“事到如今，你还是不承认么？不过没关系，刚才在街市上我已经碰到过巴金斯了。他说，你已经没有利用价值了。”

卡洛琳娜的话语令丹妮莉丝的眼里掠过一丝难以察觉的恐惧，不过很快，小姑娘便恢复了镇定：

“抱歉，塞巴斯蒂昂小姐，我根本不认识什么巴金斯先生，而且您手中根本没有指控我的证据。”

“哦，是这样么？”卡洛琳娜微微一笑，从兜里掏出一张很小的米白色纸条在丹妮莉丝的眼前晃了晃，“你真的以为每次释放的信鸽都准确地将情报传递到巴金斯那儿去了吗？”

“这不可能！你……你怎么可能得到这个！”

惊慌失措的丹妮莉丝下意识地起身想要去拿那张纸条、但却被卡洛琳娜“及时”塞回自己的兜里。这下，小姑娘的心理防线似乎彻底坍塌，如同泄了气的皮球般瘫在了椅子上……

“哈梅斯小姐，我是不会为难你的。看在我俩都认识巴金斯的份上，如果今夜你选择离开的话，我想还不算晚。”

说罢，卡洛琳娜起身向屋门口走去。推开门时，她听到背后传来了丹妮莉丝心碎的哭泣。此时此刻，红发姑娘的脸上也露出一丝无奈的苦笑。她没有回头，径直向前走去，当走到楼梯口时，她将兜里那张并未写字的小纸条揉成一团，悄悄扔出了窗外。

【九】

阴　谋

8月2日，塔马塔夫迎来了“久违”的新任法国总督，这也意味着代理总督一职近一个月的贝格尼娅终于可以继续远航了。在出航前，女上校对舰上职务进行调整，将“圣佩德罗”号上的二副马塞洛调至“圣特列莎”号担任大副，安东尼奥顶替了他的职务。此外，伤愈复出、在保卫塔马塔夫一战中表现出色的卡洛琳娜被提拔为“圣佩德罗”号的三副。不过在清点人员时，贝格尼娅却发现丹妮莉丝没了踪影。说起来，已经很久没有人见到这位来自殖民地的小姑娘了，心中疑惑的女上校忙把大伙儿叫来询问，然而几乎每个人都说最近没有见到过她的影子。就在贝格尼娅感到迷茫之时，卡洛琳娜却提供了一些她所发现的“线索”：

“大概是7月14日的夜晚，当我在街市吃完夜宵准备回去休息时，哈梅斯小姐从我面前急匆匆跑过。记得……那个时候我喊了她一声，但是并没有回应，看上去像是有什么急事。”

“急事吗？居然紧急到连个招呼都不打就……”贝格尼娅听

着，不禁皱起了眉头。

“这明显是有问题呐！姐姐，我觉得哈梅斯小姐肯定是心虚突然离开我们！或许她就是……”伊莎贝拉显露出恍然大悟的模样。很快，闺蜜二人异口同声说出了藏在心底的那句话：

“……我们一直以来所寻找的那个奸细！！”

惊愕的众人面面相觑，大家似乎并不太清楚两位“女首领”口中所谓“奸细”指的是什么。卡洛琳娜的嘴角露出一丝难以察觉的笑意，不经意间，她将目光转移至站在伊莎贝拉身后的弗洛伦西奥与罗德里格斯的身上——只见年轻船长的脸上如流星般划过稍许惊讶，不过很快恢复平静；而站在他身旁的罗德里格斯则呈现出深思的神态……

于是在商议之后，贝格尼娅决定对丹妮莉丝“失踪”一事不予理睬，继续按照原计划——于 8 月 5 日早上出航。8 月 4 日的晚上，新任法国总督举办了一场盛大的宴会为贝格尼娅和她的伙伴们告别。晚宴进入到高潮时，一名来自监狱的法国少校突然来到总督耳边低语了几句，只见总督表情瞬间变得严肃并起身走至贝格尼娅身旁。

“总督阁下，发生什么事了吗？”见总督突然走到自己面前，心中疑惑的贝格尼娅也放下刀叉站起身来。

“雷佐小姐，请恕我打扰，有一位名叫克劳克·费施的英国囚犯请求与您见面。”总督彬彬有礼地答道。

“是克劳克·费施吗？……我明白了。”

听到这个熟悉的名字后，贝格尼娅恢复平静的表情，抓起餐布轻拭嘴角，在同样放下餐具的伊莎贝拉的陪同下随法国少校离开了餐厅。走在路上，伊莎贝拉忍不住问起了关于费施的一些事情，而女上校则对此直言不讳。

“没错，费施上尉就是我在塔马塔夫广场处决英国俘虏时最后放过的那小子。”

“原来如此……挺帅的一个小伙子呢，嘿嘿！”伊莎贝拉听着，不禁捂嘴坏笑起来。

“萨拉！看你笑成这样，该不会又想到什么馊主意了吧？”

“嘿嘿，姐姐，我在想，若是这个帅小伙儿想要加入我们的话，你不妨就许了吧。”

“萨拉，你在胡说什么呢！我怎么可能接纳一个英国人加入我们的船队，而且他们是新教徒呀！”

贝格尼娅一听，立即显出一幅生气的模样。见闺蜜有“发怒”征兆，伊莎贝拉也不敢再多说。

不多时，二人随法国少校来到地牢的一间牢房，已被强制脱去海军服外套的费施正坐在肮脏的单人床上。贝格尼娅刚一露面，年轻上尉忙跌跌撞撞地扑向铁门：

“雷佐小姐，感谢您在百忙之中抽出时间……”

“废话少说。请开门见山地说出你想见我的目的吧！”

面对费施的激动，铁青着脸的贝格尼娅似乎并不领情，以极冰冷的语气打断了对方的话语。不过年轻上尉并没有就此被吓住，只见他的脸上依旧挂着期待的笑容：

“雷佐小姐，克劳克·费施在这里诚心实意地请求您能够给予在下一个为您效劳的机会……”

“哈哈哈……姐姐你看，给我说中了吧！”

未等费施的话音落下，伊莎贝拉已经忍不住大声笑了起来。略显尴尬的贝格尼娅瞪了她一眼，故作严肃状地使劲摇了摇头道：

“很抱歉，费施先生，我不能答应你的请求。我决不会接纳一个信奉新教的英国人加入船队！”

在这一刹那，地牢里陷入短暂的死寂。不过数秒之后，脸上并未露出失望之色的费施以缓慢的语气道：

“雷佐小姐……其实在下并非您所认为的‘英国人’。事实上在下来自爱尔兰，信奉天主教，并且始终认为尊贵的斯图亚特家族才是英国真正的主人。此外，在下自认为在海军炮术上颇有心得，一定能为小姐您提供帮助的！”

听了年轻上尉出乎意料的回答，女上校张了张嘴却不知该如何回答。停顿了几秒，还是身旁的伊莎贝拉主动化解了这尴尬的时刻：

“姐姐，既然人家不是你所认为的那类英国人而且又有一技之长，何不顺水推舟做个人情呢？依我看，这小伙子还是靠得住的。”

“雷佐小姐，倘若您觉得在下配不上您的船队，可以随时将在下流放！只恳求您能够给在下一个证明自己的机会！”

见贝格尼娅仍犹豫不决，费施索性“扑通”一声跪在了铁门前，而他的“真诚”也终于打动了女上校那颗看似坚韧实则柔软的心——只见她长叹一口气，吩咐法国少校打开牢门，伊莎贝拉则在一旁兴奋地鼓起掌来。

次日清晨，阳光明媚。站在“圣佩德罗”号甲板上的贝格尼娅望着欢呼的群众，尽管脸上依旧带着动人的微笑，但已经有些麻木了。这样的离别场景已经不知上演过多少次。然而，究竟何时才能真正回到自己所期盼的那个故乡呢……

与此同时，在遥远的英国东印度殖民地首府加尔各答，一架疾驰而来的马车在总督府前骤然停下。未待车轮完全停止转动，一名个头不高，身着上尉军服的俊俏青年军官已经从车厢里敏捷地跳下，大踏步向位于两根大理石柱正中的总督府正门走去。总督办公室里，两位衣着华丽、绅士模样的中年男子正商量着什么，当敲门声响起时，很自然地放下手中事情向门口望去，只见青年军官已经笔直地站在了那儿：

“总督阁下，将军阁下，很抱歉打扰二位谈话……”

“啊哈！早安，霍雷肖·纳尔逊先生——如果我没记错的话，你是叫这个名字吧？”其中那位被称为“总督阁下”的戴着灰白色假发和单片眼镜的中年男子面带狡黠笑容地接过话来。青年军官面带微笑地点点头，向前一步将手中的信件恭敬地递交给对方。总督接过信件，利索地撕开信封，阅读其中的内容，很快，从他的面部肌肉透露出不安和躁动。

“拉尔夫·格拉兹那头蠢驴居然被那个西班牙黄毛丫头干掉了？啧啧，这真是我东印度舰队的耻辱啊！乔治老弟哟，我觉得她应该是冲你来的吧？”总督边摇头边将信递给身旁被纳尔逊称为“将军阁下”的另一位中年男子。与总督的表情不同的是，这位将军的脸上却写满了不屑。

“哼！来得正好！！不过在这之前，我要馈赠给这个不自量力的黄毛丫头一点意外的惊喜，哈哈哈……”

总督办公室里回荡起将军那令人不寒而栗的怪笑。被总督昵称为“乔治老弟”的此人莫非就是被贝格尼娅视为最终复仇目标的乔治·莱顿？

两周之后的 8 月 19 日，朝东北方向航行的贝格尼娅船队如弗洛伦西奥所预估的那样抵达了葡萄牙殖民地迪戈加西亚岛。尽管已经做好了被拒绝进港的准备，但贝格尼娅在心底还是希望对方能够对自己“宽宏大量”。怀着忐忑不安的心情，女上校在伊莎贝拉和弗洛伦西奥的陪同下乘坐葡萄牙人的交通艇登上了码头，随后被一架马车送往总督府。坐在车厢中，若有所思的贝格尼娅探头向外张望，岛上的建筑与非洲所见的相比又是另一种风格。不知何时，坐在女上校对面负责引导的葡萄牙少校那浑厚的声音打断了她的思绪：

“雷佐小姐，能冒昧地问您一个私人问题吗？请问，您是西班牙哪里人？”

“我？我来自巴斯克地区的帕萨赫斯。您呢？”贝格尼娅虽然有些吃惊但还是迅速地做了应答。

“我来自葡萄牙南部港口塔维拉（Tavira）。可能您并没有听过这里，这并没有什么关系。不过，我已经很多年没有回到故乡了。”

“很多年……没有回过家了么……”听着这话，贝格尼娅竟感到一丝酸楚。

“……这恐怕就是作为军人的宿命了吧！相信同样身为军人的您也能体会到这样在外漂泊的感觉。此时此刻，我能做的只有祈祷天主保佑我在家乡的妻子和孩子们了。”相对于贝格尼娅显露出的忧伤，葡萄牙少校似乎并没有把思乡之情放在脸上。只见他面带微笑地拿出挂在项下的十字架吻了吻。

“那个……我还没有问您的姓名呢？”沉默片刻后，贝格尼娅把目光移至葡萄牙少校和他手握的十字架上。

“加西亚·吉马良斯——很荣幸能被威名远扬的雷佐小姐询问姓名。我想我们快到了，请雷佐小姐和您的同伴做好准备吧。”

在葡萄牙少校的提醒下，贝格尼娅猛然注意到窗外一座高大且极具特色的建筑物映入眼帘。毫无疑问，那就是迪戈加西亚岛的总督府。女上校习惯性地整理好自己的仪容，抖擞精神准备迎接“挑战”。数分钟后，被解除了武装——身上佩戴的佩剑和枪的贝格尼娅三人由吉马良斯带路走进了总督府，而葡萄牙总督早已在大厅等候了。看得出，见到贝格尼娅的总督显得相当兴奋。

“欢迎，没想到传闻中的‘西班牙皇家海军之花’果真如鲜花一般靓丽夺目啊！在下若奥·库蒂尼奥十分乐意为雷佐小姐您效劳。”

葡萄牙总督热情地以绅士之礼向贝格尼娅致敬，然而他口中的“西班牙皇家海军之花”的措辞却令女上校心中很不是滋味，毕竟这是英国人为她所起的外号啊！尽管如此，为了不影响与葡萄牙人之间的“友谊”，女上校还是强颜欢笑地回了礼。在库蒂尼奥的邀请下，贝格尼娅等人来到总督的办公室。总督亲自为三人倒上茶水并询问对方此行的目的，眼见话题已经挑开，贝格尼娅也就不再拘束。她大方地提出让自己的船队在此地得到修整和补给的请求；不出意外，库蒂尼奥很爽快地答应下来。

“当然，您可以尽可能长地在迪戈加西亚进行修整，而您所要求的，我一定尽力办到。”总督拍着胸脯说道。

“真是太感谢您了，总督阁下，我代表卡洛斯陛下向您的热情好客致敬！”听了这话的贝格尼娅几乎热泪盈眶。

“雷佐小姐过奖了，这只是尽了鄙人的微薄之力而已。事实上，葡西两国在历史上便是一家人，所以现在就请雷佐小姐放心地指挥船队入港休息吧！”库蒂尼奥大度地露出笑容。贝格尼娅则激动地握住对方的双手，久久不愿松开。

走在返回“圣佩德罗”号的路上，得到总督许诺的贝格尼娅显得心情大好，不过伊莎贝拉却在这时给女上校泼了桶冷水：

“姐姐，我觉得你得提防着点这个总督。谁说‘葡西自古一家人’？恰恰相反，历史上两国争端冲突不断，说是仇人也不为过呢！依我看，这总督就是个笑面虎，说不定会在我们背后做什么龌龊的勾当……”

“萨拉，请管住你的嘴巴！总督阁下如此热情，我怎么会有理由去怀疑他的动机呢！”

伊莎贝拉的话语立即引起了贝格尼娅的训斥，见闺蜜反应如此强烈，碰了一鼻子灰的伊莎贝拉只得把目光移向身旁的弗洛伦西奥——年轻船长的脸上也是写满了无奈。

黄昏之前，贝格尼娅的船只在葡萄牙小艇的牵引下驶入港口靠岸下锚。当地土著对这三艘战列舰好奇不已，争相来到码头观看。尽管只是较为普通的双层甲板战列舰，但相对于港中的葡军船只——最大的只是一艘双桅帆船来说，它们当然算得上是“巨人”了。仰望着头顶高高飘扬在葡萄牙领土的西班牙海军旗，贝格尼娅心中充满了自豪。

当晚，总督库蒂尼奥邀请贝格尼娅和她船队的“高官”们前往总督府赴宴。伊莎贝拉希望闺蜜能找个由头拒赴宴会，但理所当然遭到了再一次的训斥。出于对“盲目乐观”的闺蜜的担心，不情愿的伊莎贝拉只得再次陪同出席。临行前，西班牙公主暗地里叮嘱自愿留守在船上担负警戒任务的卡洛琳娜一定要多加小心。

对于葡萄牙人是敌是友这件事上，卡洛琳娜与伊莎贝拉的态度是一致的。因此在贝格尼娅一行人离开后，卡洛琳娜很快便安排了双倍人手在甲板和桅杆上执勤。随着夜幕的黑色逐渐席卷港湾，注视着眼前凌凌水波的卡洛琳娜不由得觉得眼前的情景有些似曾相识——没错，数月前由她导演地袭击停泊在开普敦港内贝格尼娅船队的行动就是在夜幕下进行的。如今，自己所扮演的角色已经发生了戏剧性的变化。那么葡萄牙抑或是隐藏在某处的英国人会复制当时的行动吗?

“在座各位，让我们为西班牙海军名将贝格尼娅·德·雷佐的到来举杯吧！”

随着总督库蒂尼奥嘹亮的声音，晚宴正式开始。包括库蒂尼奥在内的葡方官员频频向贝格尼娅敬酒，笑容一直绽放在女上校那红润的脸蛋上。酒饮至酣时，她甚至与库蒂尼奥共同高歌西班牙国王卡洛斯与葡萄牙女王玛丽亚的功德。对于眼前的这一切，伊莎贝拉可谓厌恶至极。此时的她无心参与其中，眼睛不停地瞟向窗外港口的方向，担心可能会发生的意外。待酒过三巡，一名葡萄牙军官进屋附着库蒂尼奥耳边轻语一番，总督立刻笑着拍了拍手，“女士们、先生们！我想……晚会差不多该到此结束了。”总督的话令在座诸位宾客都感到十分意外，但未等大家作进一步反应，一队葡萄牙士兵已经冲入大厅将贝格尼娅与她的伙伴们摁倒在地。当然，只有一个人幸免于此，那就是伊莎贝拉——早已对此有所防备的西班牙公主以最快速度抽出靴筒中的匕首将企图攻击她的士兵捅死，随即纵身一跃撞破窗户玻璃翻出了房间。

“抓住她！！”

在库蒂尼奥的咆哮下，几名葡萄牙士兵奔至窗口向外张望，但屋外漆黑一片什么也看不见。库蒂尼奥推开士兵亲自察看，依旧看不出究竟，气愤的总督挥拳猛砸窗框；这时，传来了被摁在地上的贝格尼娅愤怒和疑惑交加的声音：

“总督阁下，请解释一下这是什么意思？！”

“什么意思？哼……你们已经成为我的俘虏了。”库蒂尼奥冷笑道。

“为什么？我与您无冤无仇，今天却要在此加害于我？”

“无冤无仇？哼，葡西两国自古可就是仇人呐！两百年前你们西班牙吞并我们的仇恨，难道会有一个葡萄牙人能够忘记吗？”

“见鬼！如果这都无法忘怀的话，那么请问，你们在王位继承战争中的背叛行为又怎么解释呢？！”贝格尼娅火了，借着葡萄牙由法西阵营倒戈至反法同盟的事也咆哮着反问起来。

“多说无益。不管怎么样，只要我把雷佐小姐交给英国人，他们一定会给我一笔足够支撑岛上数年开支的丰硕报酬。就凭这一点……嘿嘿，雷佐小姐您的价值还是值得肯定的。”

“住口！你这卑鄙小人，我向天主发誓绝不会饶恕你！！”

此时的贝格尼娅已经气得满面通红，然而她歇斯底里的大叫却起不到任何作用。在库蒂尼奥的指挥下，葡萄牙士兵很快便将被俘的贝格尼娅等人关进总督府的地牢。也许女上校做梦也没有想到，自己的葡萄牙领地之旅这么快就变成了一场噩梦。

漆黑的街道上，脸上和胳膊上显露出斑斑血迹的伊莎贝拉正向港口狂奔着。看得出，刚才那奋力的破窗一跃让她受伤不轻，不过情况危急，坚强的姑娘已经完全顾不上伤痛了。临近港口时，伊莎贝拉听见阵阵喊杀声，心中不由得咯噔一下——最担心的局面恐怕已变为现实。此时此刻，她唯有寄希望于卡洛琳娜和留在船上的水手们能顶住压力。

伊莎贝拉没有猜错，她所听到的喊杀声正是库蒂尼奥指派的偷袭西班牙军舰的士兵与船上水手们交战的声音。尽管对偷袭已有所防备，卡洛琳娜毕竟还是没能料到敌军竟然动用了这么多兵力，三艘西班牙战列舰的甲板上已是血流成河。不过由于三艘战列舰上总计有 1200 人左右，数量上还是占据不小的优势。当伊莎贝拉登上“圣佩德罗”号的甲板时，葡军的第一次攻击已被击退。公主迫不及待呼唤着卡洛琳娜的名字并跑至对方的身旁。

“公主殿下？您……受伤了！”望着伊莎贝拉额头和太阳穴仍旧在流淌着的鲜血，卡洛琳娜惊呼起来。

“这点小伤不算什么，可是姐姐她……塞巴斯蒂昂小姐，果不出我所料，那个葡萄牙总督把姐姐和其他人都抓起来了！我们必须要想办法尽快把他们解救出来！！”伊莎贝拉边用手按住伤口边气喘吁吁地说道。

相比情绪几乎失控的伊莎贝拉，卡洛琳娜却显得异常冷静。她先是从手下那里拿来纱布将公主的伤口包扎结实，随后拉着公主的手来到面向岸一边的船舷，指着远处黑暗中模糊不清的街道以平静的语气说道：

“公主殿下，请看那里，敌人已经在各主要街道上布置了防御工事，大概是天黑之后动工，也就用了两个小时刚刚设好的。这说明他们已经做好了抵抗我们的准备。我认为他们的目的很可能是想把雷佐小姐献给英国人，毕竟……”

“你说的没错。所以我们必须要尽早拿下总督府——他们从一开始就不会打算与我们进行谈判！一旦姐姐落入英国人之手，那么……后果恐怕是不堪设想的……”伊莎贝拉说着，愤愤地攥起了拳头。

“公主殿下请不要着急。我们船队的总人数超过了 1000 人；同时我敢断定这里的武装人数绝不会超过 500 人，因此想要攻破他们的防线并非难事。眼下真正的难题其实是……”

“是如何能以最快速度赶到总督府对吧？关于这个问题，我在下午和刚才回来的路上都对城镇街道做了一些观察——哈维尔先生，请拿笔和纸来！”

在伊莎贝拉的吆喝下，同样留在船上执勤的舵手哈维尔很快便从舰长室里将笔和纸递到她手中，于是公主就倚着船舷扶手迅速将映在自己脑海中的城市布局展现在纸上。包括卡洛琳娜在内的在场同伴都被她出众的记忆力惊呆了。随着夜色越来越浓，再加上葡军也觉得自己兵力上不占优势，没有发动再次攻击。这为伊莎贝拉的营救计划提供了有利的条件。

总督府的地牢中，贝格尼娅和她的伙伴们被分散关押，其中贝格尼娅自己被单独关在一间有天窗、床铺和桌椅的“高级牢房”中。库蒂尼奥甚至还令人为贝格尼娅献上“夜宵”，但却被愤怒的女上校一巴掌将餐盘打翻在地。阴暗的地牢里频频传来女上校因狂躁而捶墙砸地的声音，甚至连关在隔壁牢房的弗洛伦西奥都听不下去了。年轻船长将身子挪动到墙边用力叩了叩：“雷佐小姐，雷佐小姐，请不要再做这种伤害自己的傻事了！”

“弗洛伦西奥先生，是你？是你在我隔壁的牢房里吗？”贝格尼娅的声音中已明显带有哽咽。

“是的，雷佐小姐，请您相信伊莎贝拉一定会找到办法来解救我们的。”弗洛伦西奥将脸贴着墙壁轻声道。

“我……我再一次让萨拉失望了……”

“雷佐小姐，请您不要自责了。这种事情在远航途中并不少见，更何况……我们远未到山穷水尽的地步。请耐心等待吧！”

在弗洛伦西奥的安慰下，贝格尼娅努力将自己狂躁的情绪逐渐平复下来。仰望着牢窗外的明月，女上校陷入了沉思。

夜幕下，伊莎贝拉所领导的由西班牙水手和海军陆战队士兵所组成的突击队已经做好了战斗准备。为了尽可能不惊动敌人，防止敌人从其他地方迅速增兵，伊莎贝拉下令所有人都不允许使用火把和大声说话。就这样，一支如幽灵般的部队在暗影中潜行着，走在公主所绘制的那条“捷径”上，一直来到由葡萄牙人布置的掩体前。由于光线过暗，对方似乎没有察觉到危险逼近。伊莎贝拉举起一只手示意队伍停止前进。在观察了数秒后，她决定“用刀剑来解决问题”。

掩体后，一名葡萄牙士兵探头探脑地想要“望望外面的风声”，然而当他伸出头去后却趴在那儿久久没有动静。当同伴将其拽回时，却发现脖颈上血淋淋的，人头早已不翼而飞。几乎在同一时间，一名手持沾满鲜血砍刀的强壮西班牙水手从掩体外一跃而入……

“敌袭……敌袭！！”

掩体内传来葡萄牙士兵哭丧的声音，但这微弱的警报很快便

被震耳欲聋的喊杀声所掩盖。由于葡萄牙人没能做出很好的应对，这处防御阵地不出几分钟便被伊莎贝拉和她的手下们拿下了。由于声音暴露了行踪，公主下令加紧行军速度准备强袭总督府。此时此刻，这些西班牙人在与时间赛跑……

在总督府的库蒂尼奥似乎也觉察到了外面的风声有些不对。正待出门观察，一名满面尘污的葡萄牙士兵冲进屋报告说西班牙人已经攻到了距离总督府只有几百米的罗奎利奥大街，心中慌乱的总督急令吉马良斯去将地牢中的俘虏向内转移。忧心忡忡的吉马良斯领命而去，可以看得出，他并不是很情愿执行这样的任务。就在这位少校离去后仅数十秒，又一名葡萄牙士兵冲进总督办公室，不过他带来的却是令库蒂尼奥感到振奋的消息：

“总督阁下！英国海军陆战队查尔斯上校带领的援军已经在岛背面登陆，他们请您尽快与他们建立联系！”

“嘿嘿……这可真是雪中送炭呢！回报上校先生，我们马上就动身前去与他们会合；同时请提醒他们小心西班牙人的反扑。”

士兵点头迅速离去，而刚刚慌张不堪的库蒂尼奥嘴角边重新露出自信的笑容。看样子，一切都在他的计划之中。

牢窗外由远及近的骚动声引起了听力敏锐的贝格尼娅的警觉，她艰难挪动被铁链锁住的双脚至窗下，拼命伸长脖颈向外张望，然而由于窗太高还是无法平视到窗外的景象。牢狱外的看守注意到女上校的异常举动，大声呵斥她老实点，就在这时，吉马良斯赶到了。

“总督阁下的命令，要立即转移俘虏。赶快把牢房门打开！”

“是，少校先生！”

在吉马良斯的严令下，看守立即毕恭毕敬地掏出钥匙打开了第一间牢房，也是关押贝格尼娅的牢房门。吉马良斯背着手，目光严峻地走进狱室。贝格尼娅横眉冷目注视着这位试图靠近自己的葡萄牙军官，身子不由自主地向后挪动。走到狱室正中央，吉马良斯停下脚步并恭敬地摘下三角帽向女上校行了个礼：

“雷佐小姐，请允许我对晚上发生的这一切向您和您的下属表示深深的歉意！”

“吉马良斯先生，我想您大可不必向一名敌人鞠躬致歉。对于交战双方来说，发生任何糟糕的状况都是可以理解的。”贝格尼娅以冰冷的口吻作了应答。

“雷佐小姐，事实上我……”

吉马良斯欲言又止，仰首叹了口气之后继续向前走去。不明对方意图的贝格尼娅额头沁出了汗珠，挪动着身体向墙角退去，直到后背抵住冰冷的墙角，她稳住了情绪，随即以命令的口吻大喝道：

“站住！你若敢再向前靠近一步，我就撞墙自尽！！”

“不不……雷佐小姐，我没有那个意思。我来的目的其实只是想带您离开这里。”见对方竟做好“就义”的准备，吉马良斯吓坏

了，忙摇手替自己分辩。不过女上校看上去并不愿意相信他。

“哼！是想带我去刑场吧？那么不好意思，想处死我的话必须让那个混蛋总督亲自出面，否则我绝不离开这里一步——谁敢靠近，我就在这儿血溅三尺！！”

见贝格尼娅的态度极为强硬，吉马良斯向身后自己带来的葡萄牙卫兵使了个眼色。令女上校和牢狱中所有被俘同伴不敢相信的一幕发生了：这些卫兵竟向地牢看守们发起攻击并干净利落地将他们全部杀死。望着眼前惊讶不已的女上校，葡萄牙少校的脸上露出一丝笑意：

“雷佐小姐，这下您愿意和我一起离开这里了吧？”

吉马良斯的意图究竟是什么？怀着忐忑不安的心情，贝格尼娅只得微微点头并依着墙角直起身来……

【十】

塔维拉的茉莉花

没过多久，吉马良斯和他的部下便将被镣铐锁住的贝格尼娅等人全部释放。鉴于外面紧张的局势，葡萄牙少校建议贝格尼娅等人跟随自己从另一条路逃出总督府。对于人生地不熟的贝格尼娅和她的伙伴们来说，此时服从吉马良斯的安排似乎已经是唯一的选择了。大约十几分钟后，在吉马良斯的指引下，贝格尼娅等人从总督府后院的密道成功脱身。葡萄牙少校本想带着女上校直接向港口撤退，但在发现道路上的障碍和守军后不得不临时改换路线。见对方如此认真地帮助自己，贝格尼娅不禁动容了：

“吉马良斯先生，虽然不知道您帮助我们的目的，但我贝格尼娅·德·雷佐对天主起誓，一定不会忘记您的这片恩情。”

“雷佐小姐言重了。虽然葡萄牙与西班牙是两个在政治立场上不同的国家，但我们都生活在伊比利亚半岛，自古以来就是兄弟姐妹啊！”

吉马良斯的回答令贝格尼娅霎时热泪盈眶……

另一边，伊莎贝拉指挥的西班牙突击队已经逼近总督府大门。正如她所估计的那样，葡萄牙方面的兵力远不如西班牙人；且过于分散，几乎形成不了有效的力量。在经过零星抵抗后，葡军放弃了总督府的守备，救援闺蜜心切的伊莎贝拉一马当先冲进大厅，然而大厅里空空荡荡的场面似乎告诉她，敌人早已转移了。

“公主殿下，敌人似乎是预谋好的，已经将雷佐小姐他们转移至他处，我们必须要加快速度了。”

见此情形，卡洛琳娜忙上前提醒伊莎贝拉要抓紧时间。再次环顾四周后，伊莎贝拉决定沿后门向北追击。她并不知道，这也是英军登陆的方向。为了能留下后路以备不时之需，她在临行时有意留下哈维尔指挥 300 人据守总督府。尽管卡洛琳娜认为留下 300 人似乎过多了，但伊莎贝拉对葡萄牙人的反扑能力始终持谨慎态度。

与此同时，漆黑的街道上，吉马良斯与贝格尼娅一行十几人也正紧张有序地向北前进着。由于向南边港口的诸多街道都被封锁，葡萄牙少校在权衡之后决定带西班牙女上校和她的同伴从北部的小港口乘船逃离至南部的大港。迪戈加西亚岛的夜晚静谧怡人，头顶圆圆的明月令黑暗变得并不那么令人畏惧。不知走了多久，位于队伍最前列的吉马良斯突然挥手示意停止前进。

“吉马良斯先生，发生什么情况了吗？”警觉的贝格尼娅立即意识到这可能不是好事。

“嘘——前面出现一支队伍，好像不是你们的人。”

吉马良斯轻声答道。顺着他所指的方向，贝格尼娅发现一支颇具规模的行军队伍，而映照在月光下鲜艳的红色制服很快便给予了女上校准确的判断——只见她微微动了动自己干涸的嘴唇：

“真见鬼……那是红衫军！可是他们怎么会出现在这个鬼地方？”

“居然是英国士兵？！”弗洛伦西奥知道红衫军一向是英国军队的别称，因此也大吃一惊。

面对这突如其来的意外，吉马良斯一时间也没了主意。正犹豫间，身后传来嘈杂声，原来由库蒂尼奥亲自率领的从总督府退下来的葡萄牙败军也赶到了这里……

“快……给我武器！”

就在大家慌乱之时，贝格尼娅那压低了的坚毅声音传入吉马良斯的耳中，葡萄牙少校竟完全照做，解下了自己腰间的佩剑和枪递给女上校，女上校娴熟地以令人瞠目的速度为枪装填好弹药，同时将佩剑牢握在手中做好了战斗的准备。望着女上司那威严的神情，一种安全感在她身旁同伴们的心中油然而生。幸运的是，无论是英军还是葡军似乎都没有注意到这十几人的“小团体”。英葡两军相遇之后，很快，库蒂尼奥那熟悉的声音在不远处响起：

“什么！查尔斯上校，吉马良斯没有与您汇合吗？”

“是的，总督阁下。我并没有看到任何您手下的人。”一位身材高大的英国军官回答道。

“不应该呀！难道……该死的家伙，肯定是背叛了我！我一定要把这小子……”

库蒂尼奥的话音未落，不远处的黑暗中突然传来一声尖锐的枪响——所有人的目光都聚焦到声音的源头。女上校望向身旁一名浑身直哆嗦的葡萄牙士兵——正是这位小伙子手中的枪不慎走了火。

“对……对不起，雷佐小姐，我不是故意的……”士兵吓得已经结巴起来。

“见鬼……你这是要把我们的命都送了！！”

怒气冲天的罗德里格斯一把揪住士兵的领子，险些将他勒死。幸得贝格尼娅及时阻拦，在将其粗壮的手掌强行扳开的同时以急促的语气喝道：

“现在埋怨也没有什么用了。看，他们已经发现这里了，情况危急。你们先撤，我做掩护！”

“雷佐小姐，您疯了吗？他们的目标就是您呀！”对于西班牙姑娘做出的决定，吉马良斯不禁惊叫起来。

“这里我的军阶最高，我的话即命令，必须执行！”

贝格尼娅以丝毫不留商量余地的口气堵住了大家的嘴巴。眼见敌军将至，贝格尼娅催促大家快些沿西北方向的小巷撤退——这也是他们现在唯一能选择的退路。说时迟那时快，一名先行赶到的英军士兵举起火枪枪口的刺刀直刺贝格尼娅的胸膛，只见女上校轻松侧身闪过，回手一剑将其砍翻；紧接着，她用枪击毙了另一名企图靠近的敌军。此时，库蒂尼奥看清了她的脸，立即大叫起来：

“是贝格尼娅·德·雷佐！快，抓住她！！”

“谁能活捉贝格尼娅·德·雷佐，乔治陛下会赏给他 20000 英镑！！”

英军指挥官查尔斯上校也激动地边挥舞着拳头边许下重诺。英军士气高振，呐喊着抢在葡军之前涌向小巷。眼见对方势大，一向莽撞的贝格尼娅也并没有决意“死战”，在罗德里格斯和安斯瓦尔多的左右掩护下，女上校也有意加快了撤退的步伐。由于月黑风高视线受阻，英军士兵无法使用火枪在远距离射击，然而当冲到近处时却又不敌贝格尼娅等人的勇武。逐渐地，双方距离越拉越大。一名英军上尉向查尔斯报告说已有 14 人被击毙、3 人负伤，紧接着查尔斯做出了一个匪夷所思的决定：停止追击。

“查尔斯上校，您这是做什么？”听说英军停止追击，库蒂尼奥惊慌失措地赶上前来询问缘由。

“前方伤亡太大了，敌军的实力远远超出我们的想象。再这样下去也不可能取得太好的效果，所以……不如趁早放弃的好。”查尔斯以含糊不清的语气嘟囔道。

“可是对方是乔治陛下重金悬赏的‘西班牙皇家海军之花’啊，岂能就这样将活捉她的大好机会白白扔掉？！”库蒂尼奥神情激动起来。

“既然如此，活捉贝格尼娅·德·雷佐的重任就交给您的军队来完成吧。不好意思得罪总督阁下了……我接到的任务是押送被俘的贝格尼娅·德·雷佐返回加尔各答，仅此而已。”

“啧……随你的便！”库蒂尼奥用极度鄙夷的语气愤愤地说道。

正在这时，从葡英联军的后方也传来阵阵嘈杂声，素质较差的葡萄牙土著士兵边高喊着“西班牙人来啦”边抱头鼠窜。库蒂尼奥竭尽全力想要制止自己手下的混乱，然而尴尬的是，还是英军鸣枪示警才稳住了阵脚。在查尔斯的指挥下，训练有素的英军士兵组成排枪阵向蜂拥而来的西班牙水手射击，造成了不小的伤亡。见敌军火力突然变得如此凶猛，心中疑惑的伊莎贝拉忙下令水手们停止前进。

“好奇怪……他们的战斗力为何会突然成倍提升？”

“公主殿下，请您仔细看，那似乎不是葡萄牙人。”

就在伊莎贝拉发出感叹时，卡洛琳娜示意她注意敌军的军服——借助微弱的月光，公主依稀辨认出了那令她“再熟悉不过”的红色制服。对于很多人来说，这身“猩红”犹如梦魇般存在着……

“英国人为何会出现在这里？难道是早有预谋的……”伊莎贝拉不禁倒吸了一口凉气。

“公主殿下，依我看，这里的总督恐怕早已和英国人串通好想要设下陷阱逮捕雷佐小姐；倘若英国人打算把雷佐小姐尽快转移的话，这支军队的出现一定是为了拖延时间。我们必须速战速决！”

见伊莎贝拉有些迟疑，卡洛琳娜连忙提醒她要抓紧时间。回过神来的公主立即着手准备强攻英军防线。为了不使训练有素的老水手遭到难以弥补的损失——毕竟在海外远航中想征召到经验丰富的水手几乎是不可能的事，伊莎贝拉在与卡洛琳娜商议后决定让从开普敦郊区的斯泰伦博斯镇征召来的黑人水手充当先锋冲击英军。尽管这些黑人水手的武器简陋——大部分人只能以冷兵器甚至棍棒等钝器参战，缺乏训练，但士气上却完全不输于正规军队。在他们气势如虹的呐喊下，装备精锐的英国士兵竟不得不向后退缩。

而战场上发出的惊天动地的声响也引起了一路向西北方向撤退的贝格尼娅等人的注意。

“等等！像是交战的声音，难道是萨拉他们……”女上校边自言自语边放缓了脚步。

“雷佐小姐，葡萄牙人还在身后穷追不舍，我们切不可以在这时候松懈！”见女上司有回头的意思，弗洛伦西奥连忙劝她继续撤退。

“难道你们没有注意到么，英国人已经消失；而葡萄牙的追兵也明显没有先前那么多了……后面肯定是发生了什么！走，我们回去！”

贝格尼娅紧锁双眉，似乎做出了决定。只见她将金发用头绳扎起、转身迎着葡萄牙追兵大踏步走去——这标志性的举动令所有熟悉她的同伴都知道一场“杀戮”即将到来。冲在最前面的几名葡萄牙土著士兵见目标竟迎头而来不免吃了一惊，然而还未等他们做出反应，剑随影到，这些可怜虫已尽数倒在血泊之中。

在他们身后处于第二梯队的葡萄牙士兵望着横眉冷目、面露浓浓杀气的贝格尼娅，竟吓得向后退去。没过多久，葡萄牙总督库蒂尼奥赶到“前线”，当发现自己的部下竟被贝格尼娅一人所震慑住后，这位葡萄牙总督不禁大发雷霆：

“真是一群饭桶！面对一个女人居然如此退缩……都给我站住，谁再敢逃跑我就枪毙他！！”

“总督阁下，我很好奇您的部下是否接受过正规的军事训练？这种低下的战斗力简直连我军临时征召的水手都不如！”见敌方主将现身，贝格尼娅冷笑着一边说一边用死去的葡军士兵的衣角擦拭佩剑上的血迹。

“该死的家伙，快点给我杀了她——不要活的，杀了她！！”

气急败坏的库蒂尼奥边跺脚边挥舞着拳头要求手下向贝格尼娅射击，在他的强令下，处于最前沿的几名葡萄牙士兵战战兢兢地端起了火枪。然而更加令人惊愕的一幕发生了：面对黑洞洞的枪口，女上校丝毫没有回避的意思，她那修长的身躯宛若坚毅的磐石般矗立在敌军的面前。相峙数秒后，葡萄牙人的心理防线终于崩溃——士兵们丢下武器纷纷抱头鼠窜，留下了大声喝止却无济于事的孤零零的库蒂尼奥。这时候，贝格尼娅面带微笑地走到了他的面前：

“还记得在总督府大厅里我最后对你说过的话吗？”

“雷佐小姐，请……请您饶命啊，我……我也是受了英国人的指使……”

走投无路的库蒂尼奥只得跪地求饶。不过话音尚未落下，贝格尼娅已经手起一剑刺穿了他的胸膛。倒霉的葡萄牙总督捂着伤口栽倒在地，抽搐几下后不再动弹……

另一边，数量上占绝对优势的西班牙水手将不过二三百人的英军向西北方向压制，而这恰恰是贝格尼娅返回的路线。随着枪声的逼近，女上校意识到距离战场已愈来愈近。会是闺蜜吗？贝格尼娅的心在怦怦直跳。

几分钟后，冲在最前面的贝格尼娅望见了远处人头攒动的英军士兵，很显然，这些背对着自己的敌军是毫无防备的。于是女上校招呼伙伴们与自己一齐向目标发起攻击。贝格尼娅这突如其来的袭击导致英军腹背受敌，阵形立即被冲乱；查尔斯非常费力地才让己方士兵镇定下来。很快，这位训练有素的英国上校就发现来自身后的攻击者人数非常少，立即选择集中兵力向后突

破——战局转瞬间发生变化，贝格尼娅由进攻者变成了被困者。

更糟糕的还不止这些，在拼杀中，贝格尼娅的腿部受了刺伤。虽然这不足以使她倒下，但这让贝格尼娅敏捷的身手大打折扣，对作战效能有很大影响。渐渐地，女上校显得有些力不从心。观察敏锐的查尔斯盯上了这个先前令他束手无策的“猎物”，此时此刻，无疑是擒拿受伤“困兽”的最好时机。英国上校将腰间的枪拔出握在手中，小心翼翼地瞄准了不远处贝格尼娅的后心，然而就在这时，西班牙姑娘鬼使神差地回头瞟了眼身后，发现自己被锁定目标后迅速地侧身卧倒，同时就听到“砰”的枪声响起，那枚罪恶的子弹没有伤到已经提前做好躲避姿势的贝格尼娅，但不幸的击中了恰好移动至女上校原本位置的吉马良斯。葡萄牙少校应声倒地……

“吉马良斯先生！！”

发觉情况不对的贝格尼娅在倒地后迅速爬起，搂住口中不住涌出鲜血的吉马良斯。子弹射中了他胸部正下方的位置，看上去相当糟糕。由于偷袭失败，害怕遭到报复，不远处的查尔斯慌不择路地逃离现场；不过贝格尼娅显然顾不上去复仇了，只见她咬着牙用伤腿支撑着葡萄牙少校的身体站了起来。

“罗德里格斯，帮帮我！”她向正冲自己跑来的罗德里格斯喊道。

“雷佐小姐，您没事吧！”

“我不要紧，快！救救吉马良斯先生，他受了严重枪伤！弗洛伦西奥先生和格拉迪诺医生呢？请他们务必用心医治……”

罗德里格斯点点头，从贝格尼娅单薄的肩头接过奄奄一息的吉马良斯，背起他大踏步地向安全区转移，而女上校转身向子弹射出的方向杀来，在这种威势下，查尔斯慌张地往后退，心下盘算着如何逃跑，却不料被西班牙迅速赶到的援手从身后击毙了。变动陡起，英军立即开始躁动不安，最终在西班牙人多势众的巨大压力下彻底崩溃：一些士兵开始逃走，士官喝止不住后也各自逃命，二百多名英军士兵就这样作鸟兽散去了。

危机解除后，重逢的贝格尼娅与伊莎贝拉激动地拥抱在一起，久久不愿松开。映着月光，这对刚与死神擦肩而过的闺蜜脸上都沾满了闪亮的幸福泪水；而在她俩的身旁，同样心潮澎湃的安斯瓦尔多也主动将卡洛琳娜搂在怀里。望着这对幸福的情侣，罗德里格斯百感交集……

在简短庆祝了重逢后，心中惦记吉马良斯的贝格尼娅忙拉着闺蜜的手奔至医治葡萄牙少校的地点。弗洛伦西奥与格拉迪诺已经将少校平放在一块木板上，撕开衬衫对其伤口进行处理。但由于枪伤位置过于靠近心脏且失血过多，吉马良斯的状况看起来相当不妙。望着脸色苍白、奄奄一息的葡萄牙少校，贝格尼娅的眼里噙满了泪水：

“对不起……吉马良斯先生，都是我害了您！倘若我不去躲闪那一枪的话……”

“雷佐小姐……请不要……自责了。相比我，您能够活下来……也许是更好的结局……”在听见贝格尼娅那充满悲哀的声音后，双目紧闭的吉马良斯的嘴唇微微动了几下。

“求求您……吉马良斯先生，请您一定要活下去！仁慈的天主，我还有这里所有的伙伴都绝不会舍弃您！！跟我走吧……我带您回家，回葡萄牙的塔维拉……”

贝格尼娅蹲在吉马良斯身旁，埋下头将自己温暖的脸蛋紧紧贴住对方那冰冷的脸颊。在这一刻，葡萄牙少校的眼角也落下了泪，只见他艰难地睁开眼睛望着眼前美丽的西班牙姑娘，嘴角露出一丝笑容：

“是……茉莉花香么……”吉马良斯的话语令贝格尼娅羞涩得“唰”地红了脸。葡萄牙少校的嗅觉无疑是灵敏的，这正是贝格尼娅身上与生俱来的一种惹人喜爱的淡淡香味。未等尴尬的女上校做出任何反应，吉马良斯以时断时续的声音继续说道：

“记得……在我的家乡塔维拉……曾经有一片花的海洋。小时候……总是和邻居的弟妹们结伴去采花；而我最喜欢的……就是洁白清纯的茉莉花……”

说罢，吉马良斯伸手将藏在衣兜里的一本沾上血迹的日记本掏出递至贝格尼娅的面前。在打开日记本后，西班牙姑娘惊讶地发现发黄的页纸中竟压着一朵虽然早已干枯却依旧残留着清香的茉莉花。

“请您……帮我把这朵花交还给我在塔维拉的妻子玛尔西亚——这是出航前她送给我的礼物……然后……请代我转告她：我爱她和孩子们……”吉马良斯说着，向贝格尼娅投去渴求的目光。

“吉马良斯先生……请您放心，我贝格尼娅·德·雷佐以生命向天主起誓：这朵茉莉花一定会回到您夫人的手中！！”

贝格尼娅收下日记本，将手掌按在心口上郑重答应下来。见对方接受了委托，吉马良斯满意地闭上了眼睛。而贝格尼娅则伏在吉马良斯的遗体上痛哭着，久久不愿起身……

由于英军主力早已逃得无影无踪，再加上尚未天明，心力交瘁的贝格尼娅没有选择追击，于是发生在迪戈加西亚的这段小插曲也就此画上了句号。经过清点，西班牙水手总共有 61 人阵亡，53 人不同程度负伤；英军被击毙 42 人，另有 7 人因伤不便逃跑而被俘虏；至于葡萄牙土著军队，其伤亡数目大概在 200 人左右。

天亮后，贝格尼娅将吉马良斯的遗体按照西班牙传统在“圣佩德罗”号上举行了海葬。海葬仪式简短而庄重，女上校在诵读悼词时数次落泪，众人为之动容。仪式结束后，贝格尼娅本想不进行补给立即就出航离开这个令她伤心的地方，但在大伙儿的一致请求下打消了这个不切实际的想法。不久，在贝格尼娅的主持下，岛上选出了一位西班牙后裔出任新一任的葡萄牙总督。在新

总督的盛情邀请下，贝格尼娅决定在此停留三天，对船队未来的航行进行修整和补给。

8 月 23 日的晚上，在闺蜜的陪伴下，贝格尼娅亲临码头对第二天的出航准备工作做最后的检查。由于负伤的水手被安置在岛上，将不跟随船队继续远航，这导致那场三天前的战斗造成船队损失了 100 多人，令人吃惊的是贝格尼娅却出人意料地决定不再补充船队人数。于是剩余的不足 1100 人被重新划分："圣佩德罗"号与"圣洛伦佐"号均为 380 人，其余 300 多人划归"圣特列莎"号。这样一来，这几乎是维持船队战斗力的最低人员配备水准了。

站在"圣佩德罗"号的艉甲板上，叼着香烟的贝格尼娅失神地望着眼前漆黑的海面，她的身旁是同样在喷云吐雾的伊莎贝拉。按照惯例，在这美好的"放松时间"里闺蜜应该是谈笑风生，然而几天过去了，贝格尼娅的脸上依然难觅笑容……

"姐姐，明天我们就又要出发了呢……"见闺蜜一言不发，伊莎贝拉只得主动挑起话题。

"嗯……"贝格尼娅以极轻微的声音边回应边点了点头。她看上去似乎不愿多说哪怕一个字。

"姐姐，说起茉莉花……我们姐妹俩似乎也有很长一段时间没有去过安达卢西亚了吧？""嗯……可是萨拉，你为何要提起这个？"贝格尼娅有些诧异地回过头去。

"记得小时候……恐怕有 20 年了吧，有一次伯母带咱俩去安达卢西亚的一处商会做客。妹妹我印象可是非常深刻的哦！在返回的路上，道路两旁开满了雪白的茉莉花，宛若仙境一般。啊……那真是太美了！”伊莎贝拉说着，将双手合在胸前，露出充满回忆的温暖笑容。茉莉花生长在地中海沿岸地区，而安达卢西亚便位于这一区域，闺蜜两人的童年也随之印刻上了茉莉花的美丽。

听着闺蜜的话语，眼中充满迷茫的贝格尼娅下意识抬起自己的手背轻轻嗅了嗅——那自己从未在意过的淡淡茉莉花香在此时此刻显得竟是如此的不同寻常……

“忠贞、清纯、贞洁、质朴……”

“萨拉，你在自言自语什么呢？”面对闺蜜的“反常”言语，贝格尼娅更加摸不着头脑了。

“我在说茉莉花的花语呀！姐姐，其实我一直觉得，你就像是一朵生长在我旁边的茉莉花呢！”伊莎贝拉说着，冲闺蜜眨了眨眼。

“萨拉，你……为……为什么会……这样认为我？”贝格尼娅竟因惊讶而显得有些口吃了。

“因为姐姐你完全具备茉莉花的品质呀！不仅是那淡淡的花香，还有它的精神——永远忠贞、清纯、贞洁、质朴，令人尊敬……”

说罢，伊莎贝拉张开双臂将闺蜜紧紧搂在怀中。这一刻，贝格尼娅感到自己宛若置身于清香弥漫的花海中，随着微风荡向远方……

码头上，安斯瓦尔多与卡洛琳娜正肩并肩坐在栈桥的最前沿。海风吹拂着卡洛琳娜那飘逸迷人的酒红色长发，时不时地打在贴得很近的安斯瓦尔多的脸上。看得出，年轻少校很享受这样难得的时光，不知过了多久，他主动打破了这份甜美的沉静：

“卡洛琳娜，我记得……你曾经说过自己是安达卢西亚人？”

“哈哈……胡安，你记错了吧！罗德里格斯是安达卢西亚的萨尔多拉人；至于我嘛，我是穆尔西亚的卡塔赫纳人。”

面对安斯瓦尔多的“胡乱”猜测，卡洛琳娜俏皮地吐了吐舌头。而她的“不屑”表情也令年轻少校尴尬万分，只见其挠着头连连致歉：

“对不起，我又想当然了。”

“不用在意。那个……胡安，我觉得你最近变得不再那么胆小了，这可是一大进步哟！”卡洛琳娜捂嘴笑道。

“胆小！不会吧。难道你认为我以前是个胆小的人吗？”很明显，安斯瓦尔多认为这是个不实的“指控”。

“别激动，别激动。胡安，我可不是说你在战场上胆小哦；而是在‘另一个’方面……”

卡洛琳娜故作神秘的姿态让安斯瓦尔多更加摸不着头脑。年轻少校满面疑惑地仰首朝向星空做出思考状，然而过了好一会儿仍旧没能找到“答案”。见对方如此认真的模样，卡洛琳娜再也抑制不住自己愉悦的心情，大笑起来：

“哈哈哈……我的意思是你对女孩子更加主动了嘛！那天激战结束后你给了我热情的拥抱，这可是第一次哦！”

“啊……我……我那时候真的是……太激动了！抱歉啦……”安斯瓦尔多如情窦初开的少女般羞红了脸。

“嘿嘿……那么胡安，如果我现在让你吻我，你敢吗？”

虽然这句话声音十分轻细，但对于安斯瓦尔多来说却恍如惊雷。年轻少校几乎在这一刻懵住了：要知道，吻一个姑娘——这在过去二十多年里对于一向忠厚本分的他来说都是个近乎天方夜谭的想法，然而这个机会现在却近在眼前。尽管心里有一万个“不敢”，但安斯瓦尔多的嘴巴却表现出了异乎寻常的“勇气”。只见他使劲点了点头答道：

“当然！”

面对安斯瓦尔多的“勇敢”，这回轮到卡洛琳娜吃惊了。不过红发姑娘脸上的惊讶很快便转为喜悦，只见她闭上眼，将红润诱人的脸蛋凑到安斯瓦尔多的嘴边；而年轻少校也不再犹豫，即刻给了自己心爱姑娘一个深情的吻……

在这样一个静谧怡人的夜晚，总会发生一些让人内心不能平静的美丽故事……

【十一】

母　　亲

8月24日晨，贝格尼娅的船队按计划起锚离开了迪戈加西亚岛。留在女上校身后的，是那片曾给她带来交织着喜悦和悲伤的复杂心情的土地。还会再回来吗？贝格尼娅在心里默默地说了个“不”……

根据弗洛伦西奥的设想，船队离开迪戈加西亚岛后将径直北上前往锡兰，虽然那里在1656年之前曾经是葡萄牙人的殖民地，但如今已经是荷兰人的殖民地了，船队在那里会得到相应的修整和补给；然后继续北上抵达位于东印度本土的法国殖民地本地治里，而在那里，船队将会得到法国人的支持，这样就拥有足够的力量可以直取英国东印度公司的老巢加尔各答了。

“这大概是目前我们的最佳航行路线了，雷佐小姐，您对此有什么意见吗？”在对照海图介绍完航行目标后，弗洛伦西奥把目光投向了一直若有所思地盯着海图的女上司。

“嗯……我认为弗洛伦西奥船长的建议是十分合理的。萨拉……你们以为如何？”贝格尼娅边点头予以肯定，边将目光投向身旁的闺蜜和其他朋友。

“姐姐，我有一种预感，我们的行踪已经被英国人掌握了。如果我是英国人的话，我肯定会在这几条对我方有利的航途上设置埋伏。”

伊莎贝拉的话语令众人愕然。尽管没有人愿意去把未来可能发生的事情复杂化，但公主的这番担心绝非杞人忧天，弗洛伦西奥在深吸一口气后陷入沉思；而女上校的神情也变得严肃起来。舰长室陷入一片沉寂，但很快，罗德里格斯那浑厚有力的声音传入众人耳中：

“我认为，也许我们可以分头行动以达到分散敌人注意力的目的。就外观和大小而言，‘圣佩德罗’号与‘圣洛伦佐’号在普通人看来并无明显区别，只需要把船艉的铭牌去掉……”

“不可以！我坚决反对再次分散兵力行动！！”未等壮汉的话音落下，伊莎贝拉已经坚决地予以反对，“上次在塔马塔夫的教训难道还不够吗？若不是幸运女神的眷顾，恐怕我们早就败北了！”

“那么，请问公主殿下有何良策？”弗洛伦西奥随即问道。

“这……我暂时还没有想好……”

年轻船长的提问似乎难住了伊莎贝拉，只见公主红着脸有些无奈地将目光移向他处。为了缓解闺蜜的尴尬境地，贝格尼娅干咳两声接过话来：

“我认为萨拉的顾虑不无道理，但眼下想要去判断敌人的行动确实是一件困难的事情。当然了，在行进中我们会随时变更航线以尽可能使航行具备隐蔽性；罗德里格斯的建议也有可取之处，去除船艉的铭牌可以很好的迷惑敌人。那么……这个任务就交给罗德里格斯去完成吧，请将三艘船的铭牌全部去除。”

罗德里格斯点点头，随即着手去准备。由于闺蜜的“解围”，伊莎贝拉紧绷的心弦被松开，不过她可没有忘记是谁给自己制造的“麻烦”。很快，贝格尼娅宣布会议结束，众人一一离开舰长室，而当弗洛伦西奥准备踏出门去时却被快步追上的伊莎贝拉揪住了耳朵：

“喂喂——你小子刚才有意给本公主找茬是不？”

“呜呜……公主殿下您下手太重了吧，我一介小民哪敢与高贵的公主作对？”

“哼！明知道答不上来还故意那样问，不就是给本公主找茬嘛！”

“啊——冤枉呐！我真的以为您是有良策在胸的……”

面对伊莎贝拉的斥责，弗洛伦西奥故作哀怜状地为自己辩解，而他那“夸张”的模样则引得一旁的贝格尼娅不禁捂嘴暗笑。很快，聪明的年轻船长的意图便达到了，女上校开始为他求情：

“萨拉，请你别再欺负弗洛伦西奥先生啦！有你这样对待自己男友的吗？姐姐我都看不下去了……”

“停停停！姐姐，我没听错吧，你说何塞是我的男友？我几时

承认这家伙是我的男友了！”

当听到“男友”这个“敏感词汇”时，心中颇不服气的伊莎贝拉立即故作生气地噘起小嘴，然而脸蛋却不由自主地泛起了红晕。洞察到公主这一细节的年轻船长的嘴角边不禁露出“胜利”的笑容……

伊莎贝拉的猜测虽然没有必然的依据，但却是相当准确的。此时此刻，两支英国分舰队已经由加尔各答出发向南搜索贝格尼娅的船队。不过这两支分舰队的实力都不算太强，其中最大的军舰也仅仅是装备了50门火炮的最小型战列舰，而且其主炮也只有18磅，完全不是贝格尼娅麾下任意一艘战舰的对手。

不过，有趣的是，其中一支分舰队虽然只有五艘舰船组成——一艘50门炮的战列舰，三艘载炮22至26门的轻型巡航舰和一艘16门炮的双桅帆船，但身后却总是不远不近地尾随着一艘令人熟悉的巡航舰——没错，那就是巴金斯的座舰“潘多拉”号。

尽管身为巡航舰，“潘多拉”号却拥有不逊于小型战列舰的实力——其主炮为26门24磅重炮，在火力上超过了50门炮的战列舰。并且，它所搭载的英国皇家海军的秘密武器卡隆炮已经在攻击塔马塔夫的战斗中证明了自己的价值。由于并未航行在阵列中，巴金斯的此次出行显然不是受到官方指派的，那么，他的意图是什么呢？

站在“潘多拉”号的舰桥上，巴金斯以一副轻松的姿态眺望着两舷旁蔚蓝的大海，不知何时，瞭望员那熟悉的嘶吼——“Sail！！”在年轻私掠船长的耳边响起。顺着瞭望员手指的方向，船长很快发现了一艘悬挂着单面帆的小艇，但艇上似乎空无一人。心中疑惑的巴金斯下令靠近这艘可疑船只，当距离接近到一定程度时，观察敏锐的船长发现艇内蜷缩着一个人影……

“有人！考克斯、乔纳森，你们俩去查看一下。”

在巴金斯的命令下，“潘多拉”号的侧舷放下软梯，考克斯和乔纳森敏捷地跳上小艇并靠近了“来历不明者”。不多时，考克斯扭头向站在船舷边的巴金斯叫道：

“头儿，是詹姆斯小姐！哦，感谢仁慈的耶稣，她只是昏过去了而已。”

“居然是丹妮？啧啧……好吧，快把她带上来！”

当听到丹妮莉丝的名字时，巴金斯却露出小小的吃惊之色，不过很快便恢复平静。于是健硕的考克斯背起瘦小的丹妮莉丝爬上舷梯，巴金斯示意将女孩带进舰长室，随后自己也走了进去。考克斯将丹妮莉丝小心翼翼地平放在床上，巴金斯注视着眼前可怜的女孩，面色凝重，顿了几秒，他挥挥手示意考克斯和乔纳森出去，于是舰长室中只剩下了两人。

“巴金斯大哥……巴金斯大哥……”

沉寂数分钟后，丹妮莉丝那纤弱的声音传入坐在书桌前研究海图的巴金斯的耳朵里，年轻的私掠船长立即起身走到床前，只见女孩的眼睛尚未睁开，然而干涸的嘴唇却在不停地抽动着——那副令人爱怜的模样使巴金斯不由得为之动容：

“丹妮，我在这里。”

“巴金斯大哥……我……好冷……”

丹妮莉丝的话语令巴金斯心头一沉：明明是炎热的夏日，她竟会发冷，莫不是发烧了？犹豫片刻后，年轻的私掠船长张开双臂将女孩搂在自己宽阔的胸膛里，而就在此时，女孩的眼角闪烁出了晶莹的泪花……

航行在茫茫无际、波涛汹涌的印度洋上，贝格尼娅的船队宛若大海中的几片树叶般渺小和脆弱。前些日子的大风大浪使得船队中的大部分船员——尤其是那些从斯泰伦博斯镇招来的此前毫无航海经验的黑人水手感到颇为不适；甚至就连已在海上跌打滚爬十几年的贝格尼娅等“老水手”也多少受到一些影响。每个人都期盼着噩梦般的印度洋风暴早日结束。

两周之后的9月9日，海上的状况稍微有所改善。对照海图，贝格尼娅发现船队已经严重偏离既定航向，航行到了马尔代夫群岛西南百余海里的地方，不过这对于避开可能的英国搜捕舰队围剿的他们来说也许未必是件坏事。由于马尔代夫也属于荷兰殖民地而荷兰也是西班牙的盟友，贝格尼娅便决定驶入这里的港口对在风暴中受损的船队进行修补。

9月11日下午，被暴风折磨得筋疲力尽的船队在荷兰小艇的引导下驶入马尔代夫群岛的首府——马累港。站在船舷边，双目注视着前方的贝格尼娅注意到了码头的栈桥上有个身着华丽衣裙的贵妇在一些看似仆从的人们的簇拥下正翘首以待着自己。难道这位贵妇就是这里的总督吗？女上校的心顿时怦怦直跳起来……

当走下船、双方距离不断拉近时，贝格尼娅惊讶地发现眼前这位雍容华贵的妇人脸庞竟是如此的熟悉——

“妈……妈？”

女上校的口中发出极其轻微的声音，显然并没有人注意到这个。只见贵妇面带温和的笑容向西班牙姑娘伸出手去：

“您就是尊敬的贝格尼娅·德·雷佐小姐吧？久仰大名了，我是这里的总督希尔达·范德尼尔松……”

“天哪！您也姓范德尼尔松，难道您与开普敦的范德尼尔松总督……”贝格尼娅一听，不免吃了一惊。

“呵呵……没错，我是吉尔伯特的族妹。很巧哟！前些日子我刚刚收到兄长的来信，他在信中提及了您的一些事情并嘱托我倘若您来到这里一定要给予相应的招待。当时我还在担心您也许不会来这个偏僻的岛屿呢……这真是太好了！”

希尔达说着，给贝格尼娅来了一个“深情”的拥抱。而投在荷兰女总督的怀抱中，西班牙姑娘真正感受到了一股虽然遥远却难以忘怀的温暖……

“安妮……安妮……妈妈就在这儿呢，怎么样，吃惊吧？”

贝格尼娅的眼前仿佛出现了十九年前在西班牙马德里皇宫时的景象：当年仅七岁、正在皇宫后花园与闺蜜伊莎贝拉公主玩耍的小姑娘看到母亲突然出现在眼前时，简直惊呆了。

“妈妈，您怎么现在就来了？不是说好要到 8 月 15 日的圣母升天节才……”金发小姑娘边向母亲跑去边惊喜地叫喊起来。

“因为妈妈要和爸爸出一趟远门，圣母升天节前恐怕是回不来了哟……嗯，说不定要到秋天了呢。安妮一定要和公主殿下好好相处，等明年春天我们一起再去安达卢西亚哦！”

“太好了！安达卢西亚万岁！妈妈我爱您！！”

未等雷佐夫人把话说完，她那淘气的女儿已经兴奋地搂着她的脖子亲吻起来。对于贝格尼娅来说，安达卢西亚就是一片开满鲜花的天堂——那是她最向往的乐园。望着母亲离去的背影，小姑娘开始无限憧憬和期待来年春天的到来。然而她连做梦都不会想到，这看似再普通不过的一次分别竟成为了永别……

“雷佐小姐，雷佐小姐！您还好吧？”

希尔达的声音将目光呆滞的贝格尼娅从幻想唤回了现实之中。意识到自己走神的女上校忙松开了双手，尴尬地摸了摸自己稍显凌乱的鬓角：

“啊，抱歉，范德尼尔松小姐。我……只不过是想到了一些以前的事而已。真的十分抱歉！”

“呵呵……没关系，雷佐小姐。时间不早了，请您和您的伙伴随我一同前往总督府吧。”

希尔达毫不在意地笑了笑，挽着贝格尼娅的手一同向马车走去。此时此刻，身材高挑、一袭笔挺红黑衫在身的贝格尼娅宛若一位俊朗绅士般陪伴在美丽的荷兰女总督身旁，羡煞旁人。伊莎贝拉紧随其后。对于闺蜜刚才的异常举动，西班牙公主显出一副难以理解的困惑神情。在伊莎贝拉看来，这完全不是“姐姐”一贯的作风……

渐渐地，太阳向西边沉去，夜色愈加浓厚，属于海岛的夜晚到来了。在美美地饱餐一顿后，贝格尼娅与她的伙伴们三三两两地从总督府走出，前往希尔达为他们安排的住处。麻雀虽小五脏俱全——巴掌大的马累拥有完善的城镇设施。在征得女上司的同意后，没有执勤任务的罗德里格斯等人纷纷来到街头寻找自己的“圣地”。不过伊莎贝拉却十分反常地没有随弗洛伦西奥去享受这难得的“假日时光”，西班牙公主紧随闺蜜的脚步回到了卧室。

由于心情舒畅，晚上贝格尼娅酒喝得有些多。此时此刻，头脑发昏的女上校只想美美地睡上一觉，然而伊莎贝拉的“跟踪”却令她意外不已。望着眼前双眉紧锁、神态认真的闺蜜，一身酒气的贝格尼娅不禁咧嘴笑了笑：

“萨拉，你不去陪弗洛伦西奥先生，这么早回卧室是做什么？”

“姐姐，我觉得你不太对劲。”伊莎贝拉一本正经地托着下巴说道。

“不太对劲？天哪，你又在胡思乱想什么呢！”

“没有胡思乱想哟！姐姐，你在和范德尼尔松小姐拥抱时为何会走神呢？这太异于寻常了。”

“啊……萨拉，其实……那是因为我想起了从前……”

贝格尼娅听着，也许是意识到了什么，红着脸低下头去。从她口中发出的“从前”这个含糊不清的词语令伊莎贝拉露出惊讶之色，不过未等闺蜜开口询问，女上校已经以平和的语气反问起来：

“萨拉，你不觉得范德尼尔松小姐很像一个人么？”

“姐姐你这么一说……妹妹我确实觉得这位范德尼尔松小姐的长相酷似伯母大人呢！”伊莎贝拉咬着手指嘀咕道。

“没错！就是因为太像妈妈了，不由得让我想起了那个时候——妈妈如阳光般温暖的笑容和拥抱……”

说罢，贝格尼娅苦笑着仰首闭上了双眼。几乎在同一时间，她的眼中噙满了泪水。而望着因回忆起母亲而动情的闺蜜，伊莎贝拉也哽咽了……

“安妮，别跑那么快呀，妈妈要追不上你啦……安妮！”

“哈哈……妈妈，您来抓我呀！”

从帕萨赫斯雷佐庄园的后花园里传来嬉戏打闹的声音，老管家和族人们都知道这一定又是雷佐家二少爷安德雷斯的法国娇妻玛蒂尔达在陪自己的爱女玩耍了。说起玛蒂尔达，她来自法国勃艮第，是勃艮第公爵弗朗西斯一世的族亲、丹麦公主克里斯蒂安娜的后代。是一位金发碧眼、聪慧贤淑的美女，在嫁入雷佐家后很快便成为家族中最璀璨的一颗明珠；而安德雷斯也被认为是“全家族最幸运的人”。值得一提的是，在遵循父亲的遗言“弃军从商”后，安德雷斯凭借自己天生的经商头脑成为延续家族辉煌的命脉，并且和皇室保持了良好的关系。此外，他还是个疼爱妻子的好丈夫和关爱孩子的好父亲。毫无疑问，这是个令人羡慕的幸福小家庭。

不知何时，花园走廊的另一头传来了安德雷斯呼唤娇妻和爱女的声音：

“玛琪、安妮，收拾一下行礼，我们马上要出发去马德里皇宫了。”

“皇宫？亲爱的，发生什么要紧的事了吗？”玛蒂尔达一听，立刻露出了稍许不安。

“费迪南德陛下病重，恐怕时日无多了。他的弟弟卡洛斯将成为我们新的国王。恩塞纳达侯爵通知我即刻进京……”

“爸爸，爸爸，我们又要去皇宫了吗？这么说我又可以见到我

亲爱的萨拉妹妹啦！”

未等安德雷斯话音落下，可爱的小女孩已经揪着父亲的衣角开心地叫嚷起来。安德雷斯慈爱地用手抚摸着女儿的金发点了点头：

“嗯。不过这次……安妮，你的小玩伴恐怕会‘摇身一变’成为我们的公主了呢……”

对于父亲的话语，年仅7岁的贝格尼娅眨着她那水灵灵的大眼睛，似乎并没有完全理解。此时此刻她所期待的恐怕只是能尽快来到小闺蜜的身旁以便能继续曾经一同玩耍的日子。

“当我们赶到马德里皇宫的时候，你的伯父已经去世，而你也成为了我们的公主。”贝格尼娅说着，冲坐在自己身旁的闺蜜送去温暖的一笑。

“嘿嘿……不过我本人对于是不是‘公主’其实并没有那么在意啦！只要姐姐你能够陪在身边玩耍，那就是妹妹我最大的幸福了！”

伊莎贝拉说着，搂住闺蜜并在其脸蛋狠狠亲吻一口。这一刻，贝格尼娅仿佛感受到了那对于自己来说已十分遥远的温暖……

在一个充满爱意的亲吻后，玛蒂尔达将自己的爱女抱回到年幼公主伊莎贝拉的身旁。仆从上前提醒年轻的雷佐夫人，是该出发的时候了。临行前，玛蒂尔达将恋恋不舍的目光再度投向已经开始与闺蜜玩耍的女儿身上，但可惜的是女儿似乎并未注意到自己。这一幕已经出现过很多次了，也许贝格尼娅从未注意到母亲离开自己时的伤感……

安斯瓦尔多与卡洛琳娜肩并肩地走在马累港虽狭小却热闹非凡的街道上。这似乎是这对年轻的情侣第一次外出逛街，很显然，对于这样的“幽会”，安斯瓦尔多还显得有些拘束。不过卡洛琳娜则表现得要大方得多了——红发姑娘走走停停，对街边贩卖的各类物品似乎都有些兴趣。路过一个摊档时，她则完全停下了脚步，并拿起了一个用草绳编织的精美手环递至安斯瓦尔多的眼前：

“胡安，这个手环……”

“嗯？”

不明白对方是何意的年轻少校望着眼前的手环显得有些不知所措。正发愣中，卡洛琳娜已经掏出钱币交给了摊档老板，随即轻轻将手环戴在安斯瓦尔多的手腕上。

“它让我想起了妈妈。记得小时候妈妈曾给我编织过一只这样的手环，让我戴在手上作为‘护身符’，后来……”卡洛琳娜说着，脸上突然露出了忧伤。

“怎么……难道发生了什么不好的事吗？”注意到对方神情变化的安斯瓦尔多连忙追问道。

“护身符给了我逃生的机会，却没能挽救我的妈妈……”卡洛

琳娜说着，眼角流下了泪水，视野里也逐渐出现了当时的景象……

时光的齿轮回转到1763年春天的卡塔赫纳。一天下午，卡洛琳娜像往常一样与邻居的小伙伴去离家不远的山丘玩耍，眼看太阳就快下山，饥肠辘辘的小伙伴们准备各自回家。倒霉的事情在此时发生：卡洛琳娜发现戴在手腕上的手环不见了！思索片刻，小女孩决定让伙伴们先走，自己回到山丘上去寻找。于是又过了好一会儿，卡洛琳娜才借助着昏暗的光线在靠近山头的一块岩石旁找到了目标，不过就在兴奋的小女孩准备回家之时——

“喂喂……老兄，你真的决定这么做吗？”从山头的另一面传来一个猥琐的声音。

“哼……我奥斯卡·哈维做事从来都会斩草除根！既然让那个蠢货替我背了黑锅，那么我当然也要把他的妻子和女儿送下地狱去！否则，说不定哪天下地狱的人就变成我了呢！”

“的确如此。那个，老兄，我听说达米安的妻子和女儿都是出了名的美女呢！嘿嘿嘿……”

听完这番对话，卡洛琳娜的心里不禁凉了半截。奥斯卡·哈维就是父亲曾担任舰长的“圣塞西莉亚”号上的大副。在将近一年之前的哈瓦那保卫战中，“圣塞西莉亚”号在战斗最激烈的时刻突然撤出战场导致己方崩盘。战后，军事法庭根据大副哈维的供词宣判舰长塞巴斯蒂昂有罪并将其枪决。今日无意中偷听到的这番对话让卡洛琳娜意识到，原来事情的真相是哈维制造了这起悲剧，那么这位大副自然成为了塞巴斯蒂昂一家的仇人。

但是眼下，更大的灾祸即将降临在这个不幸的家庭之上，而女孩那可怜的母亲对此还浑然不知。见情况危急，卡洛琳娜起身准备偷偷溜回去通知母亲离开这里，然而未等她跑出去几步，两匹快马从自己的身旁掠过，很快便将孤零零的女孩甩在了身后……

“当我回到家的时候，他们已经离开了，而我那可怜的妈妈已经被一根绳索悬在房梁上了……我知道她一定不是自杀的；我抱着妈妈的腿哭了很久……”

回忆到这里，卡洛琳娜已经抑制不住自己的感情扑在安斯瓦尔多怀里失声痛哭起来。年轻少校安抚着红发姑娘，以男性特有的暖心语气轻声道：

“愿天主保佑你的母亲！卡洛琳娜……关于你母亲的遭遇我们已经听兰加拉将军讲过了。后来杀死奥斯卡·哈维的人就是你吧？”

“没错，还有瓜多洛普，那个奥斯卡的帮凶。在完成复仇之后，我烧掉了那令我捡回一条性命的手环，走上了一条不归之途……”

“是指去当海盗吗？”

“在那之前还发生过一些更为不堪回首的往事……当然，我最

终还是成为了一名海盗，这恐怕是我一辈子也没法抹去的经历。并且在我死后天主也不会接纳我……”

“不！一个人无论犯下了多大的罪过，只要他真心悔改，天主一定会重新接纳他的！请相信我，卡洛琳娜，相信自己吧！”

面对安斯瓦尔多斩钉截铁的回答，卡洛琳娜多少有些意外。她拭去泪、仰望着注视着自己的年轻少校那无比真挚的面容，嘴角边终于露出一丝欣慰的笑意。于是两人再度紧紧地拥抱在一起……

夜，逐渐深了。伊莎贝拉已经进入梦乡，而躺在她枕边、原本疲惫不堪的贝格尼娅却因追忆母亲后内心的波动而失去了睡意。在翻来覆去折腾了许久后，女上校索性披着睡衣从床上爬起、来到窗边向外张望。借着微弱的月光，贝格尼娅看到怀表的指针已走到了罗马数字“1”的位置，不免轻轻一声叹息。最近一段时间，失眠越来越频繁，她知道，距离“决战时刻”恐怕越来越近了。

不知何时，窗外刮起了小风。嗅觉灵敏的贝格尼娅闻到一丝虽不太明显但却十分熟悉的气味，于是探头向外张望。很快，她便“锁定”了目标——正站在距离自己卧室不远处墙角下偷偷抽烟的罗德里格斯。望着对方那陶醉在香烟中的背影，贝格尼娅的脸上不禁露出了坏笑。

几分钟后，当罗德里格斯深吸一口气、将浓烟仰首喷吐至空中时，却感到自己腰部似乎被什么东西顶住。未等壮汉回过头去，那具有磁性的熟悉声音已在耳边响起：

“不许动——举起手来！”

“啊……雷佐小姐？我不会是产生幻觉了吧，这么晚了您居然还没睡……”

“不是幻觉哟！这话应该我问你更合适吧，罗德里格斯先生，这么晚了为何还躲在这里鬼鬼祟祟地抽烟？”

“嘿嘿……只不过是因为失眠而抽根烟解解闷而已。小姐，我知道您的意思了——来，冒一根吧！”

面对贝格尼娅的“发难”，罗德里格斯却显得不慌不忙——他实在是太了解女上司的性情了，于是转过身去并顺势将一支香烟递至对方的手中。待贝格尼娅接过烟、将其叼在嘴里时，罗德里格斯又娴熟地擦燃火柴为她点烟。于是一股青烟也从女上校口中冒出……

“啊……雷佐小姐，您穿的这一身雪白，真是堪比星月般的美丽呐！”

罗德里格斯边抽烟边以赞赏的目光上下打量着站在眼前穿着白色睡衣睡裙的金发美人。这反而令贝格尼娅有些害羞地红了脸，只见她故作生气状地假意摆出一个扇耳光的动作，说道：

“看什么看，小心我赏你一巴掌！哼……话说回来，你小子是为何事而失眠呢？”

“这个……说起来有些难为情。在这花好月圆的晚上，我一个

大男子汉……竟思念起了自己已故的老娘。咳咳……说起来真的很难为情呢，其实她去世的时候，我还很小，对她没什么印象。听我爹说，她是个不怎么漂亮，但身体结实、很能吃苦的妇女。奇妙的是，就在刚才，我的脑海里突然浮现出了她的容貌……而且我很确定，那就是她……”

未等罗德里格斯话音落下，贝格尼娅已经目光呆滞，眼眶湿润了。也许是注意到了女上司的异常反应，壮汉忙岔开了话题：

“雷佐小姐？喂喂，您怎么了？”

“啊……罗德里格斯！对不起，其实我……也是因为思念自己的母亲而难以入睡的。咳咳……咱俩可真是‘同病相怜’呢！”

贝格尼娅忙拭泪以强装笑意，然而几秒钟后，两行热泪却如断了线的珠子般涌出。这下可慌了罗德里格斯——壮汉连忙丢下手中香烟、掏出手绢替女上司擦泪，却被对方伸手挡下。只见贝格尼娅满面羞涩地边擦拭泪水，边以极轻微的声音问道：

“罗德里格斯，以后……我能直呼你为‘哥顿’吗？”

“当……当然！哈哈哈……这是我的荣幸，雷佐小姐！！”

罗德里格斯先是一愣，紧接着便傻笑着点头答应下来。见对方应允，贝格尼娅开心地笑着主动伸出手去——很快，两只手紧紧地握在了一起……

恰在此时，一颗流星划过天空，为这祥和的夜晚增添了一缕温暖的色彩！

【十二】

锡　兰

由于总督希尔达盛情难却，贝格尼娅一行人在岛上度过了为期两周的“神仙”般的快活日子。在得知船队的下一个目的地是锡兰时，热情的女总督还特意写了一封给锡兰总督科内利斯·艾弗森的信件，告诉他应该如何帮助西班牙人。9 月 26 日，带着希尔达的信件，贝格尼娅一行人再次踏上征途。不过这次他们的目的地相对较近，按照弗洛伦西奥的估计，船队将会在 10 月 1 日左右抵达锡兰。而在那之后，真正的挑战恐怕就要到来了。

对于可能与英国东印度舰队发生的正面碰撞，贝格尼娅早已有所准备。尽管这看起来似乎是个“不切实际”的疯狂举动，但对于女上校来说，恐怕没有什么人能够阻止她去做已经决定的事情——当然，只有一个人除外，那就是她的闺蜜伊莎贝拉。尽管在表面上支持贝格尼娅“直捣英国东印度公司老巢”的计划，弗洛伦西奥却在 27 日晚上趁着女上校去前甲板视察的机会找到伊莎贝拉，说出了自己对进攻加尔各答的担心。年轻船长坦言，姑且不论女上校的复仇大计是否能完成，这肯定是一次凶多吉少的行动。而在听完他那敞开心扉的恳求后，公主也有些动摇了……

“你说的有道理。既然这样……只能我去找姐姐谈谈了。”

“也只有公主殿下才可能办得到这件事了。请一定记住转告雷佐小姐：放弃前往加尔各答并不意味着放弃她的复仇计划，我们还有很多选择去引诱敌人上钩并将之消灭。”

见伊莎贝拉已经同意，还有些不放心的弗洛伦西奥又补充了一句。公主点点头，正欲起身离开舰长室去寻找闺蜜，不料贝格尼娅恰在此时推门进来——两人撞了个满怀。

“萨拉？你和弗洛伦西奥先生……啊，抱歉我来的恐怕不是时候！”见舰长室中只有闺蜜与弗洛伦西奥两人，贝格尼娅顿觉尴尬万分。

“啧啧……姐姐你想多啦，我们俩只是在正常聊天而已。不过既然你回来了，有件事我正想找你呢……”

伊莎贝拉说罢，冲身旁的弗洛伦西奥使了个眼色，于是年轻船长十分“知趣”地快步离开了这里。长发飘逸的公主抬起腿，“潇洒”地用脚后跟关上了门，拉着闺蜜的手坐到舰长室的床铺边。对于闺蜜这突如其来的认真，贝格尼娅显然有些摸不着头脑，不过与往常一样，她还是显示出足够的耐心去聆听对方的话语。

伊莎贝拉将先前弗洛伦西奥的大致意思以自己的方式表述出来，并注意着闺蜜的神情。在“聊天”过程中，贝格尼娅十分罕见地一言不发，甚至也没有点头或做出任何肢体语言——整个人宛若磐石一般坐在闺蜜的面前岿然不动。从她那充满抵触的蔚蓝双眼中可以看出，对于闺蜜的提议，她似乎并不太感冒……

“姐姐，我要说的就是这些了。你究竟赞不赞同，给个话吧！”

“呵呵……萨拉，这些话一定是弗洛伦西奥先生教你的吧？”面对公主的“最后通牒”，贝格尼娅反而露出一丝微笑。

“怎么可能，我才不会听从那臭小子摆布呢！这些可是妹妹我的心里话呀，希望姐姐能够认真考虑下。”

“萨拉，你说的也不是没有道理。可是你有没有想过，引诱老奸巨猾的莱顿主动上钩是一件比登天还难的事情呢！”

“但是姐姐，难道这就可以成为我们主动去送死的理由吗？！”伊莎贝拉竟显得神情激动了。

“送死？……”

在听到闺蜜口中迸出“送死”这个词时，贝格尼娅的脸上戛然色变——只见女上校“嗖”地从床边站起身来，以严肃的目光注视着眼前很明显已经意识到说错了话的闺蜜。伊莎贝拉下意识地用手捂住了自己那张“多事”的嘴巴，一时间哑口无言。舰长室里陷入史无前例的尴尬之中，不过这份尴尬并未维持太久——在面向舷窗发愣了数分钟后，贝格尼娅转过身，再次向闺蜜露出微笑：

“我明白了。萨拉……谢谢你的提醒。”

紧接着，未等公主做出任何反应，贝格尼娅已经张开双臂给

了她一个标志性的拥抱。这是一股可以化解任何冰冷的暖流，扎在闺蜜的怀里，伊莎贝拉落泪了……

两天后，在锡兰岛的首府科伦坡港外的海面上，一支悬挂着红底米字旗的舰队悄然出现。这便是先前提到的那支由五艘舰船组成的搜捕贝格尼娅的英国分舰队，而在这支舰队之后则依然跟随着巴金斯的座舰“潘多拉”号。

尽管科伦坡是荷兰在远东的重要殖民据点之一，但由于十八世纪下半叶荷兰的国力急剧衰败，其海外殖民地几乎得不到海军的保护。即便是像科伦坡这样的大港也不过仅仅拥有两三艘火炮数量寥寥的单桅或双桅帆船作为自卫武装而已。也许是经过了讨论，这支分舰队的指挥官卡里·鲍威尔上校决定乘虚而入拿下这个港口。

正举着望远镜张望的巴金斯发现这支在海面上待命了数小时的分舰队开始蠢蠢欲动，这位年轻私掠船长的嘴角咧出一丝鄙夷的笑：

“哼……看来鲍威尔那蠢货到底还是忍不住了。虽说荷兰人一直在暗地里支持着法西联军和北美殖民地上的那伙叛军，但我大英并未与其正式宣战，这样做简直是玩火嘛……”

“头儿，那我们该怎么办？”巴金斯身旁的乔纳森顺势问道。

“怎么办？哼……当然是什么都不做，看着那蠢货出洋相。”

巴金斯边说边笑着放下手中的望远镜，捋了捋自己棕红色的鬓发。这时，丹妮莉丝悄悄走到他的身后：

“巴金斯大哥，我有一种预感，这里很快会变成一片血海……”

“血海？嘿嘿……丹妮，你也太小看鲍威尔了吧！虽然不可否认他是个蠢货，但是也绝不会无能到败给几艘破烂小艇吧？”

巴金斯一听，立刻露出不屑的神态；然而丹妮莉丝却以相当认真并低沉的语气继续道：

“那是因为……雷佐小姐就要出现了。”

女孩的这番话语令一直成竹在胸的私掠船长心中不由得咯噔一怔。冥冥中，一种强大的压迫感油然而生。难道自己苦苦追寻的“猎物”真的就近在眼前吗？巴金斯暗忖着，以不安的目光望向身后的海域。而就在这一刻，瞭望员的嘶吼在他的耳边响起：

“头儿，西南方向有不明帆影！”

巴金斯闻声抓起望远镜向瞭望员所警示的方向望去，几根桅杆的尖顶从海平面上徐徐升起。没错，那正是西班牙皇家海军的旗帜。私掠船长心中明白，在这遥远的印度洋东北海岸出现西班牙的旗帜，几乎只有一种可能性……

“雷佐小姐，东北偏东方向好像有情况——是一艘悬挂着英国旗帜的军舰！！”

瞭望员一阵急促的话语令正站在艉甲板上与同伴愉快闲聊的贝格尼娅立刻紧张起来。通过观察，她发现对方是一艘大型巡航舰。在荷兰港口外出现英国军舰，这似乎不是个好兆头。犹豫片

刻，贝格尼娅下令全体做好战斗准备并向敌舰靠近。

另一边，在确定了来者的舰型后，巴金斯不得不打心底里为丹妮莉丝精确的预言而赞叹。不过一个抉择随即摆在眼前，面对强大的西班牙战列舰，究竟是战斗还是撤退？理论上来说，巡航舰挑战战列舰无疑是愚蠢至极的举动；然而巴金斯并不愿意就这样放弃与贝格尼娅“重逢”的机会，他的内心在争斗着。

“头儿，你还在犹豫什么……那可是战列舰呀！”见巴金斯迟迟未能发出撤退的命令，乔纳森露出了焦虑的神色。

“是贝格尼娅·德·雷佐！考克斯，左转舵，全速前进！！”

对于乔纳森的警示，巴金斯似乎毫不在意，只见他下令座舰迎着西班牙船队出现的方向驶去。而这艘巡航舰所表现出的勇气也令贝格尼娅怔住了，她缓缓放下手中的望远镜，自言自语道：

“我不会是在做梦吧？那艘英国巡航舰……居然向我们冲来？”

“姐姐，这有什么奇怪的？英国蠢猪多的是，也许前面这艘巡航舰的舰长就是其中一头呢！”站在贝格尼娅身旁的伊莎贝拉却显露出不屑的神色。

“不，对方一定是出于什么目的……难道……难道来者就是乔治·莱顿？！”

双眉紧锁的贝格尼娅脸上露出了疑惑，不过伊莎贝拉却大笑着表示作为“最终强敌”的莱顿是绝不可能这么冒失和愚蠢的。就在这对闺蜜为“来者为何人”争论时，从公主身后传来的年轻船长的声音令二人大吃一惊：

“也许……来者是那个曾经在塔马塔夫与我们照过面的不速之客吧。目测船型是一样的……”

“你的意思是这艘船正是杀死让－瓦隆先生的凶手？”吃惊之余，贝格尼娅的神色变得认真起来。

“雷佐小姐，我只是说船型一样。当然，理论上确实有这个可能。不过……这种巡航舰在东印度也并不罕见。”见女上司的眼中闪露出杀气，弗洛伦西奥只得耸了耸肩。

“果真如此，我贝格尼娅·德·雷佐向天主起誓绝不会放过它！传我的命令，不惜一切代价拦下此舰！！”

弗洛伦西奥试图平息女上校胸中仇恨火焰的尝试很快便以失败而告终，怒目圆睁的贝格尼娅咆哮着挥舞着拳头向部下下达了迎战指令。三艘西班牙战列舰立即张帆转舵忙碌起来，这一切尽收巴金斯的眼底。不过令惊恐万分的部下们颇感意外的是，他们的首领竟显得成竹在胸。

“头儿，再不撤我们可就要葬身于残忍的西班牙人之手了！”见巴金斯依然没有返航的意思，乔纳森忍不住再次相劝。

“乔纳森，你该不会真的以为我想要和贝格尼娅·德·雷佐硬拼吧？”巴金斯不紧不慢地说着，扬起手中望远镜的镜筒指向飘扬着的主桅帆的一角，“看看风向吧，现在对我们有利；雷佐小姐想凭借手中笨重的战列舰追上我们是绝无可能的。哼哼……雷佐

小姐，这一面我与你见定了！”

正前方，注视着敌舰与自己越来越近的贝格尼娅下令两层火炮甲板打开炮门，全体炮手做好射击准备。然而就在这时，安斯瓦尔多提醒女上司，敌舰并不在火炮射程范围之内。

“这样做太勉强了，雷佐小姐，我们还差了大约50码的距离。”

“可是这风向……没法再靠近敌舰了。不管了，准备射击！！”

趴在船舷边观察的贝格尼娅显得有些躁动，尽管收到了善意的提醒，但她依然执意攻击敌舰。于是在她的强令下，“圣佩德罗”号的右舷喷吐出火舌，果不出安斯瓦尔多所料，硝烟过后，所有的炮弹都落入海中，敌舰安然无恙。这时，双方距离拉近到了火炮射程，然而正处在装填中的“圣佩德罗”号却无法再向敌人射出仇恨的弹丸了。沮丧之下，贝格尼娅却发现对面舰桥上站着的一名身材高大的英俊青年正冲自己“友好”地挥手……

这一刻，贝格尼娅宛若灵魂出窍般不知所措地呆站着。原本早已忘却的在塔马塔夫所遇见的巴金斯形象猛然间从脑海中浮现，然而又是那样的陌生，仿佛一切都存在于缥缈无边的幻象中……

“姐姐，炮手已装填完毕，是否再来一次齐射？姐姐！！”

当伊莎贝拉那急促的语调一再响起时，贝格尼娅才总算回过神来。可是时间不等人，转眼间“潘多拉”号又驶出了火炮射程；而望着逐渐远去的敌舰，贝格尼娅也没有再发出“炮击”的指令——迷茫满满地写在女上校的脸上。见火炮攻击已成为不可能，伊莎贝拉又询问闺蜜是否要追击敌舰，不过这次却得到出了否定的答案。

“不必了，以现在的风向和航速是不可能追上的。眼下更重要的事是必须尽快赶到科伦坡，我有一种不祥的预感——也许英国人正在对那里进行攻击。”

见女上校终于做出了算得上是“理性”的决定，在场所有人都露出了会心的笑容。与此同时，纹丝不动地站立在“潘多拉”号的舰桥上的巴金斯脸上也掠过稍许笑意。当船上所有水手都为“脱险成功”而欢呼雀跃时，只有这位显示出与年龄极度不符的沉稳的年轻人依旧保持着他那常令人感到畏惧的镇定。与贝格尼娅的照面似乎就这样结束了。在确定已经甩开西班牙船队后，巴金斯下令“潘多拉”号返航——他还有更“重要”的事去做。

贝格尼娅的预感无疑比先前几次要准确了许多。此时此刻，科伦坡港正遭到英军将领卡里·鲍威尔上校所指挥的分舰队的封锁。尽管心中十分想拿下眼前这块肥肉，自知双方尚未开战的鲍威尔到底还是没有轻举妄动，只是在港外静候机会。中午时分，鲍威尔还十分“礼貌”地派出使者上岸，要求在荷兰港口得到补给，但遭到了荷兰总督科内利斯·艾弗森的断然拒绝。恼怒的鲍威尔终于不顾部下的集体反对，计划在日落前拿下这座在他看来不堪一击的港口。不过就在英国人准备出手之际，贝格尼娅的船队在海平面上出现了。

“雷佐小姐，有一支英国舰队停泊在科伦坡港外！”

在瞭望员的提醒下，贝格尼娅很快便找到了目标。“一共五艘军舰，看起来都不大，其中仅有一艘是双层甲板……”女上校自言自语着，一股战斗的欲望从胸中燃起。她放下望远镜，下令“圣佩德罗”号居中，另两艘舰为两翼，呈品字形向敌军逼近。

鲍威尔在得到警示后如同木桩般愣在那里，半晌未说出话来。由于手头实力有限——五艘船中只有旗舰“帕斯卡”号是一艘拥有50门炮的小型战列舰，还有三艘巡航舰及一艘更小的双桅帆船，鲍威尔深知自己不是三艘西班牙大型战列舰的对手；但另一方面，考虑到来者很可能就是上级高额悬赏的“西班牙皇家海军之花”，贪婪的上校又不愿放过这“千载难逢”的立功良机。

半小时后，双方的距离已经剩下不足1000码，一直原地待命的英国分舰队突然起锚，沿海岸线向北驶离。弗洛伦西奥表示这样规模的分舰队构不成威胁，建议船队先驶入科伦坡港修整；而贝格尼娅却认为这是敌人的胆怯，要求追击。于是在她的坚持下，原本就要进港的船队尾随英国分舰队而去。女上校的双眼死死盯着远处的“猎物”，然而令她和所有伙伴感到意外的是，当航行至一个小港湾内的浅滩时，英国人竟主动将自己的船只挨个儿在这里搁浅！

“这是自掘坟墓呐……”贝格尼娅倒吸一口凉气感叹道。

“嘿嘿……姐姐，我早说过英国人都是蠢猪啦！现在消灭他们已经是板上钉钉的事了！”伊莎贝拉得意地捋起了袖子。

“雷佐小姐，公主殿下，我认为不可轻视。敌方放弃船只转而上陆或许是唯一能打败我们的机会。依我看，倘若在海上战斗那敌方可真的是一点胜算都没有！”

弗洛伦西奥的话语却如冷水一般再次浇在伊莎贝拉的身上。公主有些不满地锁眉扭头瞟向年轻船长，后者则不慌不忙说起了自己据此判断的理由：“敌军既然将船只搁浅，就一定抱有不再回到海上的决心，因此他们的船员可以全部上岸；而与之相反，我军为了守住海上的船只，势必会抽调相当一部分人手守在船上。由于我军原本就面临人员短缺的问题，如此一来我军上岸兵力绝不会优于敌人，这样做是很危险的！”

“可是……敌军在放弃所有船只后很可能会选择从陆地进攻科伦坡。果真如此，艾弗森总督就有危险了！”听完弗洛伦西奥的分析，贝格尼娅却流露出另一番担忧。在犹豫片刻后，女上校果断地做出了决定，那就是立即上岸追击英军！

“雷佐小姐！请恕我直言，科伦坡港完全是个可去可不去之处，为了一个不曾谋面的荷兰总督，我们何苦要把自己逼至如此凶险的境地！！”见贝格尼娅再次做出“不理智”的决定，弗洛伦西奥颇为不满地将双手一摊，提高了嗓门。

“艾弗森总督是我们的盟友，我绝不会在危难之中抛弃盟友，保全自己！无须多言，全体做好登陆准备……”

贝格尼娅显得有些生气地呵斥弗洛伦西奥，紧接着转过身去向安斯瓦尔多做出了个“准备出击”的手势。年轻少校立即按照女上司的旨意向本舰和其余两舰发出训令，不多时，三艘西班牙战列舰的舷侧放下小艇，载着一批批全副武装的船员向岸边驶去。登陆浅滩后，西班牙人很快便控制住了被英国人遗弃的船只。为了防止敌军可能的返回，贝格尼娅下令将这些英国船只悉数焚毁——一时间，海滩上燃起了熊熊烈火和浓黑的烟。而贝格尼娅在每艘船上都留下了150人负责守护，并任命“圣洛伦佐”号的代理船长巴尔德斯为总指挥，自己则亲自带领600余人向内陆深入搜寻英军。由于这600余人中有近半数是缺乏训练的黑人水手，贝格尼娅的这支登陆部队的战斗力确实令人感到担忧。

而在得知西班牙人上陆后，鲍威尔大喜过望——这位英国上校心里清楚，属于自己的绝佳机会到来了。

对于鲍威尔来说，锡兰显然不是一片陌生的土地。早年作为探险家时，这位英国上校曾踏上过这片神秘的东方沃土。不幸的是，他在与土著的冲突中身负重伤导致左眼失明。不过正是因为那次遭难才使得上校对这一带地势更为熟悉。在有条不紊地布置好埋伏后，鲍威尔静候猎物的上门……

当离开沙滩、逐渐走入密林后，由于担心敌军可能的伏击，弗洛伦西奥再次谏言，劝贝格尼娅不要走在队伍的最前列，这样很容易遭到敌军的“优先照顾”，而这位女上校则又一次一口回绝了对方的好意；或许是因为有了不好的预感，就连伊莎贝拉也提醒闺蜜要小心谨慎。不过就在此时，伴随着一声枪响，贝格尼娅应声倒下。大家着实吃了一惊，情急之下，伊莎贝拉立即担负起重任——她一面带领众人围着闺蜜形成“血肉之躯的屏障”，一面派出老兵前去索敌。所幸的是敌军主力似乎不在这附近，枪手也早已没了踪影。一切归于宁静后，伊莎贝拉把目光投向已经瘫坐在地上的闺蜜身上。原来，贝格尼娅的腿部中弹了……

格拉迪诺忙带着医药箱奔至贝格尼娅的身旁查看伤情：枪手的这一枚弹丸结结实实地打在了女上校的左腿上，鲜红的血从她大腿的伤处往下流，情况不容乐观。不过经过仔细观察，格拉迪诺判断出弹丸并未伤及动脉，不会对生命构成威胁，遂建议立即将弹丸取出；他的建议得到弗洛伦西奥的认可。于是两位年轻人就地为女上司实施手术。没有朗姆酒，更没有麻醉剂，尖刀直接刺入女上校白皙的皮肤，这是一种常人难以忍受的痛苦。时间一分一秒地过去，贝格尼娅的额头已经布满汗珠，不过坚强的她忍住伤痛，任凭医生治疗而一声不吭。在场所有人都被女上司这股非凡毅力惊呆了。

“我……该不会被截肢吧？倘若如此，请……立刻结束我的生命！”见两位年轻医生忙得满头是汗，贝格尼娅不禁有些恍惚了。

“不，雷佐小姐，您绝不会被截肢！请相信自己、相信仁慈的天主吧！！”

弗洛伦西奥立刻斩钉截铁地接过话来。望着年轻船长那真挚和充满鼓励的目光，贝格尼娅使劲点了点头并勉强挤出一丝笑容。手术进行地很顺利，年轻船长思忖着英国人在袭击女上校后会主动发起攻击，于是再次向贝格尼娅提出了诚恳的建议——构筑防御工事。

另一边，在得到迅速撤回的枪手汇报后，鲍威尔误以为贝格尼娅已经被射中要害身亡，立即下令己方主动离开据点向西班牙人发动攻击。在人数上，鲍威尔的部下总共约有 800 人，相比贝格尼娅的登陆部队来说占据着明显优势。

一小时后，双方的主力相遇了，鲍威尔惊讶地发现西班牙方面居然已经构筑好了防御工事，虽然这等临危不乱的举动令鲍威尔吃惊不小，心下有些犹疑，但此时已箭在弦上不得不发了——就这样，在一片混乱的枪声和嘶吼中，战斗打响了。完成腿伤处理的贝格尼娅由于行动不便，不得不将在阵地中发号施令、观察战局的重任交给了公主伊莎贝拉；而早已证明过自己的西班牙公主自然对得起女上校的这份信任——穿梭于枪林弹雨中的她很好地控制住了局面，使得人数和武备均占优势的英军竟寸步难进。

弥漫的硝烟中，鲍威尔突然发现了身着白衣、飘逸着黑色长发，正指挥作战的伊莎贝拉，于是一把揪住身旁的枪手怒不可遏地大吼起来：

“你这混蛋……不是说贝格尼娅·德·雷佐已经死了吗？睁大

你的狗眼给我看看，那身着热带制服的女人究竟是谁？！”原来，西班牙军队在热带殖民地时穿过这种白色军装，这对见多识广的鲍威尔来说太熟悉不过了，情急之下，“热带制服”脱口而出。

“上校先生……我确确实实开枪射杀了敌军走在队伍最前列的一名身着红黑衫的金发女子呀！”枪手哭丧着脸嚷道。

“你说什么……金发女子？真见鬼，这个贝格尼娅究竟是金发还是黑发！！”

鲍威尔恨恨地松开手，显得焦躁无比。连续数轮冲击西班牙阵地未果，英国方面已经有近百人死伤；而在伊莎贝拉的指挥下，西班牙水手们尽管守住了阵地，但由于作战经验不足，也有不小的损失。久攻不下，英军士兵越发疲惫，逐渐停止了进攻。见此情形，伊莎贝拉认为胜利的天平已经在向己方倾斜，遂决定发动反攻。西班牙公主一马当先跃出战壕，在她的感染下，西班牙水手纷纷咆哮着如饿虎扑食般冲向英军阵地。也许是没有料到西班牙人竟会冒险选择冲锋，正准备稍事休息的英国人完全没有防备，顿时乱了阵脚。

鲍威尔呵止不住溃散的队伍，只得跟着人群向东南逃窜。在追击了大约一英里[1]后，伊莎贝拉也停下了脚步，这时，贝格尼娅骑着罗德里格斯为她从当地农场弄来的一匹马赶了上来，发现闺蜜居然不继续追击，立即提出了批评：

1. 1英里约为1.61千米。

“现在正是一鼓作气将敌人彻底消灭的时候，怎能就此停下？”

“可是，姐姐，他们已经溃不成军，还能有什么作为？！”伊莎贝拉颇为不服气地为自己辩解道。

“不行，哪怕只剩下一个人也不能放过！萨拉，你要明白：‘斩草须除根’，否则后患无穷！”

伊莎贝拉呈思索状埋下头去，不多时，脸上露出会心的笑容。于是刚刚停歇下脚的西班牙水手又如上了发条的机器般运作起来，经过一小时的苦赶，他们总算追上了好不容易将散兵游勇聚集在一起的鲍威尔。在距离海岸线约 15 英里的平原上，一场正面较量已不可避免。直到此时，鲍威尔终于发觉骑在马上的“金发女子”似乎才是“西班牙皇家海军之花”的真身。

无论是西班牙方面还是英国方面都祭出标准的“排枪阵”准备厮杀。为了保护经验缺乏的黑人水手遭到屠戮，贝格尼娅命令西班牙海军陆战队士兵站在第一排阵列；与此恰恰相反，为了保存实力，鲍威尔要求衣衫褴褛的水手站在首排，而精锐的海军陆战队则龟缩在后。

伴随着一阵急促的鼓声，英军首先向西军射击，不过射击效果却令鲍威尔大跌眼镜——硝烟过后，对面整齐站立的西班牙海军陆战队士兵几乎无人倒下。自信的微笑从贝格尼娅的嘴边掠过，她下达了“开火”的命令。枪声响起，对面的英军水手如收割稻草般被撂倒一片。几轮枪击下来，原本想保存实力的英军得不偿失、损失惨重……

“该死的……海军陆战队给我上来，射击！！”

眼见自己的“精锐部队”尚未登场已渐露败相，气急败坏的鲍威尔忙下令位于后排的海军陆战队士兵上前顶替水手方阵，但是前面如此不妙的境况令英军的军心完全涣散。贝格尼娅意识到这是个破敌制胜的绝佳机会，遂毫不含糊地拔出佩剑发出冲锋的号令。转瞬间，混乱不堪的英国人便再次被喊杀震天的西班牙人所淹没了……

当鲍威尔发现大势已去、正打算逃走时，贝格尼娅已经策马来到了他的面前。一柄冰冷的佩剑伸到了英国上校的颌前，上校面带惊愕地抬起头来：

“金发女子……你……是贝格尼娅·德·雷佐？”

“是的。你就是这支英军的指挥官吧？”贝格尼娅瞥了眼鲍威尔身着的藏蓝色海军制服道。

“是的。我的名字是……”

“我不需要知道你的名字——请接受天主的惩罚吧！！”

贝格尼娅怒喝着，手起剑落，鲍威尔立刻倒在了血泊之中……

【十三】

东印度舰队

杀死鲍威尔后，残存的英军迅速土崩瓦解，纷纷放下武器向贝格尼娅投降。在确认没有漏网之鱼后，贝格尼娅押送俘虏回到海岸边，乘坐在那里等她的战列舰返回科伦坡港。当女上校一行人抵达港口时，天色已经完全变黑，尽管如此，早已得到消息的总督科内利斯·艾弗森还是带着官员站在码头上恭候西班牙访客的到来。荷兰人的好客令贝格尼娅感动万分。

由于腿部受伤，总督劝说贝格尼娅在科伦坡休养一阵子，待完全恢复后再继续向加尔各答前进；贝格尼娅也感觉到自己确实相当疲惫便没有拒绝他的好意。饱餐一顿后，女上校和她的伙伴们住进了艾弗森为他们精心准备的房间。在闺蜜的搀扶下，贝格尼娅拖着如石头般沉重的伤腿走进卧室，迫不及待地张开双臂躺在宽敞舒适的大床上，不禁长长地松了口气：

“感谢天主！真希望能够美美地睡一觉，再也不会醒来……”

“姐姐，你确实太累了，千万别再把自己累垮了。这段时间请放下一切好好休息吧！至于船只的修补嘛……我会盯紧的！”伊莎贝拉轻抚着闺蜜受伤的腿，心疼地说道。

“那个我倒是一点都不担心——相信总督阁下一定会安排好的。不过我总感觉有危险正在靠近我们……”

“姐姐，你最近过于敏感了。放心吧，不管发生什么状况，妹妹我都能应对自如，姐姐你只管安心休息便是。”

听着闺蜜安慰的话语，贝格尼娅幸福地闭上了眼睛。此时此刻，她好想能够尽快完成自己替叔父报仇和环球航行的使命，然后回到远在天边的家乡……

一周后，站在孤零零漂流在印度洋的“潘多拉”号舰桥上的巴金斯收到了一只信鸽的来信。当年轻的私掠船长将信件打开默读时，里面的内容令他吃惊不小：

1779 年 10 月 1 日

亲爱的瑞肯：

我很肯定这是我最后一次为你们提供关于雷佐小姐的行踪了。目前雷佐小姐因为严重的腿伤在科伦坡港休养，至少在月底之前都不会离开这里。我想这是你们找到她并完成任务的最后机会。祝好运！

友诺德蒙

读到这里，巴金斯若有所思地将信纸揉成一团扔进海里，随即转身回到舰长室起笔写了一封信交给考克斯。几分钟后，信鸽从“潘多拉”号上再次振翅高飞……

随着时间的推移，贝格尼娅的腿伤慢慢有了好转。在科伦坡休养了三周后，她已经能不用拐杖独立行走了，只不过步履还有些蹒跚。即将到来的10月30日就是伊莎贝拉的25岁生日了，贝格尼娅决定就在科伦坡为闺蜜庆祝这个对于她来说一年中最重要的日子，然后就启程。

一个阳光明媚的下午，在闺蜜的搀扶下，贝格尼娅散步来到港口视察船只的维修状况。可以看得出，舰龄最小的“圣佩德罗”号已经完成了全部修补，甚至连船体都已粉刷一新；至于剩余两艘，“圣洛伦佐”号正在进行最后的粉刷，而舰况最差的“圣特列莎”号仍在进行船楼的修补。根据荷兰工程师的说法，这艘老旧的英制战舰最快能在下月初完成全部修补工作。贝格尼娅听着，带着脸上些许的担忧追问能否争取在月底完工，荷兰工程师支吾着不知该如何回答，在这尴尬的时刻，还是伊莎贝拉化解了荷兰人的“危机”：

“姐姐，多待几天也未尝不可嘛！你瞧，这里的气候多么宜人。”

“也只能这样了。啧啧……我的腿又有些疼痛了。”贝格尼娅无奈地耸耸肩，并下意识地抚摸了下自己受伤的大腿。

“所以说一定要把伤养好才能出发呀！姐姐，切勿操之过急哦！”伊莎贝拉趁势追加了一句。

“萨拉，不知怎的，最近我越来越想家了呢。虽然出航才 8 个多月，但感觉似乎时间已经过去了 8 年……”

“姐姐，我也有同感。抛开此前去加勒比海不谈，这是我此生第一次真正意义上的远航……”

“是呀！虽说已经在海军服役了 14 年，但如此远的航行对于我来说也是第一次。萨拉，这对于我俩来说真的很不容易，不是吗？”

贝格尼娅说着，冲闺蜜露出会心的笑容。二人不约而同地对视了数秒，伊莎贝拉面带羞涩地将头埋在闺蜜的怀里，满满的幸福感洋溢在她那仍略显稚嫩的美丽脸庞上……

度过一段平淡无奇的时日后，众人所期待的 10 月 30 日终于到来了。从大清早开始，艾弗森总督便协助贝格尼娅一起为生日宴会的布置而忙碌起来。按照女上校的计划，她将为闺蜜举办一次盛大的户外庆祝活动，因此宴会也被放在了当地时间的中午。临近宴会，在伊莎贝拉的“苦苦恳请”下，原本执意不穿裙子的贝格尼娅到底还是软下心来，答应在宴会起始阶段陪闺蜜一起以裙装登场。事实上，身材高挑匀称的贝格尼娅十分适合裙装。在华丽长裙的映衬下，两位西班牙姑娘宛若星月般璀璨照人。

尽管非常想参加这样的盛宴，但按照排班表恰好在今天当值的安东尼奥还是不得不坚守在自己的岗位上。为期大半年的海上艰苦生活已经令这位“娇生惯养”了二十多年的伯爵之子懂得，无论在何时对集体所担负的责任都是高于一切的。站在船舷边，安东尼奥一直向内地眺望，耳边似乎能听见宴会上欢乐的声音。一想到贝格尼娅身着裙装的动人形象，伯爵儿子的脸上不禁露出了憧憬的笑意。

“帕斯奎斯先生，海平面上好像有帆影！”

瞭望员的嘶吼将正浮想联翩的安东尼奥拉回到现实世界中。他连忙操起望远镜向瞭望员所指的方向观察，的确发现一艘帆船的顶桅冒出了海平面；再经过数分钟的细致观察，已经颇有经验的伯爵儿子断定那是一艘英国帆船。

“快，通知雷佐小姐有敌情！！”

在安东尼奥的催促下，一名“圣佩德罗”号上的水手长立刻撒腿向岸上猛冲而去。伯爵儿子低头看了下怀表的指针，已是正午12时，按照计划，宴会此时应该已经开始，不知正处在“兴头”上的贝格尼娅等人在得到这令人沮丧的消息后会有怎样的反应……

宴会现场上，刚借着闺蜜生日发表了一番“激昂”演讲的贝格尼娅正沐浴在伙伴们热烈的掌声和欢呼声中，却不妨有失礼节的水手长直冲到自己面前。感觉很没面子的女上校正准备大声呵斥这位冒失鬼，不过对方如连珠炮一般急促的话语却令她的心凉了半截：

“雷佐小姐，海平面上出现了一艘英国帆船！！”

一听到“英国”这个最为敏感的字眼，贝格尼娅的脸色顿如阴云般沉了下来。只见她立即宣布终止宴会，与伊莎贝拉一同提

起裙边跌跌撞撞地向总督府跑去。现场的宾客则面面相觑，不知道突发了什么事情。这似乎已经不是第一次了——每当贝格尼娅颇有兴致地换上裙装参加活动时，总会有意想不到的、甚至令其狼狈的麻烦事发生……

奔跑在前往总督府的路上，贝格尼娅扭头对尾随在身后的闺蜜表示出深深的歉意：

“抱歉，萨拉，没想到生日宴会竟然会……”

“别难过，姐姐，我想……这也是天主赐予我的礼物吧！”伊莎贝拉毫不在意地微微一笑，闺蜜二人的手紧紧握在一起。

安东尼奥所发现的“英国帆船”正是巴金斯的座舰“潘多拉”号。不过这一次，他不再是单独行动，在巡航舰的后方数海里处是一支颇具规模的英国分舰队。这支舰队由六艘战列舰和一艘巡航舰组成，悬挂着司令旗的是一艘外观相当醒目的三层甲板战舰——这似乎也是英国在远东地区出现过的唯一一艘此类“巨舰”。除此之外，其余五艘战列舰中分别是三艘“74炮”与两艘“64炮”，其实力远远超出了先前贝格尼娅所遭遇的“格拉兹舰队”。

在仔细观察了科伦坡港口中停泊的西班牙战列舰的情况后，巴金斯断定对方正处于休整状态，遂向身后的主力舰队发出“可以前进”的信号。巨大的三层甲板战舰的桅杆张满了帆，开始缓慢移动。舰桥上，曾经在加尔各答总督府出现过的那两位中年男子正谈笑风生，看得出，他们对即将到来的作战相当乐观。

“约翰老兄，为了抓一个黄毛丫头而出动整支东印度舰队，真的合适吗？”

“哼！既然能够打败格拉兹舰队和鲍威尔，那么贝格尼娅·德·雷佐绝非等闲之辈，我们当然不能轻视她，不是吗？说起来，乔治老弟，你的堂弟托马斯也是被那黄毛丫头给……”

“啧啧，那个废物，不提也罢！我从来没有指望过那家伙能给我的脸上增光！”

原来此刻与加尔各答总督对话的人就是贝格尼娅所苦苦追寻的乔治·莱顿。这位身材高大、留着八字胡须的英国壮汉终于将与西班牙女上校进行正面对决，但是或许双方都没有料到，这“决战”的地点竟会是锡兰。

在以最快的速度换回男装后，贝格尼娅拉着伊莎贝拉一路狂奔回举行宴会的城市广场，在这里，大批不知所措的同伴和不明真相的群众正翘首期盼着女上校能够对这一突发事件进行解释，而贝格尼娅也没有令他们失望。尽管事态已经到了火烧眉毛的紧急境地，女上校还是耐心地为大家公布了敌情：

“诸位，也许再有几个小时这里就会变成屠戮的战场。相信我，英国人是绝不会放过这里的每个人的！因此还请总督阁下带着市民尽快向内陆避难。”

“雷佐小姐，我想您可能低估了我们。”听完贝格尼娅的话，艾弗森的嘴角撇出一丝笑意，“尽管我们的装备和实力都不如英国人，但是这里的每个人都绝不会逃避这场战争。我们将以自己的方式协助雷佐小姐取得最后的胜利！”

当总督的话音落下时，在场几乎所有人都挥舞着拳头表示出与英军决一死战的信心。贝格尼娅控制住自己激动的情绪挥手让大伙儿冷静下来；紧接着，她询问市民中有无具备航海经验者可参加船队直接投入战斗，顿时有上百人果断地举起了自己的手臂，这其中竟然还有几名妇女。眼中闪动着感激泪珠的女上校再次示意大家安静，同时润了润嗓子以嘹亮的声音说道：

“感谢诸位对我、西班牙以及你们祖国的支持！不过鉴于我们面对的敌人无比残暴和凶狠，我建议妇女、孩子和老人都留在市镇上听候总督阁下的调遣。事实上，并不是只有走上战场的人才是令人钦佩的，老少妇孺都有自己报效国家的方式，因此今天在这里……我们所有人都是国家的骄傲！！”

雷鸣般的掌声再次回荡在科伦坡的广场上……

港湾外，东印度舰队的主力已经与巴金斯的“潘多拉”号汇合，接下来他们要做的就是有条不紊地逼近西班牙战列舰的锚地了。但由于并不知道西班牙人是否已经完全做好了战斗准备，在这样的情况下两艘“80炮”和一艘“74炮”显然是十分危险的对手，深知这一点的加尔各答总督没有轻举妄动。这一迟疑给了贝格尼娅急需的准备时间。当女上校登上“圣佩德罗”号按照安东尼奥所指的方向眺望时，英国舰队已经清晰地出现在视野中。

“这规模……恐怕就是英国在东印度的主力舰队了吧？”放下望远镜，贝格尼娅把目光投向站在自己身旁的弗洛伦西奥。

“是的。雷佐小姐，您注意到那艘三层甲板战舰了么？”

弗洛伦西奥点点头，又补充了一句。贝格尼娅暗吃一惊，忙拿起望远镜再次观察，很快，她便锁定了年轻船长所指的目标。

“仁慈的天主！那真的是一艘‘tres puentes’！！”吃惊的女上校喃喃地说出了三层甲板战舰的简称。

“哼！三层甲板战舰算个屁，就算是五层甲板我也不怕！！”也许是“初生牛犊不怕虎”，伊莎贝拉有些过于自信地撸起了袖子。

“公主殿下！我想说的是，可能您并不清楚火炮甲板层数对于一艘战舰来说有多么重要。打个比方：虽然咱们拥有的 80 门火炮的‘圣佩德罗’号战列舰是最强的双层甲板战舰，但在面对一艘三层甲板战舰，即使是‘入门型’的——如英国 1772 年建造的著名 90 门火炮的‘乔治王子’号，也肯定处于下风。”公主的话音刚落，年轻船长立即对其这番“幼稚”的言论予以反驳。

伊莎贝拉想起了弗洛伦西奥之前在舰长室的分析，不免转而流露出了惊异之色，不再说话。

“但是，这支舰队很可能就是我此行的目标——乔治·莱顿！

没错，他很可能就在这里的某一艘船上。也许能够创造奇迹，也许我要付出全部代价，但无论如何……无论如何我都要打赢这场战斗！一定要赢！！”贝格尼娅攥紧拳头狠狠砸在船舷扶手上，咬着牙立下誓言。

所有的同伴都明白女上校的这一拳意味着什么，“言出必行”早已成为贝格尼娅处事的代名词，然而这一次，她真的能够办到吗?

“三舰听令——扬帆、起锚！！”

伴随着贝格尼娅一声清脆嘹亮的口号，三艘西班牙战列舰悬起风帆、收起铁锚，开始移动。他们的一举一动都被英国人所注意。“潘多拉”号的舰桥上，手持望远镜的巴金斯嘴角逐渐咧出他那惯有的笑容。

“终于出动了，雷佐小姐……”

“巴金斯大哥，我们这么快就能再见到雷佐小姐了？”从年轻私掠船长身后传来了丹妮莉丝那略显稚嫩的声音。

“唔……丹妮，这里很危险，我建议你还是待在舰长室里比较合适。”巴金斯扭头望了望女孩，轻声道。

“不！巴金斯大哥，我要为你奉献我的力量。”

丹妮莉丝平静地说着，从细弱的腰间拔出一把明晃晃的弯刀。女孩的眼神分明在告诉年轻的私掠船长，自己在即将到来的战斗中绝不是一名看客。望着她那坚毅的神情，巴金斯竟无言以对。

港湾这边，在贝格尼娅的指挥下，三艘西班牙战列舰向迎头而来的英国舰队缓缓驶去。几乎所有同伴都认为他们的女上司所做出的是一种无比疯狂的举动——正面对抗英国舰队几近于自杀。然而从这位西班牙姑娘的眼中却看不到丝毫的胆怯。

“所有炮手！做好射击准备！”

“姐姐……你该不会是认真的吧？这样硬来我们全都会死的！！”

面对冷静下达命令的闺蜜，伊莎贝拉有些焦急地上前拽住了对方的胳膊，然而这却不能令闺蜜有半点动摇。就在大家议论纷纷之际，弗洛伦西奥十分罕见地站在了女上司这边：

“我赞同雷佐小姐的做法。现在的风向是西南偏西，不久会逐渐变成北风，我军可借助这股风势攻击敌方舰队后从容转而向北，然后寻求进一步的战机。至于失去保护的港口……首先英荷并未正式宣战，他们想要攻击港口肯定会有所顾虑；其次我认为敌军此行多半是冲着雷佐小姐这颗项上人头来的，自然关注点不会在港口这里。”

贝格尼娅瞥了眼弗洛伦西奥，露出会心的笑容。原来女上校早已成竹在胸了！弗洛伦西奥的解释化解了众人心中的担忧，现在，船上的每个人都振臂高呼着贝格尼娅的名字，信心百倍地期待着决战时刻的到来。

站在旗舰，那艘三层甲板战舰“威望”号的舰桥上，莱顿不

时地用望远镜观察正前方西班牙战舰的动态。当注意到甲板上群情激奋时，这位英国皇家海军准将的脸上不禁露出了鄙夷的神色：

“那帮乡巴佬看起来倒是挺乐观的嘛……哼，我们的舰队将会无情地把他们碾成粉末！”

“不过……乔治老弟，我觉得还是不能高兴得太早了。”总督说着，抬头望向桅杆顶端飘扬的旗帜，并盯着看了很久，“现在的风向对我们不利，不能排除贝格尼娅·德·雷佐有借助风向逃离港口的可能性。”

“嘿嘿……约翰老兄，风向这个问题其实我早已注意到了。即使他们确实打算借助有利的西南风来逃离港口，但是，当穿过我军战列线的时候，你觉得他们能有几成胜算？”

听着莱顿的话，总督陷入沉思。停顿片刻，他也如贝格尼娅一般下令全体炮手做好战斗准备。按照现在的航速，双方将在半小时内进入各自的射程，所有人都收住心神，进入了临战状态……

“记住，只能齐射一轮，然后立即撤退。切忌与敌军进行缠斗。”

临战时分，弗洛伦西奥又附着贝格尼娅的耳朵叮嘱一番，女上校点点头。

很快，双方的间距拉近到250码。很明显，这个距离已经可以炮击，不过英国人并没有率先开炮。贝格尼娅有些焦虑地回头望向弗洛伦西奥，他双眉紧锁地摇摇手，示意她再忍耐一下。

又过了一会儿，当双方的距离拉近至200码时，英舰进行了试探性的开火，当然，这种并非齐射的开火也不会给西舰造成实质性的损伤。

当硝烟尚未散去时，弗洛伦西奥冲贝格尼娅使了个眼色：

“是时候了，雷佐小姐！”

“开火！！”

在女上校激愤的怒吼下，西班牙战列舰的舷侧喷吐出火舌。由于火炮角度事先被弗洛伦西奥精心校对过，“圣佩德罗”号上发射的几乎每一枚炮弹都准确地命中了硝烟对面的目标——一艘64门炮，被称作“雷神”号的战列舰，“圣佩德罗”号那凶狠的火力几乎将该舰摧毁。

望着桅杆轰然倒下的“雷神”号战列舰，莱顿惊得以不连贯的语序叫道：“这……就是……‘80炮’……的威力？！”

“我早说过不能轻视那个黄毛丫头了，既然能被称作‘西班牙皇家海军之花’，那么她就一定有这个实力。别忘了……这丫头是曾令我们伤透脑筋的布拉斯·德·雷佐的后代哟！”

加尔各答总督的话语令一直没有把对手放在眼里的莱顿终于变得认真起来。只见这位素有“新德雷克”之称、集海盗和军官于一身的“枭雄”托着下巴露出思考的神色，不过很快，自信再次爬满了他那略显沧桑的脸庞：

“约翰老兄，我认为可以让咱们的先头舰——‘74炮’的‘埃塞克斯’号调转船头从前面包夹西班牙人；而殿后舰——‘74炮’的‘牛津’号则从后面收紧口袋，如此一来西班牙人肯定插翅难逃！”

“但是，乔治老弟，现在好像风向又变了呢！照这趋势……我猜那丫头会选择从两艘‘64炮’的‘迅敏’号与‘雷神’号中间穿行，转而北上——这恐怕也是她甩掉我们的最好机会。”

总督的判断无疑是准确的，但由于风向的不利，英国人只能眼睁睁地看着三艘西班牙战列舰穿过己方舰队，完成既定转向；由西南改为西北向航行。对此，反应敏锐的莱顿在第一时间下令旗舰左转60°沿着西班牙船队的航向追击，紧接着，除去已经瘫痪的“雷神”号，其余五艘战列舰也纷纷效仿，不过由于时间差的关系，当航向完全调整到位时，英国舰队已经远远地落在了后面。望着身后显得渺小的敌舰，贝格尼娅总算稍稍松了口气。

“感谢天主！弗洛伦西奥先生，你是怎么知道风向会变化的？”

“这个嘛……只要看云彩就可以了……”

弗洛伦西奥笑着耸了耸肩，却冷不防伊莎贝拉凑到身旁用纤长的手指点着他的脸蛋“威胁”道：

“胡说！何塞，你小子给我老实交代，是不是以前学过巫术？”

“啊……公主殿下，您这真是冤枉我了。观天象，这不算是什么难事吧？”

“呸！瞧你这口气，不就是想说我和姐姐是笨蛋嘛！找死！！”

伊莎贝拉一听，立即故作生气状使劲用手扯了扯弗洛伦西奥的脸蛋；而年轻船长则呻吟着求饶——这段幽默的插曲逗得原本紧绷着神经的贝格尼娅等人都哈哈大笑起来。

半小时后，果不出弗洛伦西奥所料，海上的风向已完全变成了北风。借助着这股风势，贝格尼娅的三艘战列舰沿锡兰海岸向北航行。不知不觉，傍晚来临，海面笼罩在一层薄雾之中。站在甲板上，贝格尼娅凝视着逐渐向西边沉去的红日，似乎在思考着什么。不多时，她将弗洛伦西奥唤至身旁问道：

“你是否还记得，大约一个月之前我们所追击的那支英国分舰队曾退避至一个小港湾……”

“我知道您的意思了。雷佐小姐，那个港湾应该就在前面不超过 10 海里的地方。照这个趋势，今晚的大雾几乎是板上钉钉了；我们可以借助大雾和港湾作为防御手段……”

“没错，我正有此意。或许……这就是战胜莱顿的唯一机会！”

贝格尼娅说着，精神抖擞地向弗洛伦西奥伸出大拇指。从她脸上的表情不难看出一股对胜利无以言表的渴求。参军 14 年来，西班牙姑娘还是头一回如此热切期盼着想要战胜一个对手，而这个对手就是乔治·莱顿。

“潘多拉”号的舰艄甲板上，正密切关注着远处西班牙战列舰一举一动的巴金斯不禁皱起了眉头。夜晚与大雾将至，这对于旨在追上并消灭西班牙人的己方军队来说无疑是极为不利的。不知何时，似乎触动了心事的巴金斯罕见地露出了惊慌的神色。只见他把考克斯叫到身旁以极低的声音问道：

“考克斯先生，如果我没有记错的话，前方海岸线是否存在一个较小的港湾？”

“是的，头儿。那里确实有个入口很窄、面积很小的无名港湾；并且里面多是浅滩，船只很容易搁浅。”

“倘若西班牙人守住那个港湾入口，我们就没法发挥数量上的优势了。而且看这鬼天气……雾肯定会越来越浓。”

巴金斯说着，颇为无奈地摇了摇头。也许是从年轻私掠船长的言语和神情中意识到了事态的严重性，考克斯与站在他身旁的水手顿时鸦雀无声……

借助几乎已经退去的夕阳残光，透过时隐时现的白色薄雾，贝格尼娅望见了那令她期盼已久的小港湾。激动的女上校转身想要下达船队进入港湾的命令，不过就在此时，伊莎贝拉拉住了她的胳膊：

“不，姐姐，我们不能去那里。”

“萨拉？……”

“倘若不能在港湾入口处阻止敌人，那么，我们就没有退路了。姐姐，你明白吗？我们全都会死的！”伊莎贝拉边说边提高了嗓门。

“置之死地而后生……萨拉，不这么做我们是没有机会的。”

贝格尼娅平静地说道。然而，情绪接近失控的闺蜜竟一把揪住了她的领子：

“可是……假设失败了呢？姐姐你有想过这个后果吗？”

“没有失败！”

贝格尼娅宛若蜡像般，面无表情地从口中吐出这句话。伊莎贝拉呆呆地注视着闺蜜，停顿了几秒后双手不由自主地松开。没有人比陪伴在贝格尼娅身旁二十多年的伊莎贝拉更清楚，这位倔强的西班牙女上校一旦做出决定，几乎没有收回的可能性，尤其是在这千钧一发的节骨眼上……

“圣佩德罗”号的艏部甲板上，安斯瓦尔多与卡洛琳娜正扒着靠近海岸一侧的船舷右边，睁大眼睛观察着水面下暗礁的状况。现在，这对人尽皆知的情侣都在这艘西班牙旗舰上担任要职——安斯瓦尔多是舰上大副，卡洛琳娜是三副，而他俩的表现也确实对得起贝格尼娅的信任。在认真观察了一段时间后，两人几乎同时叫出声来：

“右前方20码外有暗礁！！”

呼喊过后，面露吃惊之色的安斯瓦尔多与卡洛琳娜不约而同地望向对方。他与她，脸上浮现出一丝羞涩的红晕。贝格尼娅闻

声而至，在判断了暗礁的位置后，她发出一道及时的命令使旗舰免于一次不必要的损伤。化险为夷后，女上校向两位得力助手表达了自己难以言表的感激之情：

“真不知道该说什么好……若不是你俩的及时提醒……”

“啊！雷佐小姐，这本就是我俩的义务呀！”在女上司的鼓励下，安斯瓦尔多以他久违的标志性动作挠着头憨笑起来。

“总之谢谢你啦，胡安！还有塞巴斯蒂昂小姐——那个……以后我是否也可以直呼你的名字呢？”贝格尼娅拍了拍安斯瓦尔多的肩膀，紧接着又握住了卡洛琳娜的手。

“这当然是我的荣幸了！雷佐小姐，谢谢您的这份信任……”

卡洛琳娜露出无比激动欢欣的神情。贝格尼娅盯着二人，突然嘴角边掠过一丝坏笑：

“还有，期待能早日看到你穿上洁白婚纱的样子哦！还有你旁边那位……”

“天哪！雷佐小姐，我和胡安……还没发展到那一步呢！”

卡洛琳娜慌忙摇着手替自己辩解，但脸庞却红得更加厉害了。此时此刻，就连贝格尼娅也禁不住捂嘴笑出声来。决战将至，一段小小的插曲缓解了船上紧张的气氛。在仁慈天主的注视下，这些无所畏惧的青年已经做好了迎接挑战的准备。

【十四】

宿命的对决

在完全降临的夜幕和愈演愈烈的大雾中，贝格尼娅的船队驶抵预计到达的港湾入口处。由于这里只有大约 300 码的宽度，相当狭窄，反而有利于贝格尼娅执行她既定的战略。在弗洛伦西奥精确的计算下，三艘战列舰以一定的间隔横在港湾入口，将外侧炮门全部打开，静候敌人的到来。

很快，作为东印度舰队先锋的“潘多拉”号在距离港湾 2 ~ 3 海里的时候停止了前进，位于其身后的战列舰在大雾中无法看清前舰的旗语，不明原因之下只得跟着纷纷下锚。不多时，从“威望”号上放下的一艘载有数人的小艇靠近了巴金斯的座舰，而注意到来访者的年轻私掠船长早已站在船舷边等候了。

“巴金斯先生，总督阁下想知道您为何突然停止前进。”小艇上的一名少尉向巴金斯行了个礼后恭敬地问道。

“现在大雾弥漫，视线受阻。我军不宜冒进。”

“那么现在我是否可以接您去‘威望’号？总督阁下宣布紧急召开舰长会议。”

巴金斯点点头，扣好领口，戴上三角帽顺着舷梯下到小艇中。站在迷雾缭绕的小艇上，巴金斯注意到还有几艘载着各舰舰长的小艇正向硕大的三层甲板战舰划去。当年轻的私掠船长抵近船舷时，与其同时到达的另一艘小艇上的青年军官引起了他的注意：

“霍雷肖？不会吧……你怎么会在这里？”

“啊……瑞肯兄，好久不见了呢！原本我只是来这里养病的，不巧碰上这事儿……由于人手不够，总督布鲁克林大人便指令我为‘埃斯梅拉达’号的舰长。”

被巴金斯称作“霍雷肖”的青年军官正是之前那位在加尔各答总督府为总督布鲁克林传递信件的，年仅21岁的霍雷肖·纳尔逊。此次行动中被任命为20门炮的“埃斯梅拉达”号巡航舰的舰长，毫无疑问，他是英国皇家海军一颗冉冉升起的新星。至于这个年轻人与加尔各答总督布鲁克林——这是个似乎在贝格尼娅的回忆中提到过的姓氏，二者之间是否有着微妙的关系？

几分钟后，在“威望”号的舰长室里，临时舰长会议正式开始。看来不光是巴金斯，就连总督布鲁克林也对前面的道路充满怀疑。毕竟在这样的大雾下，一切皆有可能。

“或许在这样一种情况下，贸然靠近敌人是愚蠢的。尤其是……”

“尤其是前方有一个利于西班牙人防御的小港湾。”

巴金斯接着布鲁克林的声音说出了总督心中的顾虑。包括莱顿在内的其余舰长在仔细查看了年轻私掠船长所指的航海图上的港湾位置后都默然不语。沉寂了好一会儿，纳尔逊那略显稚嫩的声音令昏昏欲睡的众人精神为之一振：

“晚辈窃以为……假设西班牙船队真的以小港湾作为防御工事的话，我们仍旧可以在正面攻击他们。众所周知，西班牙在印度洋缺乏补给港口，我敢断定他们的弹药不会维持到击退我们的时候。”

“但是贝格尼娅·德·雷佐在科伦坡停留的时间已有一个月，艾弗森那老家伙肯定已经给予了她足够的弹药补给。”布鲁克林沉吟道。

“据我所知，荷兰火炮的磅数与西班牙并不匹配，而且在这偏僻的远东，作为战列舰主要武器的36磅和24磅弹药都是相对稀缺的；再加上西班牙战列舰普遍处于缺编状态，我不认为他们能够顶得住我们的全力攻击。”纳尔逊微微一笑，仍旧坚持自己的意见。

“瑞肯，说说你的看法。”

布鲁克林托腮沉吟着，把目光投向站在纳尔逊身旁的外甥——巴金斯的身上。看起来，巴金斯也颇为为难。

“我……暂时支持霍雷肖老弟的意见。”犹豫良久后，从这位年轻私掠船长的口中才吐出了一段极为不自信的话语。

紧接着，布鲁克林又询问了其余几名舰长的意见，除了莱顿

表示最好等大雾散去再做进攻外，舰长们几乎都以含糊不清的口吻表示支持纳尔逊的意见。

不过就在这时，巴金斯又补充了一句：“倘若进攻失利，我建议派出一部分人携带火炮从港湾口的两侧登陆，尝试以陆地火力逼迫西班牙人撤入港湾。如此一来我们就可以重新占据主动了。”

布鲁克林以他那鹰一般锐利的眼睛打量着外甥，面带满意笑容地微微点了点头，遂下令各舰长回到各自的座舰去准备实施行动。离开“威望”号时，巴金斯有意与纳尔逊乘坐了同一艘小艇，并吩咐水手先送纳尔逊返回“埃斯梅拉达”号。小艇上，这对称兄道弟的好友无不露出愉悦的神态。

“准备在东印度停留多久？”望着眼前的挚友，巴金斯温和地问道。

“也许这次行动之后就回去吧。其实我已经在东印度停留了一段时间啦，只不过不是在加尔各答罢了。”

“带着胜利回去吗，比如说……以雷佐小姐作为战利品？”

“哈哈哈……我对那个并没有太大的兴趣，只要能完好地回到家乡就心满意足了。不过话说回来，似乎传闻贝格尼娅·德·雷佐是个美女？”

“雷佐小姐拥有一头金色如麦浪般的长发，一双蔚蓝如大海般清澈的眼睛，一张红润如樱桃般的嘴唇。总之，她的面容之美是无可挑剔的……”

“啧啧……瑞肯兄，这话说得你好像见过她本人似的。”

见巴金斯描绘贝格尼娅时双目充满了“痴情”，纳尔逊颇为不满地耸了耸肩。对于好友的质疑，年轻的私掠船长不置可否，但脸上却漾出难以捉摸的笑意……

“圣佩德罗”号的甲板上，翘首以盼的贝格尼娅正紧张地眺望着敌人应该出现的方向。时间静静流逝，女上校所期待的那些帆船的影子并没有出现。就在她有些焦虑地打算向弗洛伦西奥“讨教”时，后者却示意她做好战斗准备。

“他们快要到了……”弗洛伦西奥以极轻的声音说道。

“你确定吗？为何我连半个影子都没看到……”贝格尼娅嘟囔着，脸上充满了疑惑。

“是的，请下令您的炮手做好准备吧！5分钟之后进行齐射即可。”

面对弗洛伦西奥信心满满的建议，贝格尼娅将信将疑地点了点头，立即按照他所说的去安排到位。可是几乎在所有人看来，海面上除了浓郁的白雾和无尽的黑暗，真的什么都没有……

与此同时，行驶在舰队最前列的“潘多拉”号放慢了前行的速度。由于浓雾弥漫，在视野中完全看不到港湾和敌船的踪影，不过考克斯坚定地告诉巴金斯，港湾已近在咫尺。是进是停，年轻的私掠船长担负着引导身后其余舰只的责任。

就在这时，不远处传来一阵宛若闷雷般的声响，经验丰富的巴金斯立即将身旁的同伴摁倒在地并大吼起来：

“有炮击！！全体卧倒……”

说时迟那时快，一枚枚不期而至的铁弹已经砸到了“潘多拉”号的甲板和船壁上，溅起了致命的木屑。不少人立即倒在血泊中，就连已事先及时做出保护姿势的巴金斯的手臂也被碎片划伤。这突如其来的炮击显然在告诉巴金斯，西班牙人就在眼前并且已经准备好了！

“快……通知后面的友舰，停止前进！”巴金斯向身旁的同伴怒喝道。

“可是头儿……这雾太大了，完全看不见呀！”

“该死的……转舵、转舵！！”

猛然意识到同伴所说是事实的巴金斯挥舞着拳头，露出罕见的狰狞。“潘多拉”号带着满目疮痍的伤痕扭动船身，几分钟后，又是一阵闷响，西班牙战列舰进行了第二次齐射。不过由于此时已经及时做出转向，“潘多拉”号只是船身后半段受到了轻微损伤，而位于其身后的“迅敏”号却没有这样好的运气了——恰巧驶入“圣洛伦佐”号与“圣特列莎”号火力范围之内的这艘倒霉蛋被连续命中，在海浪中如脆弱的树叶般飘摇。由于大雾的影响，两艘西班牙战列舰“盲射”出的多达60枚炮弹中只有不到三分之一的数量命中了目标。尽管如此，这十几枚重磅铁弹还是给予了“迅敏”号沉重打击——其舰长在第一时间被一枚炮弹撕成碎片，甲板上登时乱作一团……

跟随在“迅敏”号之后的是旗舰“威望”号。虽然听见了不远处隆隆的炮声，但无论布鲁克林还是莱顿都无法判断出炮击究竟是从哪一方传来的，只好硬着头皮继续向前航行。不出意外地，他们也遭到了西舰猛烈炮火的当头一击。由于三层甲板战舰体积过大，“威望”号遭受的损失甚至超过了先一步遭殃的“迅敏”号。一些水手被炮弹直接打成肉泥，霎时间，甲板上血肉模糊、碎片横飞，场面十分悲惨。

“稳住……稳住！！炮手各就各位……开火！！”

面对敌袭，莱顿保持住冷静并从容地下令回击。不过在大雾之下，这样的回击收效甚微。在目视着一枚炮弹打坏了舷梯扶手后，贝格尼娅的脸上反而露出满意的笑容。敌人的反击恰恰说明了刚才的炮击并没有白费。

“弗洛伦西奥先生，看样子敌人真的在射程之内呢！”女上校激动地说着，冲弗洛伦西奥竖起了大拇指。

“雷佐小姐，我建议持续炮击，这样能给敌人施以足够的压力。”

得到女上司肯定的弗洛伦西奥并没有沾沾自喜，而是冷静地给予了新的建议。对于他的建议，贝格尼娅自然深信不疑并很快贯彻下去。于是三艘西舰以自身最高射速轮番向英舰倾泻着如雨

点般的弹药，尽可能给予对手多的伤害。一个小时下来，几艘英国战列舰都已伤痕累累；当然，西舰也并非毫发无损，“圣洛伦佐”号被乱战之中的炮弹打断了艉部桅杆，使整舰的操作性受到了一定影响。总的来说，在夜幕降临后双方第一次遭遇战中，贝格尼娅完胜。

望着眼前逐渐散去的硝烟，女上校稍稍松了口气。不过她的心里也十分清楚，敌人是绝不会就这样轻易退去的；而接下来又该如何应对呢……

“弗洛伦西奥先生，我觉得……我们总不能一直待在这里吧？”

望着浓雾沉思片刻的贝格尼娅把目光再次投向她的“军师”，不过这一次弗洛伦西奥却没能很快给出答案——双眉紧锁的年轻船长似乎也陷入抉择的难题之中。就在这时，伊莎贝拉却插嘴道：

“姐姐，我在想……雾这么大，那帮英国佬该不会趁这机会上岸搭建炮台吧？”

公主这不经意的一句话令弗洛伦西奥如触电般呆愣在那里。数秒之后，年轻船长如梦初醒般往返于两侧船舷，伸长了脖子似乎想发现些什么，但茫茫的白雾使他无功而返。望着弗洛伦西奥忙碌的模样，贝格尼娅露出好奇的神色，或许女上校并不能理解闺蜜的言语和年轻船长此时的心情，但英国人确实这样做了。

此时此刻，巴金斯已经带着第一批炮手和“潘多拉”号上所搭载的主炮——4 门 24 磅大炮抵达海湾口的半岛上。这里的视线似乎优于海上，尽管雾依旧很浓，但仔细观察，似乎依稀能望见帆船的影子。没错，那就是贝格尼娅手下的西班牙战舰。

“霍雷肖啊霍雷肖……到底是年轻气盛，大伙儿差点被你‘鲁莽’的计划给害惨了呢！好在有我瑞肯·巴金斯在。哼！贝格尼娅·德·雷佐，我倒要看看你这只‘小花猫’还有什么花招可耍！”

凝视着西班牙战舰，自言自语的巴金斯露出久违的自信笑容。只见他挥挥手，下令炮手将火炮推至自己指定的位置，装填、校对目标；不过并没有急于射击。不多时，更多的火炮被推送过来。根据海滩的宽度，巴金斯一共安置了 12 门 24 磅大炮用于炮击西舰。要知道，陆地比海面拥有更高的稳定性，火炮因此就会有更高的命中率，这也是巴金斯一开始就计划上陆的原因。看着所有火炮已经就绪，年轻私掠船长下令“开火”……

在经过长时间的静寂后，贝格尼娅对于这再度响起的炮击声显然感到意外。就在她焦急地询问炮击来源时，瞭望员告诉她，应该是最北边的“圣特列莎”号的船艏方向遭到了攻击。而这，恰恰是在伊莎贝拉的“警示”下弗洛伦西奥所担心的。

“雷佐小姐，我们必须离开这里！是的，就是现在！！”弗洛伦西奥不再犹豫，冲着女上司高喊起来。

“为什么？！”贝格尼娅下意识地露出惊讶神色。

“如公主殿下所言，敌人已经在陆地搭设了炮击阵地。如此一来，我们便完全暴露在敌人的火力范围之内；若仍旧停留在这里，小姐您是知道后果的……”

听着弗洛伦西奥急促的语句，贝格尼娅的脸色变得铁青起来。与此同时，她注意到了浓雾正呈现变薄的趋势，这就意味着刚刚还十分乐观的情势突然间便急转直下……

“现在冲出港湾几近于自杀……没办法，只能退入港湾，准备与敌人决一死战！”

考虑再三，贝格尼娅只得做出全体退入港湾的决定，这就意味着西班牙人几乎被逼至背水一战的境地。不过，这并不意味着贝格尼娅在弗洛伦西奥的建议下选择在港湾口迎敌就是错误的决定。倘若在海面开阔地带，数量占绝对劣势的他们恐怕会输得迅速而彻底。

由于浓雾已变得稀薄了许多，尽管还未到天明，英国人还是发现了三艘西舰放弃入海口、向港湾腹地撤退的一举一动。显然，巴金斯的陆地炮击行动收到了成效。而在布鲁克林和莱顿看来，现在无疑是彻底铲除这枚英国海军眼中钉、肉中刺的最佳时刻。

“看吧，大雾正在散去，西班牙人却龟缩进了港湾。哼！天明时分就是那个黄毛丫头的末日了。乔治老弟，你是否很期待这一刻的到来呢？”布鲁克林放下手中的望远镜，对身旁的莱顿露出诡谲的笑容。

“我会尽情享受那黄毛丫头尖叫求饶的样子，然后，割下她的头颅，把她肮脏的身子扔进海里喂鱼，也算是为我堂弟报了一箭之仇。”莱顿说着，将自己的拳头捏得咯吱作响。

“不过，你似乎忘记了一件事……只有活捉贝格尼娅·德·雷佐才能拿到陛下恩赐的20000英镑巨额奖赏。”

布鲁克林不紧不慢地回答着，趁机瞥了眼莱顿的表情。只见“新德雷克”的面部近乎扭曲地抽搐着，许久，从他那充满酒臭味的嘴里挤出几个词：

“好吧……不过我会让她永远忘不了我！”

“当然，我确信你能做到这点。但是首先你必须先将这场已几乎到手的胜利安稳地揣进兜里。传闻贝格尼娅·德·雷佐的剑术无人能及，这对于你来说可是个证明自己的好机会。”

布鲁克林的话音未落，莱顿已经颇为兴奋地抽出了斜挎在腰间的弯刀。那刀的血槽上还留有深红色的斑驳血迹，据说莱顿喜好用这柄刀斩下自己死敌的首级，并将沾染在上面的“敌人之血”视为荣耀，因此从来都不会去擦拭它。未曾开战便拔刀出鞘，这也昭示了莱顿拿下贝格尼娅的决心——被誉为“新德雷克”的他似乎还从未如此渴望地想要获得一场胜利……

“威望”号低矮的下层火炮甲板上，一名东方人面孔的瘦弱少年混在身材高大的水手中搬运炮弹。大战在即，每个人都忙碌纷纷，几乎没有人把注意放在这位东方少年的身上，直到他不小心

将一枚32磅的炮弹重重地掉落在地……

“梁！连个炮弹都搬不动，你小子留在船上还有什么用？滚回家喝奶去吧！！”

“哈哈哈……”

不知是谁插了一句话令周围所有水手都叉着腰哈哈大笑起来。面对嘲讽，少年只有默默弯腰将炮弹捡起，不过就在这时，有品德败坏者居然在背后踹了他一脚——可怜的少年怀抱着沉重的炮弹摔倒在地。

“哈哈哈……”

“够了！如此欺负一个孩子，难道你们没有一丁点上帝的仁慈之心吗？”

又是一阵哄笑后，忽然有个嘹亮的声音从楼梯口传来。众人不约而同地回过头去，却发现那是舰上大副卡斯伯特·科林伍德少校。见军官出现，水手们慌忙散开继续干自己的活儿去。科林伍德走到少年面前，十分友好地向他伸出手来；少年迟疑了一下，也伸出手去——年轻少校以自己结实的臂力将对方轻松地拽起身来。

“如果我没记错的话，你是叫梁延年对吧？”科林伍德以温和的语气问道。

“是的。科林伍德先生，谢谢您的关心。”

“请打起精神吧！恶战将至，请努力生存下去！！”

科林伍德拍了拍梁延年的肩膀，又鼓励了几句后转身继续巡视下层甲板的备战情况去了。少年点点头，精神似乎重新振作了一些。战斗一触即发，等待他的将会是怎样的命运呢？

“圣佩德罗”号的甲板上，船员们磨枪擦剑准备迎接几乎无可避免的白刃战。在闺蜜的陪伴下，站在船舷边的贝格尼娅呆呆地望着薄雾另一头时隐时现的英国军舰，显得有些不知所措。尽管本身并不畏惧这种古老而血腥的战斗方式——甚至一直都期待着以一场畅快淋漓的搏斗来一锤定音，但此刻贝格尼娅的内心却是矛盾的，闺蜜曾经对她的规劝又回响在了耳旁：

“难道这就可以成为我们主动去送死的理由吗？！”

为了实现自己的“理想”而把上千名同伴拖下水，这当然不是个优秀指挥官所应当做出的事情——即便这确实也是为了祖国的荣耀而战。不过事到如今，退却显然已不再是一个选择。唯有拼命，才有出路；然而拼命就意味着难以估量的伤亡……想到这里，从未畏惧过死亡的贝格尼娅竟长叹了一口气。

“姐姐，你怎么了？”注意到闺蜜情绪不对的伊莎贝拉立即问道。

“啊……没什么。我在想，倘若这一仗没有打赢，萨拉，你会怨恨我吗？”

“怨恨？姐姐你在开玩笑吧！我怎么会怨你呢！倘若战败那不就意味着死亡吗？我萨拉才不会害怕死亡呢！！”伊莎贝拉一听，

立刻激愤地做了个“抹脖子”的动作。

“可是将士们……总会有牺牲，他们在天堂不会原谅我……”贝格尼娅说着，眼眶里竟转起了泪珠。

“够了！姐姐，事到如今说这些又有什么用呢？眼下我们必须要击败敌人。现在这儿的所有人都只有一个目标，那就是：必须赢！！”

伊莎贝拉那充满力量的声音不仅令女上校精神一振，甚至甲板上围在她身旁的同伴们的士气都得到了鼓舞。大伙儿挥舞着手中武器，高呼着贝格尼娅与伊莎贝拉的名字，纷纷表示愿与英国人死战到底。

东方泛起了鱼肚白，进入港湾的五艘英国战列舰已经排好了战斗序列。不过由于西班牙战列舰也并非等闲之辈，一向谨慎的布鲁克林并未轻易接近，而是将双方的距离维持在 800 码左右。见对方始终没有接战的意思，贝格尼娅有些坐不住了，欲下令本队靠近英舰，但却被弗洛伦西奥所制止。

“雷佐小姐，请您再忍耐一下，这是敌人有意消耗我们的耐心，切不可主动出击……”

“真见鬼……难道莱顿想在这里耗死我们嘛！”贝格尼娅愤愤地以拳猛击船壁，以宣泄自己胸中的怒火。

“姐姐，我觉得我们或许可以伺机从港湾冲出去……”

“那是不可能的，公主殿下。您注意到港湾口的那两艘英国巡航舰了么？现在风向不利，我们几乎没有机会从它们的监视下逃脱；而且之前那艘被我们击伤的战列舰估摸也快到了，敌人也许不会令它参战，但一定会让它投入到封锁港湾入口的行动中去。我想雷佐小姐您一定不会不知道英舰出色的海上自救能力吧……”

“是的……当然……我们不能轻视他们，可是……我们总不该坐以待毙吧？”

面对弗洛伦西奥“连珠炮”般令人难以招架的质问，贝格尼娅竟有些结巴和不知所措了。此时，年轻船长则不慌不忙地伸手指向船舷另一侧远处的浅滩：

“请看，一个月前我们焚毁的英舰的残骸还残留在浅滩附近，或许我们可以仿效当时英国人的做法……”

“你的意思是要我弃舰上岸？”贝格尼娅立即皱起了眉头。

“我觉得眼下只有通过这个方式继续战斗……”

“不行！身为一名舰长，我绝不会活着抛弃自己的座舰！！”令众人惊讶的是，贝格尼娅以极为“粗暴”的方式打断了弗洛伦西奥的话语。只见她抽出佩剑指向英舰徘徊的方向，斩钉截铁地说道，“舰在人在，舰殁人亡——传我的命令，即刻向英舰发起攻击！！”

“倘若进行接舷战，敌军总人数很可能是我军的三倍！雷佐小姐，难道您认为充斥着大量新兵的我们能拥有哪怕看似渺茫的胜算嘛！！”

就在贝格尼娅厉声下令向英舰发起进攻的同时，弗洛伦西奥竟以比她更高的分贝盖过了她的声音。这是第一次，恐怕也是绝无仅有的，一向温文尔雅的弗洛伦西奥竟公然顶撞女上司已经发出的命令。贝格尼娅面带极度惊讶之色地注视着眼前这位青年，许久，从她的牙缝里挤出了一句话：

“立即把弗洛伦西奥先生关进底舱，听候处置……”

“姐姐，你怎能‘未曾开战先斩大将’……”见情况不妙，伊莎贝拉慌忙上前劝解，但看似闺蜜的决定已不可改变。

“我不想把说过的话再重复一遍！给我押下去……就是现在！！”

与情绪激动的贝格尼娅形成鲜明对比的是，此时的弗洛伦西奥却反而显得淡然了。他“自觉”地将双手背到身后，埋下头去不再吭声。贝内迪克托与另一名海军陆战队的军官则上前用绳索捆住他的手并押着其向底舱走去。望着心上人离去的落魄背影，伊莎贝拉的心里有说不上来的酸楚……

“威望”号的舰桥上，布鲁克林与莱顿正在谈笑中以轻松的态度关注着对面西班牙人的一举一动。当一次不经意间的瞭望后，莱顿脸上的笑容逐渐转化为吃惊：

“我没看走眼吧……约翰老兄，那黄毛丫头居然向我们进攻了！”

“这不正是你所期盼的么，乔治老弟。哼……是否该让我来欣赏一下你的表演了？”

“全体炮手做好射击准备！科林伍德先生，接下来就交给你了，给我狠狠地打！！”

莱顿自信满满地挥舞着拳头咆哮起来，一直恭敬地站在他身旁的大副科林伍德领命而去。说起科林伍德——这位年轻少校在炮术上的造诣已经到了“出神入化”的境地，自从被调至东印度的那一天开始，他便令殖民地炮手的素质发生了翻天覆地的变化。毫无疑问，这将对贝格尼娅的船队构成致命威胁……

站在“圣佩德罗”号的舰艏甲板上，贝格尼娅以坚毅的目光盯着愈加接近的英国舰队。决战进入倒计时，有人紧握武器的手中沁出了汗珠，有人在心神不宁地东张西望，有人则不停地在胸口划着十字并向天主祷告。大副安斯瓦尔多、二副安东尼奥与三副卡洛琳娜集中精力观察女上司的一举一动，倾听她的任何一道命令并及时予以执行。不过就在卡洛琳娜指挥几名水手搬运火药桶时，突然犹如中邪般愣在那里一动不动。这一幕被恰好就在不远处的安斯瓦尔多收入眼帘，于是立即上前询问，得到的回答却令他摸不着头脑：

“他就在那艘船上……我们就要见面了，而且我……就要死了。”

“‘他’是谁？还有，我绝不会让你死去！！”

“胡安，很遗憾有些事情你是阻止不了的，因为那就是一个人的‘宿命’呐！至于那个‘他’……”

“究竟是谁？！”安斯瓦尔多急切地追问着，用双手摁住卡洛琳娜的肩膀。不过也许是意识到自己用力过猛，年轻少校紧接着便松开了手。

“乔治·莱顿。”

卡洛琳娜听似平静的话语传到安斯瓦尔多这边时却已是如雷贯耳。“乔治·莱顿”，这是个令年轻少校无论如何都不会忘却的名字，不仅仅是因为他是女上司的仇人，而且……

“即便如此，我也不会允许他杀死你。请相信我，卡洛琳娜，我安斯瓦尔多向天主起誓：只要我还在，你就会活着！”

短暂震惊之后，安斯瓦尔多将手按在心口上，以严肃的口吻向卡洛琳娜郑重起誓，而红发姑娘在脸上掠过一丝惊讶后，也恢复了正常。她知道，自己今天不会、以后也绝不会再是“一个人去战斗”……

随着双方距离拉近至不足 300 码，位于东印度舰队战列线前端的“牛津”号战列舰率先开火，星星点点的炮弹坠落在如蛮牛般横冲直撞的“圣佩德罗”号两侧的海面上。无所畏惧的贝格尼娅站在舰艏甲板的最前沿高声吆喝手下保持冷静。女上校的心里十分清楚敌我双方炮手素质的差距，提前开火只会浪费本就捉襟见肘的炮弹储备。此时此刻，她需要的是距离近一些、再近一些……

“开火！！”

随着贝格尼娅那熟悉的嘹亮号令，“圣佩德罗”号的舷侧再一次吐出愤怒的火舌——两艘战列舰瞬间被湮没在火药所产生的白色烟雾中，英舰精准的炮击使“圣佩德罗”号的甲板笼罩在一片“木屑疾雨”之下。不幸的事很快发生了：舵手哈维尔被一枚炮弹打断了右腿，顿时惨叫着抱着残肢倒在血泊中。正位于舰桥上指挥水手的安东尼奥忙大踏步上前接过哈维尔的船舵，努力想使船只保持平稳。这对于从未有过掌舵经验的他来说显然是个难以完成的任务，不过就在这危难关头，卡洛琳娜出现在伯爵儿子的身边，替他顶住了近乎于失控的舵轮……

“塞巴斯蒂昂小姐？！”

“这里请交给我吧！快去舰艏，雷佐小姐需要您的帮助！！”卡洛琳娜坚定地说道。

安东尼奥点点头，抖擞精神离开了这里。于是红发姑娘边掌控船舵，边呼唤同伴将身负重伤的哈维尔转移至安全地带。此时，位于舰艏甲板的贝格尼娅并不知道刚刚发生的这一悲剧，直到安东尼奥气喘吁吁地来到她的身旁。在伯爵儿子的提醒下，女上校把目光投向舰艉——卡洛琳娜那虽然单薄但屹立不倒的身躯映入眼帘。霎时间，贝格尼娅感觉自己的嗓子仿佛被什么东西所堵住，一阵难受……

“雷佐小姐，我们马上就要与敌舰接舷了！！”

安斯瓦尔多的高喊传入正在发愣的贝格尼娅的耳中，女上校随即抽出佩剑高举过头：

“各位弟兄们，报效祖国和陛下就在今天！为了西班牙……为了卡洛斯陛下！！”

“西班牙万岁！卡洛斯陛下万岁！”

整艘战舰皆涌动为一片沸腾的海洋。

与此同时，远处负责监视西班牙战舰的“潘多拉”号的甲板上，目睹着“圣佩德罗”号与“牛津”号缓缓靠拢的巴金斯放下了手中的望远镜。从他的眼中射出犀利的光芒，“终于要开始了吗？”

他的嘴唇微微动了下……

【十五】

再见了！我的朋友

“嘎——”

伴随着船体摩擦所发出的巨大噪音，“圣佩德罗”号与“牛津”号被数块由西班牙水手铺设的木板连在了一起；而不等两舰完全停稳，将金发束在脑后的贝格尼娅已经一马当先跃上敌舰的甲板并顺手砍倒了一名似乎还有些不知所措的英国水手——残酷的接舷战就这样拉开了序幕。

巴金斯掏出怀表瞟了眼。10 月 31 日的早晨 6 时整，这一天注定将被写入历史。

“走吧……我们也该出发了。”年轻私掠船长环顾了下四周后对考克斯说道。

“出发？头儿，我们不是应该执行总督大人的封锁命令吗？”

“笨蛋！看，‘雷神’号已经赶到了，有它和‘埃斯梅拉达’号在，足以封锁出海口；而且现在是东南风，西班牙人根本没有机会逃走。我可不想因为充当看客而错过这场好戏……”

巴金斯说罢，嘴角咧出一丝笑意。“潘多拉”号起锚、扬帆、

转舵向战场驶去，而位于其身后试图堵住港湾入海口的则是一艘以临时帆桅缓慢爬行的残缺巨兽——恢复了动力的“雷神”号。

在挥剑砍翻几名英国水手后，贝格尼娅娴熟地又用腰间的配枪击毙了一名企图靠近她的英国军官。面对如此勇猛的西班牙海军女军官，相信即便是对其所知甚微的普通英国士兵也不会怀疑眼前站着的就是传闻中的贝格尼娅·德·雷佐真身，几乎没人能阻拦她前进的步伐，而伊莎贝拉与安斯瓦尔多则在左右帮她清理试图偷袭她的敌人。仅仅十几分钟时间，势不可挡的西班牙人便奔至“牛津”号的舰桥之下。在英国海军陆战队的簇拥下，“牛津”号的舰长下令向直冲而来的西班牙人射击。在一阵杂乱的枪声后，人们发现舰长的额头出现了一个冒着青烟的血洞——贝格尼娅用另一把枪终结了他的性命。

站在“威望”号舰桥上观战的莱顿目睹着“牛津”号的船艉竟升起了西班牙海军旗，惊得目瞪口呆。

“一共是半个小时……也许更短，她搞定了‘牛津’号。”铁青着脸的布鲁克林对照着怀表上的指针，无奈地耸了耸肩。

“也许再过两个小时，扬起米字旗的将会是那黄毛丫头的座舰！约翰老兄，请你一定要相信我！！”额上青筋直暴的莱顿挥舞着拳头指向远处正欢呼获得胜利的“圣佩德罗”号的甲板，恨恨地说道。

“那么就做给我看吧！”

布鲁克林冲莱顿瞪了瞪眼，颇为不悦地拂袖转身，独自返回舰长室。脸色相当难看的莱顿随即如同一头野兽般歇斯底里地向部下嘶吼起来……

在清理了战场后，贝格尼娅意识到不甘心失败的敌人很快会发起疯狂反扑，遂在第一时间返回了自己的座舰。她的嗅觉无疑是灵敏的，就在她重新站定在“圣佩德罗”号的舰桥上时，有两艘英国战列舰脱离战列线、由两侧向“圣佩德罗”号包抄而来，这其中包含了旗舰“威望”号。尽管面临着被包夹的风险，但望着自解阵形的英舰，贝格尼娅还是忍不住偷偷露出了笑容。

“来吧……来吧……乔治·莱顿，快让我见识一下你的实力吧！”

女上校喃喃自语着，接过卡洛琳娜操纵的舵轮，亲自驾驶“圣佩德罗”号迎敌而去。“圣洛伦佐”号与“迅敏”号纠缠在一起，而“圣特列莎”号则与“埃塞克斯”号发生交火。原本战列线之间的对决演变为一场毫无头绪的混战，而这恰恰是贝格尼娅所期盼的。除此之外，当“威望”号转舵露出船体侧面时，贝格尼娅似乎发现了一些端倪：

“这不是正规的三层甲板战舰。难道是……改装货？”

“姐姐，你在说什么呢？”身旁闺蜜的脸上露出了迷茫。

“萨拉你看，这艘三层甲板战舰的船艉很奇怪呐，为何只有两层艉楼？整个上层火炮甲板就像是完全露天的……”

“唔……我并不太懂船型。何塞似乎对这个很在行呢，倘若姐

姐你愿意的话……”伊莎贝拉试探性地问道。

“当然当然，你去把弗洛伦西奥先生带过来吧。早先也许是我情绪有些失控了，非常抱歉……”

贝格尼娅话音未落，伊莎贝拉已经搂住脖子给了她一个“深情”的吻；随即欢天喜地地冲向底舱去“解救”自己的心上人。几分钟后，当弗洛伦西奥被伊莎贝拉牵着手至贝格尼娅面前时，无论女上校还是年轻船长的脸颊都“唰”的变得通红。

“雷佐小姐，我为自己刚才不当的言论感到羞愧，请您……”

“不，弗洛伦西奥先生，我才应该为自己刚才过激的情绪向你道歉。不过这一切都已经过去了。现在……”

“现在的局势如何？”弗洛伦西奥立即领会了贝格尼娅的意思，把话题挑到了正事上。

“你看见敌人的旗舰了吗？我觉得那不是一艘正规的三层……”

“没错，雷佐小姐，您的直觉是对的。”弗洛伦西奥抢在贝格尼娅的话音结束前便认可地点了点头，“那是一艘利用标准英制‘74 炮’临时升级改造而来的三层甲板战舰。换言之，就是一艘‘水货’……”

面对弗洛伦西奥这颇具“技术性”的言论，闺蜜二人都睁大了各自迷茫的眼睛侧耳倾听。见距离敌舰还有一定距离，弗洛伦西奥便耐心为二位被好奇心所困的姑娘讲解“临时升级版”战舰的由来。

原来，在殖民地文明飞速增长的十八世纪后期，为了增强与本土相距甚远、无法及时得到补给的殖民地的军事力量，当地总督常常会将一些原本低级的军舰升级为“高级”军舰的模样来“吓唬”敌人。最常见的做法是通过在普通巡航舰的露天甲板层增加一列完整的船壁并开设炮门，甚至有的时候并没有真正配备火炮——这样就可以伪装成一艘“小型双层甲板战列舰”。虽然这种拙劣的手段在内行人看来很快就会被识破，但在距离较远或海况不佳的情况下仍能给敌人造成误解并无形中产生心理上的压力。不过，由地道的双层甲板战列舰改装成的三层甲板“巨舰”的例子却并不多，最著名的要数西班牙的“圣卡洛斯级”了。“圣卡洛斯级”原本是作为装备 80 门火炮的大型双层甲板战舰来设计的，但在建造过程中却全部升级为拥有 94 门火炮的三层甲板战舰；其中首舰“圣卡洛斯”号便长期驻扎在西班牙最大的海外殖民地哈瓦那。

按照弗洛伦西奥的说法，由于“临时升级版”三层甲板战舰的上层火炮甲板装备的都是 8 ~ 9 磅的轻型火炮，因此除了打击弱小的海盗船外，在正规海战中几乎没有什么意义；同时，其增高的船壁和增加的火炮重量却会对船体稳定性造成很大的负面影响。如此一来，东印度舰队这艘三层甲板战舰对贝格尼娅造成的心理阴影便如风吹云散般消失得无影无踪。女上校暗暗下定了取胜的决心……

“距离 200 码！！”

瞭望员的嘶吼无疑在提醒贝格尼娅，已经可以炮击敌舰了。不过就在女上校准备下达这一命令时，从“威望”号射来的一连串大大小小的炮弹精准地命中了“圣佩德罗”号的各个部位。贝格尼娅被这股冲击波推倒在甲板上受了轻伤；但迅速爬起后的她更关心的却是军舰的损失状况。在得知船身并无大碍后女上校下令予以回击，然而就在这时，敌舰的第二轮齐射竟已不期而至……

贝格尼娅再次应声倒地。这次，她那一个月前曾重伤过的大腿似乎出了点状况。只见女上校抱着大腿，面部十分痛苦地呻吟起来。意识到情况有些不妙的弗洛伦西奥忙火速返回船舱拿出医药箱为女上司医治。幸运的是，贝格尼娅的腿部伤口只是出现了小面积迸裂，并无大碍；于是在用绷带将大腿扎紧后，坚强的女上校立即再度投入到战斗中去。也许贝格尼娅并未留意，但弗洛伦西奥却注意到了双方火炮射速上的巨大差距……

“难道说……那个家伙正在敌军的‘旗舰’上？”年轻船长自言自语着，额头沁出恐惧的汗珠。

“‘那个家伙’……是？”贝格尼娅与伊莎贝拉异口同声地问道。

“卡斯伯特·科林伍德……”弗洛伦西奥一板一眼地答道。

“威望”号最下层的火炮甲板上，科林伍德正全神贯注地指挥炮手进行一次又一次精准的炮击，不过就在一次射击结束时……

“科林伍德先生，舰长阁下要求停止炮击！”一名年轻军官突然出现在楼梯口，在向科林伍德行礼后高声道。

“停止炮击？”科林伍德不由得露出怀疑的神色。

“是的，科林伍德先生。舰长阁下表示连续炮击导致上层甲板震颤过于强烈，要求立即停止炮击！”

听着年轻军官的解释，科林伍德的脸上难掩失望之色。但是作为军人，唯有服从命令，于是年轻少校只能极不情愿地下令炮手暂停装填、原地待命。原本被英舰密集火力压制得几乎喘不上气的西班牙人在发现炮击停止后甚至以为自己产生了幻觉，包括贝格尼娅也是如此——先前对炮击一筹莫展的她立即亲自操舵试图靠近“威望”号。女上校心里明白，接舷战将会是她唯一的机会。

同时，莱顿目睹着西舰在一点一点靠近自己，尽管中途也有两次下令炮击，但又不知出于何种原因很快便收回了成命。当双方距离缩短到 70 至 80 码时，“圣佩德罗”号进行了一次齐射，由于距离极近，西舰也做到了一次“弹无虚发”。笼罩在白色烟雾中，“威望”号如不倒翁一般左右摇摆着船身，无论甲板还是帆桅都已伤痕累累。也许是震荡过于猛烈，布鲁克林推开舰长室的门走了出来，看得出，总督的脸上非常不满：

“见鬼，这究竟是怎么回事？！乔治，请给我解释一下！”

“约翰老兄……由于本舰的稳定性存在严重问题，我不得不终止了炮击；现在……敌舰正在接近我们！”

“你该不会真的想和那黄毛丫头玩肉搏吧？我之前应该提醒过你，她拥有超凡的个人能力……”

“没错，但是我相信自己拥有更强的实力。”

面对莱顿看似过于乐观的自信，布鲁克林几乎气得说不出话来。顿了几秒，在狠狠瞪了一眼这位自己曾无比信任的同伴后，加尔各答总督头也不回地背手顺着扶梯走到下层甲板去。双方的距离已经接近至可以看清甲板上每个人脸孔的地步，贝格尼娅在焦虑地搜索着那个她所期盼的敌人，莱顿亦是如此。由于两舰甲板上人数众多，他们彼此并没有在第一时间找到对方的位置。不过莱顿却发现了一个意料之外的目标……

“卡洛琳娜·塞巴斯蒂昂？见鬼……这个贱货为何会在贝格尼娅·德·雷佐的船上！”

莱顿自言自语着，将正在舰桥上指挥炮手的红发姑娘锁定在自己的视线之中。很快，两艘巨舰发生了不可避免的擦碰，不过与之前不同的是，贝格尼娅一改先前攻占“牛津”号的勇武形象，变得“含蓄”起来——弗洛伦西奥在战前警告贝格尼娅和伊莎贝拉，由于她俩的外貌特征过于明显，必须要做必要的伪装，否则很容易被暗枪所伤。当跳帮的木板被铺平时，位于船首的女上校以一块围巾遮住面部，跟随在冲锋的西班牙水手之后踏上了敌舰的甲板。然而作为东印度舰队的旗舰，“威望”号上海军陆战队的数量却远远超出了贝格尼娅的预估。在登上英舰后不到 10 分钟，西班牙人便被赶回了自己的战舰，而危机还在加剧：就在贝格尼娅的先锋队被击退后不久，由莱顿亲自指挥的一股精锐部队由“圣佩德罗”号的船艉甲板登陆。“新德雷克”的首个目标便是拿下昔日海盗界的“黑玫瑰”——卡洛琳娜。

无独有偶的是，此时卡洛琳娜发觉自己的心跳正急剧加速。难道自己所“背叛”过的那个男人就在眼前？红发姑娘倒吸了一口凉气。面对蜂拥跳帮的英军士兵，卡洛琳娜指挥二三十名水手组成排枪阵猛烈射击；不过这样螳臂当车的行为自然无法阻止为数众多的英军前进的步伐。很快，“圣佩德罗”号的艉部甲板便陷入一片白刃战的血雨腥风之中。

双刀在手的卡洛琳娜左冲右突，杀死了数名企图靠近她的英军士兵。而就在她用匕首杀死一名年轻军官后，一个已经遗忘多年却又无比熟悉的声音回响在她的耳旁：

“卡洛琳娜·塞巴斯蒂昂，没想到竟在此重逢，这算不算是上天的‘恩赐’呢？”

在辨出声音后，卡洛琳娜淡然一笑。莱顿也咧出一丝狰狞的笑意，于是两人在乱军中开始厮杀。尽管手持双刀，但卡洛琳娜在与莱顿的对决中占不到任何便宜。由于力量和技术上的差距，在勉强招架住对方势头正盛的“三板斧”后，红发姑娘开始步步后退，很快便被逼至另一侧船舷边。只听“当”的一声脆响，卡洛琳娜的右手刀被打飞到空中，旋转两圈后落入海里……

“求饶吧！兴许本大人还会饶你一条贱命。”

被逼入绝境的卡洛琳娜用她那棕色的瞳孔死死地盯着眼前这个身材高大、对自己一脸蔑视的男人。喘息了几秒钟后，也许是拿定了拼死一战的决心，红发姑娘怒吼着挥舞仅剩的左手刀直取莱顿心窝。然而这一击却是徒劳的，只见莱顿在轻松闪过攻击后回手一刀划过了卡洛琳娜的后背——红发姑娘面带惊讶之色跪了下去，鲜血从她那微微张开的嘴角边流出……

不远处的海面上，已经望见双方旗舰纠缠在一起的巴金斯索性“赶走”考克斯，亲自操控“潘多拉”号的舵轮全速前进。此时，由于“圣洛伦佐”号已经摧毁了“迅敏”号并打算前去支援己方旗舰；而先前本打算与“威望”号一同夹击“圣佩德罗”号的英军74门炮战列舰“英雄”号则改变航向前去堵截“圣洛伦佐”号。洞察到这一切的年轻私掠船长心中明白，必须尽快赶到战场，否则原本大好的局面将会变得难以掌控。

不过相对于好友的“蠢蠢欲动”，仍然待在港湾入海口处的纳尔逊则没有采取任何行动。尽管手下甚至提醒他是否要追随“潘多拉”号一同驶入港湾，但年轻上尉给予的答案却是否定的：

“让我们静观其变吧……”

莱顿弯下腰，揪着卡洛琳娜的头发将其蛮横地提了起来，身负重伤的红发姑娘似乎已没有了丝毫的还手之力。莱顿笑了笑，从腰间抽出一把匕首抵在了姑娘的颈前：

“还有什么遗言吗？对了，你似乎也没有可牵挂之人了吧，真是个可怜虫呐！”

卡洛琳娜的眼中噙满了泪水，想说些什么，但被勒住的咽喉却难以发声。此时此刻，她已经清楚地意识到自己的大限已到，然而就在莱顿准备动手之际——

“放开她！想杀卡洛琳娜先过我这一关！！”

听力已经有些模糊的卡洛琳娜辨认出这是安斯瓦尔多的声音；而莱顿也下意识地放下了手中的匕首。看起来，这位“新德雷克”并不急于去取下早已失去抵抗的卡洛琳娜的性命。只见他扬起头撇了安斯瓦尔多一眼，以极为轻蔑的语气说道：

“原来还是有可以牵挂的人嘛。”

“若你真有胆量，我们就来进行一场‘男人之间的战斗’吧！但是请不要拿一个女孩子做盾牌！！”

面对安斯瓦尔多一番义正词严的话语，莱顿反而仰天大笑起来。眼圈红肿的卡洛琳娜冲安斯瓦尔多微微摇摇头，示意他不要乱来，那眼神分明在说：你不是他的对手。然而年轻少校却义无反顾地将沾满鲜血的佩剑指向莱顿——那是男子汉的战书！见心上人为了营救自己竟打算与实力远在其之上的强敌进行决斗，卡洛琳娜也决定奋身一搏。趁着莱顿稍稍分神的刹那间，红发姑娘狠狠一口咬在了对方的胳膊上。莱顿一声号叫松开了手，而卡洛琳娜则趁机将其挣脱，在试图逃跑的同时向安斯瓦尔多尖叫起来：

“快离开！！”

“砰——”

伴随着清脆的枪响，奔跑中的卡洛琳娜披散着酒红色的长发如秋风中的残叶般向前倒去，恰恰扑在了脸上刚绽放出喜悦的安斯瓦尔多的怀里，年轻少校的笑容在这一瞬间凝固……

莱顿冷笑着，扔掉正冒青烟的枪，从腰间拔出另一把枪，瞄准了安斯瓦尔多的脑门。不过就在他准备扣动扳机之时，一个足以令他吃惊的低沉而充满磁性的女声从其左侧10码处传来：

“乔治·莱顿！我觉得……你应该不会有兴趣把精力全浪费在我可怜的部下身上吧？”

“贝格尼娅·德·雷佐？！”

莱顿喃喃自语着，缓缓扭过头去。只见一名身着红黑衫的身材修长的金发军官正左手持剑站在自己的眼前，当其用右手从容摘去遮住面部的围巾时，他才发现这是一张充满魅力的碧眼淑女的面庞。毫无疑问，这就是“新德雷克”所苦苦搜寻的目标，一场宿命的对决将在“圣佩德罗”号的舰桥上拉开序幕……

“潘多拉”号的舰桥甲板上，考克斯等人注意到他们那一贯镇定的船长的脸上露出了紧张的情绪。这似乎不是个好兆头，但是从海面的状况也能领悟到局势对英军的不利。“圣洛伦佐”号与

“圣特列莎”号已经成功压制了各自的对手；“迅敏”号沦为了一条废船，除了还能漂浮在海面上外，它几乎已经做不了任何事情；至于早先被贝格尼娅通过猛攻拿下的“牛津”号则被留在上面的西班牙水手驾驶至浅滩并搁浅。此时，恐怕只有仍在激斗中的双方旗舰胜负难料了。

贝格尼娅与莱顿面对面站着，由于都清楚眼前这个对手非同寻常的意义，双方都没有轻举妄动。在凝视许久后，莱顿首先发起了进攻。只见“新德雷克”咆哮着挥舞弯刀直击女上校的胸部，而贝格尼娅为了避其锋芒选择了侧身疾闪——那柄刀擦着她的耳边划过，甚至削去了几缕金丝。然而看似处于劣势并失去重心的女上校在甲板上翻滚后却以极短的时间爬起，并顺手一剑砍伤了莱顿的小腿，莱顿捂着腿部的伤口跪了下去……

“这速度……真见鬼！！难道就是这样把托马斯一击致命的吗？”

“托马斯？你是在说你的堂弟吧，那个废物……然而我并没有亲手杀死他。”

面对贝格尼娅看似轻描淡写的回答，莱顿露出了震惊。不过未等他做进一步追问，女上校微微一笑继续道：

“不过呢……你也可以认为你堂弟就是我杀的。哼！总之今日你我二人只有一个能活着离开这里！”

“求之不得！！”

莱顿愤愤地吐了口唾沫，奋身跃起挥刀直劈贝格尼娅的脑门。

这一次女上校没有躲开，而是奋力用剑挡住攻击并将其推开；莱顿则继续发了疯似的不断劈砍。随着时间的推移，贝格尼娅发现眼前这位身躯比自己庞大很多的壮汉的身手竟也相当敏捷，情况并没有她想象的那么简单；更要命的是，不仅是腿部、就连腰部那早已“愈合”的伤口也开始隐隐作痛了……

“圣佩德罗”号下层甲板的医务室里，格拉迪诺和前来帮忙的弗洛伦西奥几乎忙得头晕目眩。残肢断臂的战友不断被送过来，但其中大多数都没能挺到手术完成的时候。哈维尔就是这些不幸者中的一员，当奄奄一息的舵手被同伴架上手术台时，格拉迪诺发现他已经停止了呼吸。

“咣当——”

医务室的门被重重撞开，气喘吁吁的安斯瓦尔多背着昏迷的卡洛琳娜冲进来并将其面部朝下放在一个空出来的木桌上。两位医生不约而同地放下手中的活儿，将目光聚焦在红发姑娘的后背，一处明显的砍伤以及位于后肩的枪伤映入眼帘。

“拜托二位了，请一定要救活她！”安斯瓦尔多的声音已有些抽泣。

“枪伤不是致命的，倒是这个砍伤……有感染的可能啊！”在仔细观察了伤口后，格拉迪诺以不确定的语气说道。

“放心吧，这次交给我就好。伊斯梅尔小姐，朗姆酒！”

弗洛伦西奥却显得信心十足地冲安斯瓦尔多笑了笑，让在此打下手的艾玛拿来用烈酒充当的“麻醉剂”，并准备实施手术。年轻船长的保证无疑如一支强心剂般令年轻少校放下心中的包袱重返战场。

另一边，“圣洛伦佐”号通过猛烈的炮击折断了“英雄”号的全部桅杆，这艘士气低落的战列舰没有进行太多抵抗便降旗投降；而与英舰“埃塞克斯”号进行交战的“圣特列莎”号也成功迫近对方并进行了接舷战。目睹己方战舰一艘一艘被击破的英军士气几近瓦解，一触即溃。当舰长决定投降时，距离西班牙人发起冲锋仅仅过去了20分钟时间。罗德里格斯兴奋地接过敌方舰长的佩剑，并把目光投向正打得如火如荼的双方旗舰的方向。

“天主啊！请您保佑雷佐小姐，助她获得胜利吧！！”这位壮汉喃喃地祈祷着，在胸前划起了十字……

血雾弥漫在空气中。经过长时间的“拉锯战”，莱顿终于首次伤到了贝格尼娅的身体。而雪上加霜的是，女上校被砍伤的部位恰恰是腰部那几乎令她感到绝望的伤口。一手撑腰的贝格尼娅踉跄地退至舰长室的墙边，莱顿接踵而至。此时此刻，女上校多么期盼闺蜜能在身旁，但是……

“怎么……你那满是男人唾液的小蛮腰看起来情况不妙呀，之前一定受过重伤吧？还有我差点忘了，你那不知被多少男人摸过的大腿也是重伤未愈……就凭这样的身体也想战胜我？”

“少废话！除非让我断气，否则，我绝不放弃！”

面对莱顿的羞辱，贝格尼娅丝毫没有屈服的怯意。但是目光聚焦在女上校身上的人恐怕都不会忽略，鲜血已从她那支撑腰部的手指缝中缓缓流出。人们大概会相信，“西班牙皇家海军之花”宁可站着就这样流血而亡也绝不会弯曲自己那高贵的膝盖；但是，如果就这样凋零的话……

“嘿啊——”

就在大家以为贝格尼娅已经没有气力再发动新的进攻时，她却突然怒吼着持剑刺向眼前只有几步之遥的莱顿。更令人惊讶的是，莱顿竟然没有闪避这次攻击，而是空手接住了剑刃！贝格尼娅咬牙将剑前插，却无论如何也无法再向前移动半寸了。在这危急关头下，贝格尼娅横下心，竟弃了剑飞身扑向莱顿——由于冲击力的缘故，强壮的“新德雷克”竟被瘦弱的女上校扑倒在地，而当莱顿反应过来时，贝格尼娅已经伸手掐住了他的咽喉。

“臭婊子，你疯了吗？！”

“我要你把叔父还给我，把母亲的十字架还给我——把我失去的一切统统还给我！！”

贝格尼娅歇斯底里地尖叫着，充满杀气的双眼里布满了血丝。不过尽管她使出了所有的气力，强壮的莱顿还是不可避免地扭转了局势。只见“新德雷克”一个翻身将女上校压在身下；紧接着，莱顿粗壮的大手勒住了贝格尼娅细嫩的脖子，那充满污秽的指甲甚至在女上校白皙的皮肤上抠出了血印子。望着贝格尼娅已经被勒得青紫的脸，莱顿失声怪笑起来：

“也许还有几秒钟你就要和这个可爱的世界说再见了！臭婊子，我会好好照顾你的遗体的，哈哈哈……”

贝格尼娅已经被勒得说不出话来。危难之际，她想起了靴筒里藏着的那柄曾救过自己无数次性命的武器，于是尝试着抬起膝盖使自己的手方便够着它。莱顿以为这是贝格尼娅垂死的挣扎，并未太过在意，反而用自己的腹部继续强压对方的双腿。不多时，“新德雷克”突然感觉自己腹部一阵刺痛，低头看时，一把锋利的匕首竟插入了自己的右下腹……

“见鬼……你……你做了什么！！”莱顿惨叫着松开了手。

贝格尼娅趁势将其推开，然后一个鱼跃反将其坐在身下，毫不犹豫地再次用匕首刺穿了对方的咽喉——血流如注的“新德雷克”登时断了气。不过这还不算完，贝格尼娅依然如发了疯般地操起匕首猛刺莱顿的尸体。

“还给我……还给我！！把你夺走的我的一切……统统还给我！呜呜呜……”

贝格尼娅哭喊着，如机器般挥舞着匕首，给予莱顿一次又一次愤怒的“刺杀”，及至自己浑身被血染红，而莱顿的尸首也完全变成一摊模糊的血肉。

不知何时，她的耳边响起了模糊的声音：“姐姐！！”

贝格尼娅诧异地回过头去，却不妨已经被闺蜜搂住了脖子。

“姐姐，艏部和舯部甲板的敌军已经被肃清，他们已经完全退回自己的船去了！我们是否立即乘胜追击？”

“萨拉……我杀死了乔治·莱顿。看……这个畜生就在我的身下，我身上沾染的全是他的狗血。哈哈哈……”

面对闺蜜的喜报，贝格尼娅却显得有些神情恍惚，她狂笑着指着那具尸首。目睹闺蜜的癫狂状态，伊莎贝拉不由自主地用手捂住了嘴，“姐姐……”

贝格尼娅持续狂笑着，突然，也许是意识到忘记了什么东西，她扔下匕首，在莱顿的尸体上疯狂地东摸西摸……很快，失望的神色取代笑容出现在她的脸上。

“见鬼……十字架呢……十字架在哪里……哦，该死的！！”

“是伯母大人留下的那枚十字架吗？”

“是的，见鬼……难道它不应该在莱顿的身上吗？真见鬼！！”

贝格尼娅尖叫着，脸上露出惊慌的神色，很快便由狂笑转为痛哭，伏在莱顿的尸体上狠狠捶打起来。望着闺蜜这异于寻常的表现，伊莎贝拉不禁鼻子一酸，泪水如断了线的珠子般落下……

随着战局的反转，西班牙水手登上了“威望”号，而巴金斯所指挥的“潘多拉”号则在此时从另一侧贴近了己方旗舰。知道战局已不可挽回的年轻私掠船长此时唯一想做的就是把自己的舅舅救离此地。只见他匆匆地由这个三层甲板战舰特有的，位于中层火炮甲板上的登舰门进入。甲板上的炮手大多已不在自己的岗位上；楼梯口附近，一群手持武器的炮手聚集在此，科林伍德正在人群中发表与西军决一死战的讲话。

见此情形，巴金斯忙快跑上前：

“科林伍德先生！请问布鲁克林大人现在是在露天甲板上吗？”

“巴金斯少爷，您来得正好！莱顿大人已经战死，西班牙人登上了我们的战舰，目前的局势十分危急！总督阁下正在底舱避难，请您立刻带他离开这里吧！”

“明白了。不过……你这是准备做什么？”

“我等将誓与西班牙人血战到底，为总督阁下的撤退争取时间，决不投降！！请您速速动身吧！”

望着眼前的科林伍德和决心跟随他拼死一战的炮手们，巴金斯的眼眶湿润了。不过在这要紧关头，浪费的任何一秒钟都有可能是致命的。虽然，巴金斯不是正规军人，但他在转身之前还是向科林伍德行了个军礼，然后向通往下层甲板的楼梯走去。身材娇小的丹妮莉丝持剑跟随在年轻私掠船长的身后。目视着两人的离去，科林伍德也笔挺地回敬了一个军礼……

“威望”号的甲板上，英军所掌控的区域正急剧缩小。在简单包扎伤口和清洗了身上的血渍后，贝格尼娅重新投入战斗，不过与莱顿的复仇一战给予她精神上的冲击显然还未消去。走在通往战场的路上，女上校低头一言不发，甚至没有理会闺蜜的耳语。在伊莎贝拉看来，也许闺蜜的复仇因为未能寻到那枚珍贵的十字架而变得并不完美，但至少不应该导致其情绪形成如此巨大的落差……

随着舰桥上英国海军陆战队的投降，“威望”号露天甲板部分的战斗似乎告一段落。按照惯例，贝内迪克托所指挥的西班牙海军陆战队开始对甲板进行扫荡，不过当他们推进到“威望”号舯部甲板时，藏在通风口下多时的英军炮手在科林伍德的指挥下，突然掀开顶盖跳出来向西军士兵射击，包括贝内迪克托本人在内的大批来不及躲避的士兵都倒在了血泊之中。科林伍德抽出佩剑高呼英王万岁并引导英军炮手发起冲锋，原本趋于平静的甲板再度沸腾起来。见前方情况有变，贝格尼娅立即加快了脚步。从她的双目中射出令人悚然的寒光——杀戮还远未结束。

在砍翻了两名西班牙士兵后，科林伍德撞上了先贝格尼娅一步赶到战场的安东尼奥，两人立刻杀作一团。不多时，贝格尼娅赶到现场，害怕安东尼奥有失的女上校大声呼唤其停止交战。而几乎在同一时间，科林伍德也被身后传出的巴金斯的声音喝住了：

“请住手！科林伍德先生，大人已经被我转移至‘潘多拉’号上了；请你负责保护他先行撤退，这里交给我好了！”

科林伍德有些不情愿地住了手，领命而去；而注视着眼前这一切的贝格尼娅却露出无比惊讶的神情——她辨认出了曾在塔马塔夫与自己“照会”的巴金斯和站在其身后的“叛徒”丹妮莉丝。

“雷佐小姐别来无恙……嗯，您该不会忘记我了吧？”

“当然不会忘记。但是我万万没有想到，身为北美殖民地人的哈梅斯小姐竟然是为你们英国人服务的间谍！”

“哼……难道我说自己是西班牙国王您也相信么？雷佐小姐，您真是比我们英国孩童还要天真呐！”

望着横眉冷目的贝格尼娅，巴金斯故意露出鄙夷的笑容；而年轻私掠船长的言语也确实深深刺伤了女上校的自尊。只见铁青着脸的她二话不说，操起手中的剑直刺巴金斯的心窝，两人之间的战斗就此展开。也许是想速战速决，贝格尼娅十分罕见地在战斗伊始便发动了如连珠炮般的快速攻势；不过巴金斯与莱顿却是完全不同的类型——速度更快、反应更为敏锐的私掠船长显然能对此应付自如。不多时，体力早已严重透支的贝格尼娅喘着粗气重重靠在了船舷上……

“姐姐，你这身体……还是让我来吧！”在一旁观战的伊莎贝拉忙上前扶住闺蜜。

“哟……这位黑发大美女莫不是传闻中西班牙的公主？难得呀，两位大美女的脑袋都在这里凑齐了，那么我巴金斯可就笑纳了……”

“臭小子，你别嘴硬，本公主也不是好惹的！！”

面对巴金斯的挑衅，伊莎贝拉怒吼着就要对其进行攻击。不过她那挥剑的手臂却出乎意料地被闺蜜拉住了。

“别妨碍我们的战斗。”

“姐姐……可是你……”

“我能行。你盯住哈梅斯，千万不要放跑了她。”

贝格尼娅态度冰冷地拒绝了闺蜜的好意，重新持剑站在巴金斯的面前。伊莎贝拉忧心忡忡地注视着闺蜜的背影，此时此刻，她那颗替闺蜜担忧的心几乎跳到了嗓子眼儿；不过同时，她也注意到了丹妮莉丝那同样忧郁的面色——短发姑娘是在担心巴金斯吗?

决斗再次展开后，巴金斯更换角色，摇身一变成为“挑战者”；而贝格尼娅则变得收敛了许多，在招架和躲避中寻找突破口。不知是轻敌还是对自己过于自信，在一次突击中，巴金斯竟暴露了自己的右胸位置，贝格尼娅看准时机果断出手——那剑在年轻私掠船长的右胸外侧留下了一道深深的印记……

望着自己的伤口，巴金斯露出了恼怒的神情，于是吼叫着再次发起攻击。然而欲速则不达，巴金斯仓促的攻击不仅被闪过，反而在自己身上又留下了一道伤痕。有些于心不忍的丹妮莉丝哭喊着想要上前帮忙，但却被伊莎贝拉拦住去路——西班牙公主自然不会轻易放短发姑娘去打扰闺蜜与巴金斯的决斗，于是她俩也纠缠在一起。

随着接二连三的轻伤，巴金斯剑术上的破绽也接踵而至。从刚开始交战时的完全占据主动到现在的被对方力压一筹，年轻私掠船长似乎已经失去了获胜的良机；更要命的是，当听到丹妮莉丝被伊莎贝拉砍中而尖叫的声音后，巴金斯因分神而被砍中腿部，重心不稳摔倒在甲板上。不等他起身，贝格尼娅已经将剑抵住了他的下颌：

“可以结束了吗？巴金斯先生！”

“哼！没错，结束了。请动手吧！”

巴金斯坦然一笑，闭上了眼睛。不过令人意想不到的事却在此时发生：由于伊莎贝拉也因巴金斯倒地而被分神，丹妮莉丝趁此机会抛开她直扑贝格尼娅，利用向前冲的惯性将后者撞翻在地。

“巴金斯大哥，快跑！！”

在丹妮莉丝凄厉的嘶吼下，巴金斯不再犹豫，抓住这可能只有几秒钟的逢生良机侧翻至船舷边；而后起跳，向大海纵身一跃……

望着巴金斯逃跑的方向，丹妮莉丝露出欣慰的笑容，不过很快她的笑容便凝固了——贝格尼娅狠狠一剑穿透女孩的腹部并将其推开，紧接着便奔至船舷旁观察巴金斯的下落，伊莎贝拉和安东尼奥也追随贝格尼娅至船舷边观察，没有人注意到丹妮莉丝虽然受了致命伤却没立即断气。只见趴在甲板上、鲜血从嘴里流出的短发姑娘从腰间拔出枪，摇摇晃晃地瞄准了贝格尼娅的后背：

“巴金斯大哥……保重……”

女孩喃喃自语着，用尽最后的气力扣动扳机。几乎在同一时间，陪伴在贝格尼娅身旁寻找巴金斯下落的安东尼奥用眼角余光瞥到了这危险的一幕。已经来不及去提醒女上司躲避的伯爵儿子下意识地用身体撞开了她……

“砰！”

当枪声响起时，安东尼奥、贝格尼娅与伊莎贝拉皆倒在甲板上，只不过伊莎贝拉是被贝格尼娅的惯性带倒，而安东尼奥的胸口却在流血。望着脸色苍白的伯爵儿子，贝格尼娅惊得目瞪口呆：

“天哪！这……究竟发生了什么？！”

“雷佐小姐……有……人想暗算您，但是……我没有让她得逞，嘿嘿……”

安东尼奥含着血的嘴边咧出一丝得意的笑容。贝格尼娅将其搂在怀里，不知所措地环顾四周，泪水湿润了她那美丽的脸庞。悲愤的伊莎贝拉赶上前去，对着丹妮莉丝的后脑补了一枪，但在她开枪之前女孩似乎就已停止了呼吸。

“听着……安东尼奥，我不允许你死在这里！萨拉……快去喊弗洛伦西奥和格拉迪诺先生！！”

在贝格尼娅的催促下，伊莎贝拉忙向己方旗舰奔去。不过喘着粗气的安东尼奥却向贝格尼娅微微摇了摇头：

“对不起……雷佐小姐，我恐怕……只能到这里了。感谢你对我这几个月来的教导……能让我在生命最后的时光里过得充实、快乐。”

“不……安东尼奥……求求你别死！别死啊！！”贝格尼娅说着，伏在安东尼奥的胸前大哭起来。

“倘若还有来世……”

“倘若还有来世，我贝格尼娅·德·雷佐……非安东尼奥·德帕斯奎斯不嫁！！”贝格尼娅动情地说道。

安东尼奥听着，脸上露出一丝慰藉的笑容，缓缓闭上了眼。贝格尼娅抽泣着、停顿片刻后含泪亲吻了他那干涸却残留着最后笑容的嘴唇。

大约在安东尼奥牺牲后不到半小时，“威望”号上的英军残党被完全肃清，这场惨烈的战斗也就此落下帷幕。站在敌军旗舰的舰桥上，贝格尼娅手持望远镜观察英军残余军舰的动态：在接上死里逃生的巴金斯后，“潘多拉”号全速与位于港湾口的“埃斯梅拉达”号和“雷神”号会合，而后三舰一同马不停蹄地消失在海平面上。目睹着敌军的仓皇离去，女上校终于安下心来。

一天后的 11 月 1 日中午，拖拽着五艘伤痕累累的战利品，贝格尼娅的船队在荷兰人的欢呼声中驶入科伦坡港。相对于因胜利而欢欣雀跃的同伴们，女上校的脸上却始终提不起神来——包括安东尼奥、贝内迪克托和哈维尔在内的 300 多条鲜活的生命在北部无名港湾内逝去，如此惨痛的损失令这场来之不易的胜利黯然失色。

经过清点，此役被西班牙人俘虏的英军官兵和水手总计 658 人，如何处置人数庞大的俘虏成为贝格尼娅新的难题。不过好在总督艾弗森及时伸出援手，愿意将这些俘虏关押在当地监狱、直到英国政府赎走他们为止。

码头的空地上，在交接之前，贝格尼娅亲自对俘虏进行最后一遍检查，以确定是否有她不应该放过的“罪大恶极”之徒。当走到瘦小的梁延年面前时，女上校不由得停下了脚步。

“孩子，你是英国人吗？”贝格尼娅用带有浓重口音的英语问道。

“我……我来自……东方。”

“东方？这么说你不是英国人了，可是你为何会出现在他们的队伍中呢？”贝格尼娅的脸上露出了疑惑。

“那是因为……我需要钱。我的妹妹在南洋海盗手上，我必须攒到足够赎出她的钱才能……”

“你叫什么名字？”

“梁延年……”

少年忸怩地回答着，红着脸低下头去。贝格尼娅的眼中折射出温和的光芒，她思索片刻，扭头对总督艾弗森说道：

“总督阁下，我希望能够带走这个孩子。不知您……”

“当然，带走这里任何一名俘虏都是雷佐小姐您的权利。”

面对贝格尼娅的请求，艾弗森毫不犹豫地点了点头。于是贝格尼娅亲自弯腰替梁延年解开了束缚着他的镣铐，给予了他自由。

由于刚刚经历了恶战，应总督艾弗森的邀请，贝格尼娅准备在锡兰休养一段时间以迎接未来的挑战。

尽管未能寻到遗失的十字架，但在听梁延年讲述了自己的遭遇后，女上校又有了新的目标，那就是继续向东前进，去营救这位少年的妹妹。

作为完成环球航行的一部分，每个人都对未来东方的神秘之旅充满了期待……

附录Ⅰ

人　　物

贝格尼娅·德·雷佐（Begoña de Lezo）
国籍：西班牙；
出生年月：1752 年 1 月；
身份：西班牙海军上校（战列舰舰长）

本书主人公，西班牙著名海军将领布拉斯·德·雷佐的孙女。年少时因父母遇害而对当时西班牙的敌对国英国抱有极大的仇恨，故 13 岁时便破格加入西班牙海军。后凭借自己的勇气和努力一路被提拔至战列舰舰长。她为人正直、坚毅、善良、永不服输，且对国王与祖国忠心耿耿，一直是船员们心目中的楷模和精神支柱。怀着为亲人报仇和振兴西班牙海军的决心，27 岁的贝格尼娅踏上了环球航行的征途，在环绕了大半个非洲之后，她的小小船队即将在印度洋上迎来真正的考验。

伊莎贝拉·德·波旁（Isabella de Borbón）
国籍：西班牙；
出生年月：1754 年 10 月；
身份：西班牙公主。

主人公贝格尼娅年幼时的玩伴、宛若姐妹般亲密的挚友，西班牙国王卡洛斯三世的幼女。长久以来一直无条件支持着贝格尼娅的一切行为，并且在得知对方计划复仇后义无反顾地加入了其队伍。在经历了往返加勒比海和环绕非洲的航行后，伊莎贝拉已经由娇生惯养的公主成长为颇具实力和勇气的海军“战士”，她将会为闺蜜船队提供更大的帮助。

胡安·安斯瓦尔多（Juan Ánsvaldo）
国籍：西班牙；

出生年月：1751 年 12 月；
身份：西班牙海军少校（大副）。

出身平民的西班牙水手。曾因被贝格尼娅的叔父冈萨雷斯救了一命而加入西班牙海军并誓死追随雷佐家族。为人忠厚老实且英勇过人，是贝格尼娅在环球航行时最为依仗的左膀右臂。然而在环绕非洲的航行中，安斯瓦尔多似乎与女上司产生了微妙的隔阂，但这仍不妨碍他为雷佐家族和西班牙继续奉献自己的忠诚。

哥顿·罗德里格斯（Godón Rodríguez）
国籍：西班牙；
出生年月：1751 年 7 月；
身份：西班牙海军水手长（代理舰长）。

出身平民的西班牙水手。曾因与贝格尼娅结下梁子而被流放，成为了海盗，后由于贝格妮娅的诚恳致歉而回到西班牙海军并成为其最为倚仗的左膀右臂。罗德里格斯身材魁梧、作战勇猛并兼备一定谋略，但其嗜酒好色的毛病有时却令贝格尼娅头痛不已……不管如何，在印度洋上，罗德里格斯必将扮演着重要的角色。

何塞·弗洛伦西奥（José Florencio）
国籍：西班牙；
出生年月：1755 年 2 月；
身份：自称是商船船长。

身世如谜团一般的西班牙籍年轻船长，在伊莎贝拉的劝说下加入贝格尼娅的船队。尽管身为商船船长，却凭借高超的谋略和战术素养成为贝格尼娅当仁不让的“军师”。同时，他精湛的医术也使其跻身船队优秀的军医之列。在漫漫的航途中，弗洛伦西奥与公主伊莎贝拉逐渐发展为恋人关系（尽管伊莎贝拉本人并不承认）。想要在印度洋上战胜英国正规海军，贝格尼娅当然还要依仗弗洛伦西奥的智谋。

卡洛琳娜·塞巴斯蒂昂（Carolina Sebastián）
国籍：西班牙；
出生年月：1755 年 5 月；
身份：红发女海盗。

她有着一个常人难以想象的悲惨童年。在失去了父母后，她被迫走上了一条杀人越货的不归途，成为当时臭名昭著的“红发女海盗”。不过由于贝格尼娅的感化，卡洛琳娜回归祖国，成为海军的一员。不过尽管如此，她似乎与英国人及贝格尼娅的仇人乔治·莱顿有着千丝万缕的联系。大敌当前，贝格尼娅能够信任她吗？

安东尼奥·德·帕斯奎斯（Antonio de Vasquis）
国籍：西班牙；
出生年月：1751 年 2 月；
身份：帕斯奎斯伯爵之子。

作为西班牙名门望族帕斯奎斯家的公子，年少时的安东尼奥曾与贝格尼娅有过婚约，但却被后者无情地撕毁。然而当二人多年后再次相遇时，依旧对贝格尼娅抱有好感的安东尼奥不惜以自己的仕途作为代价挽救了对方。之后，他甚至放弃了自己的身份与地位心甘情愿地成为一名普通水手，只愿能与她在一起。

苏特·德·兰杜瓦（Souter de Langdoix）
国籍：法国；
出生年月：1751 年 8 月；
身份：法国海军上校（男爵）。

苏特是兰杜瓦男爵之子并在 24 岁时继承了爵位。同时也是贝格尼娅在法国留学时的同学，两人逐渐发展为恋人关系。苏特是法国海军新生代的杰出代表，在德格拉斯伯爵手下服役，并且参加过多次对英军的海战。随着美国独立战争进入高潮，苏特和法国海军也将对英国海军构成重大威胁。

瑞肯·巴金斯（Ricon Buggins）
国籍：英国；
出生年月：1755 年 1 月；
身份：英国私掠船长。

巴金斯年少成名，年仅 18 岁便被任命为单桅帆船船长，之后更是得到许可在印度洋一带进行私掠活动。他高大英俊，举止温文尔雅，是一名典型的英式绅士；同时剑术高超、谋略过人，是一名极为全面的战士。在遇到贝格尼娅后，巴金斯可谓遇到了对手，两人很快进入了一场“旷日持久”的对决。

霍雷肖·纳尔逊（Horatio Nelson）
国籍：英国；
出生年月：1758 年 9 月；
身份：英国海军上尉。

与巴金斯一样，纳尔逊也是同时期英国海军年轻一代的佼佼者。1779 年，他恰好在东印度养病，被卷入围剿贝格尼娅的行动中，但此时还不是他表现自己的舞台。在未来，纳尔逊这个名字必将成为所有西班牙人的梦魇。

米罗·格拉迪诺（Milo Gradino）
国籍：西班牙；
出生年月：1754 年 5 月；
身份：随船医生。

本名米罗·佩雷兹，曾经是海军军医，但由于谋杀了自己的长官而被迫浪迹天涯。被贝格尼娅感化后，成为贝格尼娅冒险船队中最主要的随船医生。激烈战斗后产生的伤员离不开这位优秀青年医生的救助。

乔治 · 莱顿（George Lighten）
国籍：英国；
出生年月：约 1743 年；
身份：英国私掠船长、海军准将。

素有“新德雷克”之称的乔治 · 莱顿是英国当时最著名的私掠船长之一，在七年战争时便以水手身份参战并获得功勋。后在加勒比海一带频繁袭击西班牙的珍宝船队。一次攻击中，他杀死了贝格尼娅的叔父冈萨雷斯 · 德 · 雷佐并夺走了她母亲遗留下的十字架，从此成为贝格尼娅苦苦追踪的目标。

约翰 · 布鲁克林（John Brooklyn）
国籍：英国；
出生年月：约 1734 年；
身份：英国私掠船长、殖民地总督。

英国东印度总督，巴金斯的舅舅。据说曾经是一名极为优秀的私掠船长并袭击过无数法西商船。由于与杀害贝格尼娅父母的海盗船长同名，不得不令人怀疑他的真实身份。

丹妮莉丝 · 詹姆斯（Daenerys James）
国籍：英国；
出生年月：1760 年 6 月；
身份：自称来自北美殖民地的冒险家。

一位自称来自北美殖民地的天真可爱的女冒险家，不过其真实身份却值得怀疑。

附录Ⅱ

风帆战舰

“圣佩德罗”号（San Pedro）

所属国：西班牙；火炮数量：80/84；

等级：二级战列舰；服役时间：1778年；

火炮配备：32门36磅炮，32门24磅炮，18门8磅炮，2门48磅榴弹炮。

这是一艘由久负盛名的法国天才造船师弗朗西斯科·戈蒂埃博士设计的精良军舰，属于最新的法式风格。据资料记载，“圣佩德罗”号的火炮甲板长度达到206西班牙尺（约为59.18米），排水量超过2000吨，是当时舰体最长的双层甲板军舰之一。

“圣洛伦佐”号（San Lorenzo）

所属国：西班牙；火炮数量：80/84；

等级：二级战列舰；服役时间：1768年；

火炮配备：30门36磅炮，32门24磅炮，18门8磅炮，4门24磅榴弹炮。

“圣洛伦佐”号属于豪尔赫·胡安设计建造的最后一批英式风格军舰。该舰相对更新式的“圣佩德罗”号来说，火炮甲板长度明显短了许多，为198西班牙尺（约为56.89米），但是宽度和吃水深度基本相同，因此排水量也达到1900吨之多。

“圣特列莎”号（Santa Teresa）

所属国：西班牙；火炮数量：74/80；

等级：三级战列舰；服役时间：不详；

火炮配备：28门36磅炮，28门18磅炮，18门8磅炮，6门4磅榴弹炮。

该舰原为乔治·莱顿的旗舰“乔治国王”号，后被卡洛琳娜·塞巴斯蒂昂所俘获，改名为“皇家玫瑰”。但是随着卡洛琳娜攻击贝格尼娅

行动的失败，该舰又再度落入贝格尼娅之手，更名为“圣特列莎”号。该舰与英国当时标准的“74 炮”实力基本一致。

“肯特”号（Kent）

所属国：英国；火炮数量：74；
等级：三级战列舰；服役时间：1762 年
火炮配备：28 门 32 磅炮，28 门 18 磅炮，18 门 9 磅炮。

“肯特”号是格拉兹准将的旗舰，一艘标准的英国“74 炮”。虽然这在皇家海军中并不算多么强大的战斗力，但在远东地区却是非常少见的。

“威望”号（Reputation）

所属国：英国；火炮数量：90；
等级：二级战列舰；服役时间：不详；
火炮配备：28 门 32 磅炮，28 门 18 磅炮，28 门 9 磅炮，6 门 6 磅炮。

“威望”号原本是一艘标准的英国“74 炮”，但却被将艏艉楼连为一体形成连贯甲板，升级为最上层为轻甲板的三层甲板战舰。该舰在外形上对敌舰具备震慑力，但事实上战斗力却不尽如人意。

“潘多拉”号（Pandora）

所属国：英国；火炮数量：38/44；
等级：五级巡航舰；服役时间：不详；
火炮配备：26 门 24 磅炮，6 门 9 磅炮，12 门 32 磅卡隆炮。

巴金斯的“鬼魅”座驾，堪称最强巡航舰。该舰原本为标准的 38 门炮重型巡航舰，装备 26 门 18 磅炮和 12 门 9 磅炮，但却被巴金斯大幅升级，甚至装备了最新式的近战利器——卡隆炮。这使得该舰在对战四级战列舰时毫不逊色，甚至也能击败较弱的三级战列舰。

“皇家路易”号（Royal Luis）

所属国：法国；火炮数量：50/36；

等级：四级战列舰；服役时间：约1730年；

火炮配置：22门18磅炮，14门12磅炮。

“皇家路易”号原本是一艘老式小型战列舰，因保养不当，其实际水平已降至巡航舰级别，且实际作战能力十分有限。